蓉城趣谈
诗词里的成都名片

本书为成都市哲学社会科学规划项目成果，项目编号 YY2720200319

唐凡茹 ◎ 编著

中国纺织出版社有限公司

内 容 提 要

本书从美食茶饮、音乐戏曲、古寺道观、历史古迹、山川溪河、花卉树木、民物风俗和成都美名的维度对古今有代表性的300多首描写成都的诗词进行赏析与品读，将历史故事、名人轶事、成都特色融于一体，向世人展示成都的文化名片。

本书每一章都开设了丰富的专栏，以新颖有趣的文学故事的形式讲解诗中成都；每一首古诗都配有"古诗今意"，以幽默优美、通俗简洁的白话文意译古诗词，激活古诗词的鲜活元素，提升古诗词的整体意境，并与现代生活相融，展现成都之美。

图书在版编目（CIP）数据

蓉城趣谈：诗词里的成都名片/唐凡茹编著. --北京：中国纺织出版社有限公司，2022.10
ISBN 978-7-5180-2034-8

Ⅰ.①蓉… Ⅱ.①唐… Ⅲ.①古典诗歌—鉴赏—中国 Ⅳ.①I207.2

中国版本图书馆CIP数据核字（2022）第117084号

责任编辑：江 飞　　责任校对：高 涵　　责任印制：储志伟

中国纺织出版社有限公司出版发行
地址：北京市朝阳区百子湾东里 A407 号楼　邮政编码：100124
销售电话：010—67004422　传真：010—87155801
http://www.c-textilep.com
E-mail：faxing@c-textilep.com
中国纺织出版社天猫旗舰店
官方微博 http://weibo.com/2119887771
天津千鹤文化传播有限公司印刷　各地新华书店经销
2022年10月第1版第1次印刷
开本：710×1000　1/16　印张：20
字数：280千字　定价：99.90元

凡购本书，如有缺页、倒页、脱页，由本社图书营销中心调换

前　言

　　嗨，古老的朋友，你好吗？

　　当下似乎是一个被短视频的碎片化叙事霸屏的时代。年轻人喜欢或躺或卧地拿着手机，看着那些流动的画面和流动的文字暗自发笑，独自享受着不为人知的秘密。

　　阅读古诗词似乎已经不时髦了。李白、杜甫、陆游都是遥远的古人，如同出土文物般让我们敬畏却又读不懂，仿佛隔着这样遥远的距离：

　　"喂，你是哪位呀？"当代人问。

　　古人穿着长袍马褂，吟诵了一首高冷而悠长的古诗，让当代人觉得有隔膜，想打瞌睡，睡前还不忘截个图、发个朋友圈打趣几句。

　　我们和古老的朋友之间，真的没有共同语言了吗？

　　不是的。他们也曾经和我们一样年轻过，哭过，笑过，爱过，恨过，任性过，狂野过。我们的性情是一样的呀！

　　毋庸置疑，古诗中有一些闪闪发光的词汇如同失落的珍珠，串起我们对数千年前古代人生活方式的好奇；古诗中有一些情感即使隔着千年万年，依然焕发着动人的色彩，让我们情不自禁地想穿越时空，去和古老的朋友相遇。

　　甚至在某个机缘巧合的时刻，你会被诗中的某个画面、某种情感突然击中。好想穿越回唐朝，去和杜甫一起盖茅屋、种草药；好想穿越回宋朝，去和陆游一起骑马，走在青羊宫到浣花溪的路上观赏腊梅，在帽子上插一朵梅花，一路吟诗狂放；好想穿越回清朝，去和李调元一起到戏院观赏魏三唱戏，和他们一起喝喝盖碗茶，聊聊颠沛流离的人生。

　　我会和他们成为知己吧？因为即使隔了这么多年，读到他们的诗句，我还是如此动容，热泪盈眶，很想看看他们年轻时的样子。

　　多年前的一个春末，当我第一次来到成都的时候，成都的形象让我这个北方女孩充满了好奇。坐在出租车上，看到一条宽广的大河穿过城市中央，街边、河

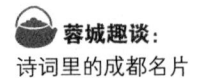

边的茶馆比比皆是，平板车上拉着满满的绿植和花卉，清新的芬芳远远地飘过来……

我非常好奇古代的成都是什么样子。杜甫携一家老小来到成都的时候，成都的河流湖泊密布，到处可见载着货物和游人的船只。锦江、摩诃池、解玉溪、金水河连为一体，蜀锦、蜀笺、邛杖等蜀地特产从这里运往全国各地。每家每户清晨一开门，就会看到蔚蓝的天空、碧绿的河流、葱茏的植物，多美啊！"水绿天青不起尘""门泊东吴万里船"都是唐代成都生活场景的真实写照。

家徒四壁的司马相如倾其深情弹唱了一曲《凤求凰》，让才貌双全的富家女卓文君背叛家族与他私奔。从小口吃的扬雄每天在家里摆满了书，一直学习到42岁才离开家门，为皇上出游作赋。薛涛曾在浣花溪制作粉红色的信笺，并在上面写诗给远方的心上人，寄托相思之苦。

古诗词里活跃着那么多有趣的灵魂。他们曾经那么真挚地爱过，活过，挣扎过。我想用一种当代人喜闻乐见的叙事方式，走近他们，去和他们握个手、喝个茶、聊个天，交换一下日常生活的感动和欣喜，我们会成为相互了解的好朋友吧。

在一个科技飞速发展的时代，做一项慢的工作，需要一种物我两忘的心态，一种沉浸式的融入。融入古代的场景，融入历史的河流，融入诗人的心灵，融入那些被生僻字遮蔽的鲜活情感之中。

像一个做非遗手艺活儿的工匠，在意译这些古诗词的过程中，我体会到了慢之乐、创造之乐。为一个词汇去搜寻历代成都地图，为一个典故去查阅数篇文献，为一首无解的诗去请教数位专家，只为了无限接近诗人创作时内心的真实。不少诗词是查阅了所有文献也找不到注释的，于是我就通过了解作者生平、时代背景、历史典故等迂回战术进行解读。我是怀着无限虔诚的仪式感在做这项工作的，却常常汗颜自身的局限。若有解读不当之处，真诚希望得到专家们的批评和指正。

董仲舒说"诗无达诂"，也就是说，对《诗经》并没有通达的或一成不变的解释，因时因人而异。一千个读者心目中有一千个哈姆雷特，一万个读者心目

前言

中有一万个林黛玉。同一首诗歌，由于意象的跳跃性、结构的开放性、文言的多义性，加上鉴赏者的心理、情感、角度差异，都会解读出不同的意义来。钱钟书先生说："吾诗中之意，惟人所寓。吾所寓意，只为己设；他人异解，并行不悖。"如此，我便有些释然了，少了点惶恐，多了点勇气，三百多首"古诗今意"的白话诗便怀着孕育的喜悦，悄然诞生了。

它们的力量虽然微薄，但是仍然希望能够扇动翅膀，逆风飞翔，衔泥筑一道微型桥梁，为传统文化的传承增添一道小小的风景，或为视觉疲惫的当代人提供一个小小的休憩之所。相信古代那些美好的诗词、美好的情感，如果转化为一种新的叙事方式，会让更多的年轻人看见并产生共鸣，并唤起年轻人对古代田园生活的向往和某种复古的审美情感。

近年来，在大语文教育理念的背景下，中小学生的阅读视野呈现出传统与现代融通、民族与世界对话的格局，更加注重对优秀地方传统文化的吸收与创新。以成都市的语文中考为例，与成都有关的古诗词在阅读理解中出现的频率越来越高，近三年就有对扬雄、万里桥、摩诃池、杜甫草堂、锦城、浣花溪等诸多知识点的考察。有一次看到初中语文试卷上有一篇写摩诃池的文章，孩子在下面的空白处写得密密麻麻，那些稚拙的文字显示出他对这篇文章独特的理解与思考。我心下暗自佩服当代中学生的理解力，已经远远超出了我们的想象。因此，也希望我的这本书，能够跨越时代的鸿沟，让孩子们认识一些古老的朋友，给喜欢读书的孩子提供一种有趣的阅读视角和愉快的阅读体验。

唐凡茹

2021.11.21

目　　录

第一章　美食茶饮 …………… 001

1.川菜 ………………………… 008
锦江思/宋·李新 ……………… 008
思　蜀/宋·陆游 ……………… 009
冬夜与溥庵主说川食戏作/
　　宋·陆游 ………………… 010
竹枝词·咏麻婆豆腐/
　　清·冯家吉 ……………… 011
蜀游百绝句/现代·黄炎培 …… 011

2.小吃 ………………………… 012
锦城竹枝词·炒花生/清·杨燮 … 012
成都竹枝词（录二）/
　　近代·刘师亮 …………… 012
黄瓦街口猪油米花糖/
　　现代·周菊吾 …………… 013
守经街洗沙包子/现代·周菊吾 … 014
焦家巷口烤红薯/现代·周菊吾 … 014

3.茗茶 ………………………… 015
九日试雾中僧所赠茶/
　　宋·陆游 ………………… 015
鹧鸪天·以茉莉沙坪茶送少岷/
　　明·杨慎 ………………… 016
灌江竹枝词（录一）/
　　清·马光型 ……………… 016
忆江南·访青城山/
　　当代·赵朴初 …………… 017

4.美酒 ………………………… 017
成都曲/唐·张籍 ……………… 017
谢严中丞送青城山道士乳酒
　　一瓶/唐·杜甫 …………… 018
将赴成都草堂，途中有作，先寄
　　严郑公五首（其一）/
　　唐·杜甫 ………………… 019
酒　垆/唐·陆龟蒙 …………… 019
咏薛涛酒/清·冯家吉 ………… 020
咏薛涛酒/清·张问陶 ………… 021
咏全兴大曲/近代·刘咸荣 …… 021
竹枝词/当代·启功 …………… 022

第二章　音乐戏曲 …………… 023

1.川剧 ………………………… 032
观　剧/宋·道隆 ……………… 032
锦城竹枝词/清·杨燮 ………… 032
朝华词·赞川剧名旦陈碧秀/
　　近代·吴虞 ……………… 033
蜀游百绝句/现代·黄炎培 …… 033
观秋江赠周企何/
　　现代·欧阳予倩 ………… 034
观川剧柴市节、情探和断桥/
　　现代·田汉 ……………… 035

2.丝管 ………………………… 036
赠花卿/唐·杜甫 ……………… 036

宫词（节选）/前蜀·花蕊夫人 …… 036
锦城竹枝词/清·杨燮 …………… 037
锦城竹枝词钞/清·邢锦生 …… 037
唱扬琴/现代·何韫若 …………… 038

3.灯影戏 ……………………… 038
影灯戏（其一）/清·李调元 …… 038
影灯戏（其二）/清·李调元 …… 039
成都竹枝词/清·晋岩樵叟 …… 039
皮灯影/近代·王克昌 …………… 040
成都灯影/现代·黄炎培 ………… 040

4.戏曲 …………………………… 041
益州城西张超亭观妓/
　　唐·卢照邻 ………………… 041
怀萧遐亭却寄/清·曾华臣 …… 042

第三章　古寺道观 …………… 043
1.青城道观 …………………… 051
丈人观/前蜀·徐太妃 …………… 051
宿上清宫（一）/宋·陆游 ……… 052
宿上清宫（二）/宋·陆游 ……… 053
天师洞/明·杨慎 ………………… 053
上清宫/近代·罗骏声 …………… 054
初游天师洞作/现代·谢无量 … 055
丙子二月宿天师洞/
　　现代·黄炎培 ………………… 055

2.青羊宫 ……………………… 056
青羊宫小饮赠道士/宋·陆游 … 056
青羊宫/明·陈子陛 ……………… 057

青羊宫/清·张问陶 ……………… 057
青羊宫/清·沈增焜 ……………… 058

3.大慈寺 ……………………… 059
三月十四日大慈寺建乾元节
　　道场/宋·田况 ……………… 059
七月六日晚登大慈寺阁观夜市/
　　宋·田况 ……………………… 060
天申节前三日大圣慈寺华严阁燃灯甚
　　盛游人过于元夕/宋·陆游 … 060
会庆节大慈寺茶酒/宋·范成大 … 061
登大慈宝阁/明·王胤 …………… 062

4.昭觉寺 ……………………… 062
游昭觉寺/宋·范镇 ……………… 062
人日饮昭觉/宋·陆游 …………… 063
饭昭觉寺暮归作/宋·陆游 …… 064
昭觉寺/清·李调元 ……………… 065
昭觉寺/清·王春绶 ……………… 065

5.文殊院 ……………………… 066
文殊院避暑/唐·李群玉 ………… 066
与玉溪五弟游文殊院/
　　清·张怀泗 …………………… 067
文殊院观藏经/近代·周钟岳 … 068

6.万佛寺 ……………………… 069
西蜀净众寺松溪八韵兼寄小笔
　　崔处士/唐·郑谷 …………… 069
宿成都松溪院/唐·李洞 ………… 070
净众寺新禅院/宋·范镇 ………… 070
万福禅林/明·宋述祖 …………… 071

7.宝光寺 ……………………… 072
　宝光寺/清·王树桐 …………… 072
　新都宝光寺塔/清·傅荐元 …… 072
　蜀游百绝句/现代·黄炎培 …… 073

8.石经寺 ……………………… 074
　石经寺/明·薛蕙 ……………… 074
　石经寺住持节俭堂/明·佚名 … 074
　石经寺肉身和尚/清·刘沅 …… 075
　游石经寺/清·李化楠 ………… 076

第四章　历史古迹 …………… 077

1.武侯祠 ……………………… 085
　蜀　相/唐·杜甫 ……………… 085
　诸葛庙/唐·杜甫 ……………… 086
　先主武侯庙/唐·岑参 ………… 087
　诸葛武侯庙/唐·章孝标 ……… 088
　游武乡侯祠/清·李调元 ……… 088
　谒武乡侯祠/清·赵亨钤 ……… 089

2.薛涛故居 …………………… 090
　寄赠薛涛/唐·元稹 …………… 090
　寄蜀中薛涛校书/唐·王建 …… 091
　游薛涛井/清·张问陶 ………… 091
　薛涛井/清·葛峻起 …………… 092
　玉女津/清·张怀泗 …………… 092
　泛舟薛涛井/清·孙澍 ………… 093
　薛涛故居咏诗楼/清·何绍基 … 094
　江楼远眺/清·伍肇龄 ………… 095
　薛涛井/近代·陈衍 …………… 095

3.相如琴台 …………………… 096
　登琴台诗/南北朝·萧纲 ……… 096
　相如琴台/唐·卢照邻 ………… 097
　琴　台/唐·杜甫 ……………… 097
　司马相如琴台/唐·岑参 ……… 098
　琴　台/宋·吕公弼 …………… 099
　司马相如琴台/宋·宋祁 ……… 099
　琴　台/明·杨一鹏 …………… 100
　琴台路/现代·殷明辉 ………… 101

4.杜甫草堂 …………………… 101
　堂　成/唐·杜甫 ……………… 101
　绝　句/唐·杜甫 ……………… 102
　怀锦水居止/唐·杜甫 ………… 103
　经杜甫旧宅/唐·雍陶 ………… 103
　西　郊/唐·杜甫 ……………… 104
　客　至/唐·杜甫 ……………… 105
　草　堂/宋·李流谦 …………… 106

5.万里桥 ……………………… 106
　万里桥/唐·岑参 ……………… 106
　竹枝词（其一）/唐·刘禹锡 … 107
　晓过万里桥/宋·陆游 ………… 108
　晚步江上/宋·陆游 …………… 108
　万里桥/清·骆成骧 …………… 109

6.驷马桥 ……………………… 110
　升仙桥/唐·岑参 ……………… 110
　《升仙桥》二首/唐·汪遵 …… 110
　十一月三日过升仙桥/宋·陆游 … 111

003

驷马桥/清·刘文麟 ⋯⋯⋯⋯ 112
司马长卿升仙桥/
　　现代·胡牧生 ⋯⋯⋯⋯⋯ 112
7.文翁讲堂 ⋯⋯⋯⋯⋯⋯⋯⋯ 113
文翁讲堂/唐·卢照邻 ⋯⋯⋯ 113
义公讲堂/唐·岑参 ⋯⋯⋯⋯ 114
题文翁石室/唐·裴铏 ⋯⋯⋯ 115
书　事/唐·何赞 ⋯⋯⋯⋯⋯ 116
黎州鹿鸣宴/宋·李石 ⋯⋯⋯ 116
8.扬雄故里 ⋯⋯⋯⋯⋯⋯⋯⋯ 117
扬雄草玄台/唐·岑参 ⋯⋯⋯ 117
扬雄宅/宋·邵博 ⋯⋯⋯⋯⋯ 118
扬子云洗墨池/宋·宋京 ⋯⋯ 118
郫县子云阁/明·杨慎 ⋯⋯⋯ 119
子云亭/清·金城 ⋯⋯⋯⋯⋯ 120
扬子云故里/清·黄云鹄 ⋯⋯ 121

第五章　山川溪河 ⋯⋯⋯⋯⋯ 123
1.青城山 ⋯⋯⋯⋯⋯⋯⋯⋯⋯ 132
丈人山/唐·杜甫 ⋯⋯⋯⋯⋯ 132
和青城题壁诗/清·骆成骧 ⋯ 132
宿朝阳洞晓望/清·黄云鹄 ⋯ 133
望青城山/清·王士禛 ⋯⋯⋯ 134
再访青城/现代·吴丈蜀 ⋯⋯ 135
青城纪事诗（录一）/
　　现代·于右任 ⋯⋯⋯⋯⋯ 136
上清借居/现代·张大千 ⋯⋯ 136
青城第一峰/现代·张大千 ⋯ 137

2.龙泉山 ⋯⋯⋯⋯⋯⋯⋯⋯⋯ 138
赠圆昉公/唐·郑谷 ⋯⋯⋯⋯ 138
灵泉山中（录二）/宋·杨甲 ⋯ 139
山居写怀/明·楚山 ⋯⋯⋯⋯ 140
登长松山/清·曾溥泉 ⋯⋯⋯ 142
龙泉山顶远望/近代·吴芳吉 ⋯ 142
3.三学山 ⋯⋯⋯⋯⋯⋯⋯⋯⋯ 144
游三学山/南北朝·智炫 ⋯⋯ 144
三学山盘陀石上刻诗/
　　唐·佚名 ⋯⋯⋯⋯⋯⋯⋯ 145
三学山夜看圣灯/前蜀·徐太妃 ⋯ 146
题三学山/宋·刘望之 ⋯⋯⋯ 146
望龙桥峰/清·李勋 ⋯⋯⋯⋯ 147
4.云顶山 ⋯⋯⋯⋯⋯⋯⋯⋯⋯ 148
自小云顶上云顶寺/宋·陆游 ⋯ 148
登云顶山/清·李调元 ⋯⋯⋯ 149
云顶晴岚/清·谢惟杰 ⋯⋯⋯ 149
游云顶山/清·郑兰 ⋯⋯⋯⋯ 150
游金堂云顶山遇雨/
　　现代·于右任 ⋯⋯⋯⋯⋯ 151
5.锦江 ⋯⋯⋯⋯⋯⋯⋯⋯⋯⋯ 152
浪淘沙/唐·刘禹锡 ⋯⋯⋯⋯ 152
上皇西巡南京歌十首（选二）/
　　唐·李白 ⋯⋯⋯⋯⋯⋯⋯ 152
秋　兴/宋·陆游 ⋯⋯⋯⋯⋯ 153
蝶恋花·濯锦江头春欲暮/
　　宋·王采 ⋯⋯⋯⋯⋯⋯⋯ 154
蜀江春晓/元·丁复 ⋯⋯⋯⋯ 155

6.浣花溪 ……………… 156
江　村/唐·杜甫 ……………… 156
浣花溪/宋·苏洞 ……………… 156
浣花泛舟和韵/宋·吕陶 ……… 157
成都遨乐诗二十一首·四月十九
　　日泛浣花溪/宋·田况 …… 158
春泛浣花溪/清·彭懋琪 ……… 159
金方伯邀泛浣花溪/清·王士禛… 159

7.新都桂湖 ……………… 160
新都南亭送郭元振卢崇道/
　　唐·张说 ………………… 160
桂湖曲送胡孝思/明·杨慎 …… 161
桂湖五首（录二）/清·曾国藩… 162
桂湖五律十首寄张宜亭（录一）/
　　清·姚莹 ………………… 163
游桂湖/现代·朱自清 ………… 164
桂湖中秋/现代·谢无量 ……… 164

8.摩诃池 ……………… 165
宫词（节选）/前蜀·花蕊夫人… 165
避暑摩诃池上作/后蜀·孟昶 … 166
晚秋陪严郑公摩诃池泛舟/
　　唐·杜甫 ………………… 167
花时遍游诸家园/宋·陆游 …… 167
夏日过摩诃池/宋·陆游 ……… 168
摩诃池/宋·陆游 ……………… 169
过摩诃池（二首）/宋·宋祁 … 169
摩诃池/清·毛澄 ……………… 170

9.崇州罨画池 ……………… 171
蜀倅杨瑜邀游罨画池/
　　宋·赵抃 ………………… 171
夏日湖上/宋·陆游 …………… 172
池上见鱼跃有怀姑熟旧游/
　　宋·陆游 ………………… 173
秋日怀东湖二首（录一）/
　　宋·陆游 ………………… 173
池上晚雨/宋·陆游 …………… 174
罨画池公园·云溪晚磬/
　　现代·藕汀 ……………… 175

第六章　花卉树木 ……………… 177
1.芙蓉花 ……………… 185
咏蜀都城上芙蓉花/后蜀·张立… 185
又咏蜀都城上芙蓉花/
　　后蜀·张立 ……………… 186
二色芙蓉/宋·文同 …………… 186
和芙蓉花韵/清·高氏 ………… 187
锦城竹枝词/清·杨燮 ………… 188

2.梅花 ……………… 189
和裴迪登蜀州东亭送客逢早梅
　　相忆见寄/唐·杜甫 ……… 189
梅/宋·陆游 …………………… 189
梅　花/宋·陆游 ……………… 190
梅花绝句（其二）/宋·陆游 … 190
梅花绝句（其三）/宋·陆游 … 191
合江探梅/宋·白麟 …………… 191

合江亭隔江望瑶林庄梅盛开过江访
　　　之马上哦此/宋·范成大……… 192
3.海棠花 ……………………… 193
　　蜀中赏海棠/唐·郑谷 ………… 193
　　海　　棠/唐·吴融 …………… 193
　　海棠溪/唐·薛涛 ……………… 194
　　海　　棠/唐·贾岛 …………… 194
　　海　　棠/宋·苏轼 …………… 195
　　海棠歌/宋·陆游 ……………… 195
　　成都行（节选）/宋·陆游 …… 196
　　醉落魄·海棠/宋·范成大 …… 197
4.蜀葵 ………………………… 197
　　蜀葵花歌/唐·岑参 …………… 197
　　黄蜀葵/唐·薛能 ……………… 198
　　蜀　　葵/唐·徐夤 …………… 199
　　使院黄葵花/前蜀·韦庄 ……… 199
　　蜀　　葵/宋·韩琦 …………… 200
　　咏蜀葵/宋·孔平仲 …………… 201
　　蜀　　葵/宋·王镃 …………… 201
　　黄蜀葵/宋·陆游 ……………… 202
5.牡丹 ………………………… 202
　　花　　底/唐·杜甫 …………… 202
　　生查子·牡丹/后蜀·孙光宪 … 203
　　忆天彭牡丹之盛有感/宋·陆游… 204
　　玉麟堂会诸司观牡丹酴醾/
　　　宋·范成大 ………………… 204
　　和范蜀公题蜀中花图/宋·韩绛… 205
　　彭州歌/宋·汪元量 …………… 205

　　纪天彭诗/清·李调元 ………… 206
　　故乡牡丹/现代·张大千 ……… 206
6.荷花 ………………………… 207
　　为　　农/唐·杜甫 …………… 207
　　狂　　夫/唐·杜甫 …………… 208
　　武侯祠荷花/清·王闿运 ……… 208
　　成都少城公园/近代·万禾子 … 209
7.杜鹃花 ……………………… 209
　　净兴寺杜鹃一枝繁艳无比/
　　　唐·韩偓 …………………… 209
　　杜鹃花/后唐·成彦雄 ………… 210
　　杜鹃花/宋·杨万里 …………… 211
8.银杏 ………………………… 211
　　鸭脚子/宋·梅尧臣 …………… 211
　　宣州杂诗（其一）/
　　　宋·梅尧臣 ………………… 212
　　银　　杏/现代·陶世杰 ……… 212
9.楠木 ………………………… 213
　　高　　楠/唐·杜甫 …………… 213
　　楠树为风雨所拔叹/唐·杜甫 … 214
　　清阴馆种楠/宋·蒋堂 ………… 215
　　寄题郫县蘧仙观四楠/
　　　宋·范成大 ………………… 216
10.柏树 ……………………… 216
　　古柏行/唐·杜甫 ……………… 216
　　武侯庙古柏/唐·雍陶 ………… 218
　　武侯庙古柏/唐·李商隐 ……… 218
　　文殊院古柏/宋·苏辙 ………… 219

第七章　民物风俗 ··················· 221

1.蜀锦 ························· 231
试新服裁制初成三首/唐·薛涛 ··· 231
织锦曲/唐·王建 ··············· 232
蜀锦曲/唐·方式济 ············· 233
鹧鸪天·蜀锦吴绫剪染成/
　　宋·侯寘 ················· 234
锦城竹枝词/清·杨燮 ··········· 235
蜀　锦/现代·殷明辉 ··········· 236

2.蜀笺 ························· 236
寄王播侍御求蜀笺/唐·鲍溶 ····· 236
送冷金笺与兴宗/宋·司马光 ····· 237
蜀　笺/宋·文彦博 ············· 238
锦花笺/元·张玉娘 ············· 238
周五津寄锦笺并柬杨双泉/
　　明·杨慎 ················· 239
留滞成都杂题/现代·沈尹默 ····· 240

3.器物 ························· 241
蜀都赋（节选）/汉·扬雄 ······· 241
又於韦处乞大邑瓷碗/唐·杜甫 ··· 241
赠宗鲁筇竹杖/唐·李商隐 ······· 242
川　扇/明·陈三岛 ············· 243
谢胡子远惠蒲大韶墨/
　　宋·杨万里 ··············· 243

4.灯市 ························· 244
十五夜观灯/唐·卢照邻 ········· 244
成都遨乐诗二十一首·上元灯夕/
　　宋·田况 ················· 245

绛都春·元宵/宋·京镗 ········· 246
正月十四日至成都是夜观灯/
　　清·李调元 ··············· 247
元　宵/清·李调元 ············· 248
元　宵/清·李调元 ············· 249
十六日夜再观灯/清·李调元 ····· 249
观灯竹枝词（录一）/
　　清·冯誉骢 ··············· 250

5.蚕市 ························· 251
成都遨乐诗二十一首·正月五日
　　州南门蚕市/宋·田况 ······· 251
成都遨乐诗二十一首·二十三日
　　圣寿寺前蚕市/宋·田况 ····· 252
三月九日大慈寺前蚕市/
　　宋·田况 ················· 253
蚕　妇/宋·张俞 ··············· 253
蚕　市/宋·汪元量 ············· 254
成都遨乐诗二十一首·八日大慈
　　寺前蚕市/宋·田况 ········· 254
望江南/宋·仲殊 ··············· 255

6.药市 ························· 256
成都遨乐诗二十一首·重阳日州
　　南门药市/宋·田况 ········· 256
洞仙歌·重九药市/宋·京镗 ···· 257
送凝上人成都看药市/宋·王灼 ··· 258
九日药市作/宋·宋祁 ··········· 259
望江南·药市/宋·仲殊 ········· 261
药　市/宋·汪元量 ············· 262

7.花市 ………………………… 262
花　市/唐·萧遘 …………… 262
游成都花市/金·洪锡爵 …… 263
竹枝词/清·王光裕 ………… 264
花会场竹枝词（录二）/
　清·谢家驹 ……………… 264
卓莹第招饮承香楼望青羊宫花会
感作（录一）/清·刘志 …… 265
成都花市/清·顾复初 ……… 265

第八章　成都美名 …………… 267

1.南京 …………………………… 276
上皇西巡南京歌十首（录二）/
　唐·李白 ………………… 276
梅　雨/唐·杜甫 …………… 277

2.龟城 …………………………… 277
成都暮雨秋/唐·戎昱 ……… 277
蜀都道中/唐·刘兼 ………… 278
蜀中经蛮后寄陶雍/唐·马戴 … 279

3.锦官城 ………………………… 280
春夜喜雨/唐·杜甫 ………… 280
浣溪沙·烛下海棠/宋·范成大 … 281
忆江南/宋·刘辰翁 ………… 281

4.锦城 …………………………… 282
登锦城散花楼/唐·李白 …… 282

绵谷回寄蔡氏昆仲/唐·罗隐 … 283
锦城曲/唐·温庭筠 ………… 284
锦城写望/唐·高骈 ………… 285
钱氏池上芙蓉/明·文徵明 … 286

5.锦里 …………………………… 286
南　邻/唐·杜甫 …………… 286
游海云寺唱和诗/宋·吴中复 … 287
柳梢青·锦里繁华/宋·陆游 … 288
一寸金/宋·柳永 …………… 289
锦江绝句/清·尉方山 ……… 290

6.成都 …………………………… 290
成都府/唐·杜甫 …………… 290
下里词送杨使君入蜀（录六）/
　近代·赵熙 ……………… 292
虞美人/宋·王质 …………… 294
成都书事（二首）/宋·陆游 … 295
蜀都春晚感怀/宋·刘兼 …… 296
代祀西岳至成都/元·虞集 … 297
题王庶成都山水画/元·虞集 … 297
成都竹枝词（录三）/
　清·吴好山 ……………… 298
成　都/清·吴伟业 ………… 299

参考文献 ………………………… 301

第一章 美食茶饮

今日成都已经成为举世闻名的美食之都。琳琅满目的小吃、川菜馆、火锅店、茶馆、酒吧，星罗棋布地点缀着这个城市的幸福指数。

成都的美食文化历史悠久，品种繁多，可是有渊源的。

想知道古诗词是如何描述成都美食的吗？想知道古代诗人喜欢吃哪种美食、喝哪种茗茶、品哪种美酒吗？

隔着遥远的时空距离，您是否觉得古代人的生活方式很陌生、很传奇呢？

我们"蓉城趣谈"智能穿越剧组将满足您的求知欲。请戴上穿越道具，和我们一起穿越回古代，去和那些有趣的诗人们聊一聊吧！

【诗与美食】诗意是生活的一味调料

许多人会问：诗人和美食有关系吗？

在我们的惯常思维里，理想中的诗人似乎是不食人间烟火的神仙，不需要过油盐酱醋的世俗生活。

之所以有这种感觉，是因为我们读了太多浪漫的诗篇，脑海中形成了一幅幅关于诗人浪漫写意的画面。

民以食为天。诗人当然也是需要吃饭的，他们的许多灵感和诗意也是从世俗生活中产生的。

况且，从"吃饭"到"美食"，是一个从量变到质变的过程。吃饭满足的是温饱，美食追求的是艺术。

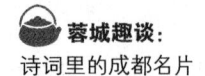

将十三味涂抹于肉类之上，将素不相识的食材放在一起，将明月注入酒杯之中……诗人们是天生的发明家，他们善于将诗意注入生活，将生活调制出不同的味道。

多年前的某个晚上，李白一个人在花丛间饮酒，觉得有点寂寥，就邀请自己的影子、天上的月亮与自己同饮。看似饮酒，却又不似，一杯酒与才情满腹的诗人相遇，在花香、月影、清风的景语烘托下，竟喝出了天人合一的境界。

苏东坡一生被流放到很多地方，但他心胸开阔，性情豪放，无论走到哪里，都会和当地人交朋友。他一直是个热爱生活的人，业余喜欢研究美食。烹饪时的一个小创意，会给苏东坡带来味觉上的小惊喜，激发小小的创作灵感，也会给艰辛的流放生活带来一丝甜甜的慰藉。

诗人们大多热爱生活，也是追求艺术之人。他们不甘于生活本身，而要在生活的底色上，绘制不一样的色彩，品味不一样的诗意。

【超级访谈】和陆游聊聊美食那些事儿

记者：《美食报》记者飞花。

第一章 美食茶饮

特约嘉宾：南宋大诗人陆游。

时间：1185年春天。

地点：越州山阴。

记：务观兄（陆游的字），您好！哇，好大的菜园子，这些菜都是您亲自种的吗？

陆：是啊，我比较喜欢吃蔬菜，所以空闲时就种些白菜、芹菜、竹笋、荠菜、香菇、茄子……看着它们在阳光雨露的滋润下，一天天长大，真是开心啊！

记：是啊，我都闻到荠菜的清香味了。这些蔬菜怎样吃才最有营养呢？

陆：蔬菜比较清淡，多吃蔬菜对身体是很有好处的。比如荠菜，摘来后洗干净，要趁着新鲜马上煮，不需要加盐，这样才能吃出荠菜的原味来。

记：这么讲究啊。务观兄，最近读了您的新作《冬夜与溥庵主说川食戏作》，里面写到了薏米、木耳、豌豆苗、龙鹤菜、木鱼……可以和大家分享一下您写这首诗的灵感吗？

陆：我在四川的成都、蜀州等地工作过8年，离开多年后对四川的美食

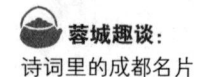

仍然记忆犹新，忘不掉啊！在一个冬天的晚上，遇到一个知心朋友，就和他聊了起来，更加触发了我对四川的思念之情。

记：我听说过您的一件趣事。有一次您就地取材，用竹笋、蕨菜和野鸡等食材，烹制出一桌丰盛的佳宴，把客人们都吃撑了，纷纷拍着自己的肚皮说："太好吃了，真是天下美味啊！"

陆：哈哈哈，我喜欢吃美食，也喜欢给大家做美食。所以，交个我这样的朋友，还不赖吧？

记：不赖不赖，务观兄，什么时候我也能尝一尝您的手艺呢？

陆：没问题，今天就请你吃新鲜的荠菜和美味的蒸鸡，好不好？

记：谢谢务观兄，不过今天我还有别的采访任务，改天吧！最后，请您和大家分享一些您的养生之道吧！

陆：烧烤熬煎、脂油较多的食物，吃起来很合口味，但不宜于肠胃消化，那些肥腻的食物吃多了就像在身体里贮存毒物一样。所以，我的养生之道是，多吃素菜多喝粥，少吃油腻少吃荤。喝粥可以强身益气，延年益寿啊。

记：务观兄，谢谢您和大家分享了这么多。希望您健康开心，工作别太劳累啦！咱们下次再见！

陆：好的，飞花，你也多保重，再见！

【坊间趣闻】街头偶遇"浣秋茶"

话说1936年春天，某个阳光稀薄的午后，黄炎培和两个好友正在成都的街头转悠。

春风和煦，街道上的几株海棠花已含苞欲放，小鸟在枝头叽叽喳喳，几家饭馆、茶馆的招牌映入眼帘。

黄先生眼前一亮，随口念道："浣秋茶馆、味腴菜馆、临时维持生活处、不醉无归小酒家……这些小店的名字取得多漂亮呀，怕是比北平、杭州、扬州等地都要风雅呢！"

同行的一个朋友说："是啊，成都的茶馆之多在全国都是有名的。据《成都通览》记载，清末成都的街巷有516条，光茶馆就有454家，几乎每条

第一章 美食茶饮

街巷都有茶馆！去年的《新新新闻》报道成都共有茶馆599家，每天茶客达12万人之多。这可真是一个来了就不想离开的好地方啊！"

另一个朋友提议道："我们到浣秋茶馆坐一坐吧！"

黄先生哈哈大笑说："好，我们去茶馆喝杯茶，好好体验一下这全国有名的成都茶馆！"

茶馆里窗明几净，桌椅简朴，气氛清雅。几个人落座，店小二像喜鹊一样飞过来，嘴里念念有词："春风十里，不如春茶一两。请问先生喝什么茶？"

黄先生说："给我来一杯青城雪芽吧，你们二位喝什么呢？我来买单！"

二位朋友纷纷点了茶，边品边聊。茶馆里氤氤氲氲，茶香弥漫。

邻座有两位正在品茶的老先生，看到黄先生们从外地来，对成都的饮食、茶道颇感兴趣，便加入进来，众人一起摆开了"龙门阵"。

几个人从青城雪芽讲到洞天贡茶，从姑姑筵讲到"不醉无归小酒家"，还讲了好多成都餐饮界的趣闻轶事。

三五知己，话题相契，情趣相投，茶香袅袅⋯⋯窗外的蓝天飘着白云，也飘着来自锦江边的丝竹之乐。

这是20世纪30年代的成都，一个美妙而愉悦的下午，那些与成都有关的风俗和见闻，定格在了黄先生的文字和记忆里。

【最美名片】"薛涛酒"的前世今生

【薛涛】约768～832年，字洪度，今陕西西安人。唐代四大女诗人之一，蜀中四大才女之一。

【薛涛井】明代开始有记载，据说薛涛井原名叫玉女津，井水异常清澈，周围有石栏杆环绕。明代蜀王喜欢用这里的水仿制薛涛笺。

清康熙六年，即1667年，成都知府冀应熊亲手写下"薛涛井"三个字，刻字在石头上立于井前。

【薛涛酒】清乾隆五十一年，也就是1786年，有个陕西人来成都经商，在东门外水井街大佛寺旁边开办了一个制酒的作坊，取名叫"福升全烧房"，采用薛涛井的水酿酒，取名"薛涛酒"。

"薛涛酒"一经问世即名声大噪，顿时福升全门庭若市，顾客络绎不绝。

【全兴酒】"薛涛酒"经营了38年，一直深受老百姓的欢迎。为了扩大经营，道光四年即1824年，酒坊迁往暑袜街，改名"全兴成"号。老板对"薛涛酒"的制作工艺进行了加工、改造，酿造出几种好酒，统称为"全兴酒"，满足了不同层次饮君子的需要。

"全兴酒"甘醇、浓香、爽口、绵甜,加上暑袜街的市场环境更好,"全兴酒"的销量和名气远远超过以前的"薛涛酒"。数年之间,"全兴酒"名噪川内外,成为全国名酒。

【全兴大曲】新中国建立后,"全兴成"号成为国营成都酒厂,后更名为全兴酒厂。沿用其传统技术酿酒,故仍称"全兴大曲"。

1959年被命名为四川省名酒,多次荣获国家名酒称号及金质奖。

【网友茶吧】万福桥的麻婆豆腐

时间:1862年5月20日。

地点:成都大慈寺茶堂。

人物:网友马可波萝包、云朵上的棉花糖、夏日葵花子、穿越时空的米粒。

马:听说最近在成都北郊的万福桥,开了一家非常有特色的豆腐店。那美味的豆腐一旦入口啊,温热鲜嫩,麻辣鲜香,余味绕梁,三日不绝。哎呀,这说着说着,我的口水都流出来啦!

云:天下竟有如此美味?那烧制豆腐的大嫂一定长得像西施一样美吧?

夏:烧制豆腐的大嫂长得并不美,听说小时候得过天花,脸上有麻点,人称"陈麻婆"。在南来北往的顾客中,有一批挑油篓的脚力夫,他们每次吃饭

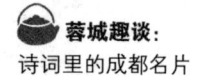

都要到集上买几块豆腐,割点牛肉,从油篓里舀点菜油,请陈麻婆为他们加工。

马:陈嫂是小本经营,赚不了多少钱的。不过她觉得脚力夫很辛苦,应该让他们吃得好一点,于是就精工细作,把普通豆腐做得色香味俱佳。脚力夫们吃了麻婆豆腐,不仅胃口大开,而且气通血活,浑身舒畅。他们走南闯北,到处宣传陈嫂做的豆腐好吃,于是麻婆豆腐的美名就逐渐传扬开来啦!

云:哈哈,菠萝包,你一口一个陈嫂,好像陈嫂是你家亲戚,难不成你已经尝过这道神仙豆腐啦?

马:不瞒您说,陈嫂确实是我家亲戚,我也确实尝过这道神仙一般美味的麻婆豆腐。店铺就在万福桥上,叫"陈兴盛饭铺",还可以一边吃饭一边欣赏府河的秀美景色呢!

夏:那我们这个周末就到"陈兴盛饭铺"一边品尝麻婆豆腐,一边欣赏府河岸边的芙蓉花吧。不过,麻婆豆腐现在这么有名,会不会很贵啊?

马:不贵,每碗麻婆豆腐只售八文钱,也卖酒和饭。我们还可以自己带点猪肉或牛肉,让伙计帮着加工呢!

穿:八文钱是多少钱哟?简直听不懂你们这些古人讲话!你们来自哪个朝代啊?

云:你是一百多年之后的成都人吧?让我来回答你的问题吧。如果换算成人民币的话,八文钱相当于你们的八角钱。我们来自1862年,清朝同治元年。

穿:哇,你们吃的麻婆豆腐这么便宜!想不到这道菜流行了一百多年,现在还是成都的一道名菜呢!我现在正在草堂附近吃麻婆豆腐呢,12元一盘,哎呀,这麻麻的感觉太巴适啦!

1.川菜

锦江思
宋·李新

独咏沧浪古岸边,牵风柳带绿凝烟。
得鱼且斫金丝鲙,醉折桃花倚钓船。

注释

锦江：濯锦江的简称，为岷江支流流江（外江）流经成都城南一段。沧浪：取杜甫《狂夫》诗中"百花潭水即沧浪"之意。斫（zhuó）：砍切。金丝鲙（kuài）：切得很细的鱼片。

[古诗今意] 锦江岸边的漫步与遐思

古老的锦江河畔，诗人独自一人在江边漫步、吟诗，

他看到春风吹绿了柳枝，江面上升腾起淡绿色的烟雾。

如果能得到一条大鱼该多好，可以切成金丝一样的生鱼片，

还可以折一枝桃花，悠闲地倚靠在渔船上，多么令人陶醉啊！

思　蜀
宋·陆游

玉食峨嵋栮，金齑丙穴鱼。

常思晚秋醉，未与故人疏。

白发当归隐，青山可结庐。

梅花消息动，怅望雪消初。

注释

栮（ěr）：木耳。金齑（jī）：用金橙切细丝和酱而成的调味品，用于蘸鱼吃。丙穴鱼：《水经注》里说，丙穴是一种洞口形似丙的洞穴，出于丙穴中的味美之鱼称为丙穴鱼，又称嘉鱼。归隐：回到民间或故乡隐居。结庐：建筑房子。

[古诗今意] 想你啊，四川

峨眉的木耳是珍贵的美食，

珍稀的丙穴鱼片蘸着橙酱吃也非常美味。

常常想起当年深秋的时候和老朋友一起喝酒，

到如今老朋友的面庞在我的记忆里还是那么熟悉。

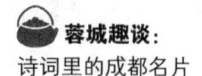

等到年老的时候，我就回乡间隐居，

在草木葱郁的青山上盖几间房子。

院子里的梅花已经含苞欲放，冰雪刚刚开始消融，

我在这惆怅地望着远方，等待老朋友一起来喝酒叙旧啊！

冬夜与溥庵主说川食戏作

宋·陆游

唐安薏米白如玉，汉嘉栮脯美胜肉。

大巢初生蚕正浴，小巢渐老麦米熟。

龙鹤作羹香出釜，木鱼瀹葅子盈腹。

未论索饼与饡饭，掫爱红糟并缹粥。

东来坐阅七寒暑，未尝举箸忘吾蜀。

何时一饱与子同，更煎土茗浮甘菊。

注释

唐安：今四川崇州东南。汉嘉：今四川芦山县。栮脯（fǔ）：木耳。大巢：指野豌豆苗。浴：浴蚕种。小巢：豆科植物，又名小巢菜，为一年生草本，可作菜蔬。龙鹤：一种野菜。羹（gēng）：用肉菜等做成的汤。木鱼：棕榈花蕾中的细子，也称棕鱼，棕笋。瀹（yuè）：煮。葅（zū）：酸菜，腌菜。索饼：面条。饡（zàn）饭：盖浇饭。红糟（zāo）：红色酒糟，可用作调味品。缹（fǒu）粥：合菜共煮的粥。土茗：土茶，粗茶。

[古诗今意] 冬天的晚上和溥姓僧人聊聊四川的美食，做闲诗一首

陆游感慨地说：四川可真是个好地方啊！

唐安的薏米白得像玉一样，汉嘉有肉片一样肥厚的木耳。

大巢菜刚刚长出来的时候，正是浴蚕种的好时节，

小巢菜开始变老的时候，麦米渐渐地成熟了。

龙鹤菜做的汤好香啊，腹部密布鱼子的木鱼煮酸菜也很好吃。

更不用说面条和盖浇饭了，还有红色的酒糟和与菜共煮的米粥。

我回来已经七年了,每次拿起筷子的时候,总会想起四川的美食!
希望能有机会与君一道品尝美味的川菜,
喝着我亲自煎煮的甘菊粗茶,一同谈论人生啊!

竹枝词·咏麻婆豆腐

清·冯家吉

麻婆陈氏尚传名,豆腐烘来味最精。
万福桁边帘影动,合沽春酒醉先生。

注释

竹枝词:竹枝词是盛唐时期产生的一种诗体,由古代巴蜀民歌演变而来。唐代刘禹锡把民歌变成文人的诗体,对后代影响很大。因与诗词中的内容关系不大,故在"古诗今意"中不译。桁(héng):梁上或门框、窗框等上的横木,泛指横木。沽(gū):卖。

[古诗今意] 为麻婆豆腐作诗

陈氏麻婆豆腐的名声远扬,
它的味道麻辣鲜香,余韵不绝。
万福桥边门帘飘摇,人影攒动,
先生一边酌着春酒,一边品尝麻婆豆腐,竟有些醉了。

蜀游百绝句

现代·黄炎培

小小商招趣有加,味腴菜馆浣秋茶。
临时生活维持处,不醉无归小酒家。

注释

味腴(yú)菜馆:餐馆的招牌。浣(wǎn)秋茶:茶馆的招牌。临时生活维持处:餐馆的招牌。不醉无归小酒家:餐馆的招牌,由黄晋临长子黄明

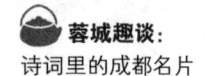

全开办。黄晋临,清朝举人,曾任射洪、巫溪县太爷,能文善书,川菜名厨,其开办的姑姑筵因精美的菜肴和较高的文化品位而远近闻名。

[古诗今意] 在成都的街头游玩所见

在成都的街头走一走,发现商店的招牌颇有情趣。
"味腴菜馆"的菜品也许川味醇厚、色香俱佳,
"浣秋茶馆"的茶水也许清香袭人、秋水流转。
"临时生活维持处"也许菜品简单、价格实惠,
"不醉无归小酒家"也许菜肴精美、举世无双。

2.小吃

锦城竹枝词·炒花生
清·杨燮

炒和晴沙香满城,蜀中佳果落花生。
宜茶宜酒宜羹味,莫作灯油点不明。

注释

炒和晴沙:用沙粒炒的花生,能完整地保留花生的香味。宜:适合。莫作灯油:炒过的花生所榨的油不能用于点灯。

[古诗今意] 成都的炒花生

走在成都的某条街道,忽闻空气中一股香喷喷的炒花生的味道,
深深地吸一口气,啊,感觉整个城市都弥漫着炒花生的香味。
喝茶、喝酒、喝羹汤的时候,吃点炒花生都是美妙的享受,
千万不要用来作灯油哦,那是把闪闪发光的珍珠投到黑暗的地方去了。

成都竹枝词(录二)
近代·刘师亮

敲得招牌丁丁当,掌盘堆满白麻糖。

声声似道甜头好，不信先生买点尝。

贫民觅食亦可怜，破晓煽炉立市前。
任是雪饕风又虐，四更犹喊卖汤圆。

注释

招牌：挂在店铺门前作为标志的牌子。掌盘：镶有边栏的长方形木板，行走时顶于头顶，用掌扶持，放下时另有木架支撑。白麻糖：麦芽制的饴糖，为防其相互粘接，将米粉洒于糖面，故色白。雪饕（tāo）风又虐：形容风雪很大，气候异常严寒。四更：指凌晨1~3点。

[古诗今意] 成都街头的小吃

店铺门前的牌子被敲得叮当响，掌盘里堆满了好吃的白麻糖。
店员不停地吆喝道："又甜又香的白麻糖，先生，您不信买点尝尝！"

贫苦的底层百姓为了生计，天刚刚亮就扇着炉火站在市场前。
风雪天狂风肆虐，气候严寒，深更半夜了还在喊着"卖汤圆，卖汤圆啦！"

黄瓦街口猪油米花糖

现代·周菊吾

炒米成花白似霜，油酥糖脆最芳香。
出门贺岁家家遍，不为疗饥也细尝。

注释

黄瓦街：位于成都市青羊区内。清朝时期，这条街的名字叫松柏胡同，后因满清两位侯爷家道破败，家人愤世嫉俗，竟以建庙宇用的红砖砌墙，黄瓦（琉璃瓦）盖顶，蔚为奇观。民国后，故取"黄瓦街"命名。

013

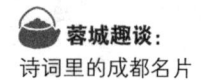

[古诗今意] 黄瓦街口的猪油米花糖

猪油炒的米花糖像霜雪一样白,
油而不腻,酥脆甜美,芳香可口。
每逢庆贺新年的时候,家家都会拿出米花糖来让你尝尝,
即使肚子不饿,你也会不由自主地接过来,细细地品尝一番。

守经街洗沙包子

现代·周菊吾

细点梅花五五朱,出笼包子豆沙酥。
百钱容我从容饱,扪腹还思苜蓿无?

注释

守经街:位于成都市青羊区内的一条街道。洗沙包子:洗沙包子和普通的豆沙包馅料都是赤豆馅,不同的是,洗沙包子所用的赤豆要去皮。淘洗干净、浸泡过的赤豆煮烂后,搁凉放置竹筛里,一边用水冲洗一边搓擦,赤豆的外衣很自觉地就褪除了下来。洗沙过后的豆沙馅细腻、无渣感,所以被称为"细沙包子"。扪(mén)腹:抚摸腹部,形容饱食后怡然自得的样子。苜(mù)蓿(xu):苜蓿属植物的通称,多为野生的草本植物。

[古诗今意] 守经街的洗沙包子

路过守经街,看到刚出笼的热腾腾的洗沙包子,精致地摆成一排排,
雪白的面皮上点缀着红色的梅花,褪去外衣的豆沙馅酥软香甜。
一百钱可买来一大笼包子,足够吃个饱,
从容地抚摸着肚子怡然自得,这时候你还会想念苜蓿的味道吗?

焦家巷口烤红薯

现代·周菊吾

滑滑焦家巷口泥,忍饥客散雨丝丝。
黄泥炉子通红火,番薯浓香透鼻时。

注释

焦家巷：位于成都市青羊区的一条街道。这里的烤红薯又甜又香，称为马寡妇烧红苕，城西一带极为出名。滑滑：泥泞滑溜。黄泥炉子：用黄泥砌成的炉子。番薯：甘薯，红薯。

[古诗今意] 焦家巷口的烤红薯

天上飘着细细的雨丝，焦家巷的泥巴路湿湿滑滑的，
路上的行人忍着饥饿，零零散散地在小巷里走着。
巷口有黄泥砌成的炉子，炉膛里燃烧着红红的炭火，
烤红薯的浓香扑鼻而来，多么令人心醉啊！

3. 茗茶

九日试雾中僧所赠茶

宋·陆游

少逢重九事豪华，南陌雕鞍拥钿车。
今日蜀州生白发，瓦炉独试雾中茶。

注释

南陌：南面的道路。雕鞍：雕饰有精美图案的马鞍。钿（diàn）车：用金宝嵌饰的车子。蜀州：崇州古称蜀州，四川省辖县级市，由成都代管。瓦炉：用陶土烧制的香炉。雾中茶：大邑县鹤鸣乡的雾中山一带盛产茶叶，色香味俱佳，古代做贡品，非常有名。

[古诗今意] 重阳节独自品尝山僧所赠的雾中茶

年少时过重阳节的美好情景仿佛还在眼前，
骑着华丽的骏马，乘坐着豪华的马车，和家人一起快乐出游。
如今的我一个人身在崇州，已经生出了白发，
独自用瓦炉烹煮，独自品尝着山寺僧人送来的雾中茶。

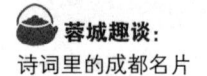

蓉城趣谈：
诗词里的成都名片

鹧鸪天·以茉莉沙坪茶送少岷

明·杨慎

灌口沙坪摘小春，素馨茉莉荐香尘。

要知贮月金波味，只有餐霞玉洞人。

云叶嫩，乳花新，冰瓯雪碗却杯巡。

清风两腋诗千首，舌有悬河笔有神。

注释

鹧（zhè）鸪（gū）天：词牌名。灌口沙坪：即青城山（位于四川省成都市都江堰市西南）一带的沙坪茶，后人多有题咏，在明代已成为"绝品"。素馨：木犀科，素馨花属，别名大花茉莉。花似茉莉而大，色白，极芳香。贮（zhù）：储存。餐霞：餐食日霞，指修仙学道。玉洞：岩洞的美称，也指仙道或隐者的住所。冰瓯雪碗：形容碗、盆器皿洁白干净。清风两腋：指唐卢仝（tóng）嗜茶，饮酣，有两腋生风之感。

[古诗今意] 赠送茉莉沙坪茶给少岷

在灌口沙坪摘得上等春茶，素馨茉莉的香气多么迷人。

将花与茶储存于上等瓷器中，数月后香气更加芳醇，只有仙人才能品味。

朵朵新茶和半开的茉莉多么鲜嫩，用洁净的杯子饮茶，一杯又一杯。

饮至尽兴时，顿觉两腋生风，诗思泉涌，唇齿留香，下笔写文章如有助力之神。

灌江竹枝词（录一）

清·马光型

山色青城一望赊，仙人长此种胡麻。

春雷昨夜闻惊笋，市上新添谷雨茶。

注释

灌江：在四川省成都市都江堰市境内。赊（shē）：远。仙人：逍遥自在、超脱尘世的人。胡麻：芝麻，一种油料作物。

[古诗今意] 谷雨时节的春茶

远远望去，青城山上碧绿一片，
仙人们常年在此种植胡麻。
昨夜春雷阵阵，惊动地下的竹笋抽出了嫩芽，
不久，市场上新添了谷雨时节采制的春茶。

忆江南·访青城山
当代·赵朴初

青城好，一绝洞天茶。
别后余香留舌本，携归清味发心花，仙茗自仙家。

注释

忆江南：词牌名。一绝洞天茶：青城山有四绝，一绝"洞天贡茶"，二绝"白果炖鸡"，三绝"青城泡菜"，四绝"洞天乳酒"。舌本：舌根，舌头。心花：形容心情像舒展开放的花一样愉快喜悦。

[古诗今意] 访青城山，品味仙茶

青城山"四绝"闻名天下，洞天贡茶乃其中一绝。
品味之后，它的余香在舌尖久久萦绕，
清香袭入肺腑，似乎要在心田里开出愉悦的花来，
这么好的茶不应长在凡间，应该是仙人送来的吧。

4.美酒

成都曲
唐·张籍

锦江近西烟水绿，新雨山头荔枝熟。
万里桥边多酒家，游人爱向谁家宿。

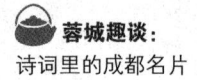

注释

新雨：初春的雨，刚下过的雨。万里桥：成都历史上著名的古桥，在成都市南。三国时，蜀汉丞相诸葛亮曾在此设宴送费祎出使东吴，费祎叹曰："万里之行，始于此桥。"该桥由此而得名。

[古诗今意] 成都风景美如画

刚刚落过一场春雨，西望锦江，烟波浩渺，江水碧绿。

山野里的荔枝已经羞红了脸，空气中洋溢着果实的清香。

城南万里桥边有许多酒家，酒旗在风中飘荡，

不知道来成都游玩的人最喜欢住在哪一家呢？

谢严中丞送青城山道士乳酒一瓶

唐·杜甫

山瓶乳酒下青云，气味浓香幸见分。

鸣鞭走送怜渔父，洗盏开尝对马军。

注释

严中丞：严武，杜甫好友，时任剑南节度使，镇守四川。山瓶乳酒：山里人自己酿成的野果酒。洞天乳酒是道家酒，青城山的特产，已有1200多年的历史。鸣鞭：挥鞭。渔父：作者自称，用《楚辞》中"众人皆醉而我独醒"之意。洗盏：洗杯，指饮酒。马军：骑兵，这里指送酒者。

[古诗今意] 感谢严先生送来青城山道士亲酿的乳酒

严先生专程派人送来青城山的乳酒，乳酒芬芳醇厚，我有幸也分尝一杯。

使者挥动着庄严的马鞭，给老夫送来这瓶青城山道士亲酿的美酒。

如此深情厚谊，老夫的心里真是感动啊，于是对送酒的骑兵说：

"你们一路上辛苦了，快请坐下来休息片刻，品尝一杯这芳醇的美酒吧！"

将赴成都草堂，途中有作，先寄严郑公五首（其一）

唐·杜甫

得归茅屋赴成都，直为文翁再剖符。
但使闾阎还揖让，敢论松竹久荒芜？
鱼知丙穴由来美，酒忆郫筒不用酤。
五马旧曾谙小径，几回书札待潜夫。

注释

严郑公：时任成都尹、剑南节度使的严武。文翁剖符：指严武再次治蜀出任成都府尹。闾阎：里巷的门，借指平民里巷。丙穴：又名雅鱼、嘉鱼，自古以肉嫩鲜美而著称。郫（pí）筒：郫筒酒，产于四川郫县，相传为晋代名士山涛创制。酤（gū）：买酒。五马：太守的代称。书札（zhá）：指书信。潜夫：归隐之人，作者自喻。

[古诗今意] 前往成都草堂的路上，写五首诗寄给严郑公

我正在奔赴成都的路上，终于可以重回草堂，只因严郑公重镇成都的缘故。

回去后和街坊邻居还要互相窜门走动，怎敢让园子里的松竹长时间荒芜呢？

尝过味道鲜美的四川雅鱼，就不再觉得其他的鱼美味了。

想一想郫筒酒的清香，就不用再买别的酒来喝了。

您熟悉来草堂的小路，几次写信让老夫回来，想想与老友相见的情景，心中是多么感慨啊！

酒 垆

唐·陆龟蒙

锦里多佳人，当垆自沽酒。
高低过反坫，大小随圆瓿。
数钱红烛下，涤器春江口。
若得奉君欢，十千求一斗。

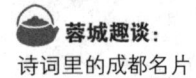

注释

酒垆：卖酒处安置酒瓮的砌台，也借指酒肆、酒店。锦里：地名，在成都南，后泛指成都。当垆：指卖酒者坐在垆边。沽酒：卖酒。坫（diàn）：古时室内放置食物、酒器等的土台子。瓿（bù）：古代一种青铜或陶制的小瓮，用于盛酒或水。十千：一万，极言其多。一斗：古代的计量单位，一斗为十升。

[古诗今意] 垆边卖酒的美人

锦里老街上有不少美人，坐在酒垆边卖酒。
饮酒后的空酒杯高高低低地摆满了土台，大大小小的圆瓮随处可见。
老板娘在红烛光下数着钱，在春江口洗涤着酒器。
如果能让您尽了酒兴，一万钱来求一斗酒也在所不辞呢。

咏薛涛酒

清·冯家吉

枇杷深处旧藏春，井水留香不染尘。
到底美人颜色好，造成佳酿最醺人。

注释

薛涛酒：清乾隆五十一年（1786），陕西来成都经商的王氏兄弟，在成都东门外水井街大佛寺旁开办"福升全"烧房，用薛涛井的水酿酒，被人称为"薛涛酒"，一经问世，大受欢迎。枇杷深处：语出唐代诗人王建的诗句"万里桥边女校书，枇杷花里闭门居"。指薛涛的住所种着枇杷树，开着枇杷花。美人：指薛涛。醺（xūn）：酒醉。

[古诗今意] 枇杷深处的薛涛酒

在枇杷花盛开的小巷深处，藏着古老的春色，
薛涛井汲出的水清澈甘甜，不染一丝尘埃。
井水中似乎倒映着女子美丽的容颜，曼妙的身姿，

这古老井水酿出的美酒愈发芬芳隽永，令人沉醉。

咏薛涛酒

清·张问陶

浣溪何处薛涛笺？汲井烹泉亦惘然。

千古艳才难冷落，一杯名酒忽缠绵。

色香且领闲中味，泡影重开梦里缘。

我醉更怜唐节度，枇杷花底问西川。

注释

汲井：汲取井水。艳才：写作美妙文章的才能。唐节度：指与薛涛有交往的西川节度使韦皋、李德裕等。枇杷花：即琵琶花，薛涛培植的一种花，形似杜鹃。

[古诗今意] 醉人的薛涛酒

据说浣花溪的水可以被用来制作精美的诗笺？

汲取薛涛井的泉水来煮茶，效果也并不理想。

自古以来，有才华的人很难受到冷落，

一杯名酒忽然让人心生缠绵。

这井水酿成的薛涛酒芬芳四溢，回味无穷，

醉意朦胧中让我穿越回唐代，在梦里和佳人相遇吧。

醉酒的我更加怜爱那些与薛涛往来的唐代节度使，

好想在枇杷花开放的时节，与薛涛对酌一杯，和一首古诗呢。

咏全兴大曲

近代·刘咸荥

盏底清浮别有香，秋光酿出浅深黄。

室中有酒无人送，带月归来笑举觞。

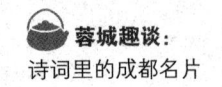

注释

全兴大曲：酿薛涛酒的福升全烧房，于道光四年（1824）迁往署袜街，更名全兴成，酿制全兴酒。中华人民共和国成立后，改为国营成都酒厂，后更名为全兴酒厂，自1963年起，全兴大曲酒被评为中国名酒。盏：小杯子。觞（shāng）：古代的盛酒器。

[古诗今意] 全兴大曲芬芳四溢

瞧，杯底的轻清之气上升，溢出别样的酒香，
秋光酿出的美酒呈现出深浅不一的娇黄。
家里收藏了很多的美酒，不需要人相送，
披着月光从外面回来，笑着举起一杯酒品尝。

竹枝词

当代·启功

闻说临邛有酒垆，源源新酿到京都。
举杯一饮文君酒，不数凌云马相如。

注释

竹枝词：词牌名。临邛：巴蜀四大古城之一，古南方丝绸之路西出成都的第一城。凌云：《史记》称司马相如"飘飘有凌云之气"，谓超出尘世之意。

[古诗今意] 文君当垆卖酒

想当年，卓文君与司马相如来到临邛，为生活所迫做起了卖酒的生意，
卓文君淡妆素裹在店堂卖酒，司马相如系着围裙和佣人一起洗涤酒器。
他们酿造的美酒源源不断地被运到京城，为官廷献上了烧春酒、瓮头春等佳酿。
品尝一杯这绵香悠长的文君酒，眼前浮现出司马相如超凡脱俗的凌云之气。

第二章 音乐戏曲

自古以来，成都不仅是美食之都，也是音乐之都。遥想数百年前，在成都的街头，峨冠博带的古代人听的是什么音乐、看的是什么节目呢？

那惟妙惟肖的灯影戏，那荡气回肠的川剧，那曾经的舞榭歌台，虽然已被雨打风吹去，却在辉煌的历史画卷中留下了浓墨重彩的一笔。

古诗词里的成都是怎样的一座音乐之城呢？杜甫诗里的"锦城丝管日纷纷"是怎样的一种景象？

我们"蓉城趣谈"智能穿越剧组将满足您的求知欲。请戴上穿越道具，和我们一起穿越回古代，去听听古诗词里的"音乐之声"吧。

【诗与音乐】诗歌中飞出美妙的旋律

"蒹葭苍苍，白露为霜。所谓伊人，在水一方。"

"关关雎鸠，在河之洲。窈窕淑女，君子好逑。"

当你朗读《诗经》里这些美妙的诗句时，脑海中是否会有音乐的旋律响起呢？

《诗经》是我国最早的诗歌总集，里面的诗歌在当时都是可以配上音乐歌唱的。只是年代太久远了，那些曲调并没有流传下来。

诗歌和音乐最初是血脉相连的关系，你中有我，我中有你。中国古代的文人们也是把诗当成歌来唱或吟诵的。

汉代的《乐府诗集》收集了一些民间流传的诗歌，可配上乐谱来吟唱。

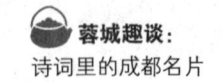

如《木兰辞》的诗句："唧唧复唧唧，木兰当户织。不闻机杼声，唯闻女叹息……"朗朗上口，节奏明快，配上音乐非常容易传唱。

唐代时诗歌艺术达到鼎盛，宫廷音乐也得到了前所未有的发展。李白、杜甫、白居易、杜牧、李商隐等人的诗歌，配上美妙的音乐，犹如给诗歌插上了翅膀，更加易于传唱，传播的范围也越来越广。

李白的《关山月》、杜甫的《清明》、刘禹锡的《竹枝词》、王维的《阳关曲》等诗歌，在当时都是著名的歌曲，几乎人人会唱。根据王维的《送元二使安西》创作的《阳关三叠》，成为当时著名的流行歌曲，有数十种唱法呢。

诗歌和音乐一样，都是有节奏、韵律和音调的。诗歌中的分行、反复、排比就像音乐中的休止符、咏叹调、变奏曲。它们时而明快，时而顿挫，时而张扬，时而沉郁，倾诉着心灵的喜乐悲欢，抒发着人生的苦辣酸甜。

音乐当然也包含戏剧。戏剧是流动的诗歌，在悠扬高亢或浅唱低吟中流动着诗歌的旋律和韵味。

在现代化的影像没有出现之前，戏剧陪伴了人类多年。我们的祖先在繁重的劳动之余，看一场红妆素裹的好戏，听悠扬高亢的唱腔在夜空中回荡，

是多么惬意的一种精神享受。

诗歌和音乐多以抒情为主，对敏感的心灵有着良好的治愈功效。读一首好诗，唱一曲好戏，听一首好歌，都是一次忘我的陶醉，一次灵魂的飞翔，一场酣畅淋漓的精神回归。

【超级访谈】和黄炎培聊聊川剧那些事儿

记者：《戏曲报》记者夏荷。

特约嘉宾：现代教育家黄炎培。

时间：1936年6月5日。

地点：成都悦来茶园。

记：黄先生，我刚读了您写的《蜀游百绝句》，发现您对川剧还颇有研究呢。不瞒您说，我也是川戏的戏迷呢。

黄：那太好了，我俩应该算是戏友了。

记：俗话说："会看的看门道，不会看的看热闹。"常听人说川剧的五种声腔有昆曲、高腔、胡琴、弹戏、灯戏，黄先生，您能给我们讲讲吗？

黄：川剧的伟大在于博采众长，最后融合成自己的东西。先说昆曲吧，它是如何融入川剧的呢？给你科普一段历史知识。由于明清的几次大移民，外省商人在四川组织了各种形式的"同乡会"，并建立会馆，在成都就有江西会馆、陕西会馆、湖广会馆等，同乡们在节日聚会或者酬神赛会时，喜欢观看家乡戏，还可以边看戏边谈生意，所以各省的地方戏在四川都有演出，也都有自己的观众，昆曲的入川便属于这种情况。

记：昆曲的唱腔确实厉害，但是川昆和昆曲之间有区别吗？

黄：当然是有区别的，昆曲来到四川，必须入乡随俗，用四川的语言、川剧的锣鼓、川剧的表演等，变成川昆，才能在四川生根。例如，川剧《秋江》来源于昆曲《玉簪记·追别》，昆曲表现的背景是江南水乡，川昆变成了西南川江的生活画面；再如，川剧《踏伞》源于昆曲《幽闺记·旷野奇逢》，昆曲反映的是河南的生活场景，在川剧中则变成了四川的崇山峻岭，完全"四川化了"，突出了地方特色，这样的改编观众是喜欢的。

记：怪不得我看《秋江》觉得那么亲切，因为我就是川江边上长大的呀。要是换成江南水乡，可能就会觉得陌生了。

黄：就是这个道理。川剧中的高腔是由江西弋阳腔演变而来的，最终成为川剧中最具代表性的声腔艺术。弋阳腔在明清经过一定时期的发展，达到了成熟的阶段，主要变为唱和帮腔两种形式。在当时社会中，弋阳腔在农村流行，农民们喜欢以独特的唱腔来缓解劳作中的辛苦。

记：一边干着农活，一边高声唱戏，心情肯定很爽！

黄：咱再说说弹戏，弹戏是由秦腔梆子演变而来的。大约在明末清初，随着川陕交通和贸易的往来，秦腔传入四川，受到四川地方语言和音乐的影响，形成了自己独特的风格，具有浓郁的四川地方色彩。

记：焦菊隐先生说过："川剧是很有出息的。川剧是个大剧种，实际上它吸收五种剧种……然后消化了。"

黄：焦先生说得好！应该说，川剧的唱，唱不过昆曲；川剧的打，打不过京剧；川剧的高亢不如秦腔和豫剧，缠绵也不如越剧，轻快活泼不如黄梅戏……但是川剧博采众长，自成一体，形成了它独特的魅力。

记：黄先生，我来通俗地评价一下吧。我觉得川剧和其他剧种相比，它不是单打冠军，但是团体总分很高，所以优势明显，可以这样理解吗？

黄：你理解得不错。总的来说，川剧是融汇中国戏曲的雅部（昆曲）和花部（弋阳腔、皮黄腔、梆子腔、吹吹腔、民间灯调）等多种声部于一台的四川地方戏曲艺术，包含昆腔、高腔、胡琴、弹戏、灯戏五种演唱形式。川剧取胜的秘诀在于博采众长而自成一家，因而受到大家的喜爱。

记：今天的收获太大了，黄先生，非常感谢您！

【坊间趣闻】李调元和魏长生为何三年不见

清代乾隆、嘉庆年间，四川出了两个大才子，一个是蜀中才子李调元，一个是著名男旦魏长生。

魏长生（1745—1802），在家排行老三，又名魏三。魏三的父亲很早就去世了，母亲给人家当仆人补贴家用，家境异常贫寒。

魏长生小时候特别喜欢看戏，喜欢学唱秦腔花旦。他先后加入了几个川戏班子，能演花旦、青衣、刀马旦，简直是个全能的旦角。他练功特别刻苦，唱做念打，功力渐显。没几年就学会了几十出川剧，演唱时声情并茂，在戏班崭露头角。

乾隆三十九年（1774），30岁的魏长生到北京演出了《滚楼》一剧，轰动京城，许多人赶来观看，以至于其他的戏院子都没有人去捧场了。当时京城里有一位京腔名旦叫白二，他演出的《潘金莲葡萄架》，扮相娇媚，红极一时，但是自从自魏长生的《滚楼》演出后，此剧便停演了。

魏长生成名后变得有钱了，他为人豪爽，喜欢赈济穷人，助人为乐。这时候，他认识了四川同乡李调元。李调元比魏长生大11岁，但是性格豪放，志趣高洁，酷爱戏曲，与魏长生一见如故。二人经常在梨园、寓所、四川会馆相聚，切磋技艺，畅叙乡情，很快成为知己。

然而，天有不测风云。清乾隆四十七年（1782），魏长生的戏班在北京被诬陷为"淫冶妖邪"，禁止登台演唱，同时李调元也被人诬陷入狱。

同是天涯沦落人，他们共同经历着人生的低谷，期待有一天能重见天

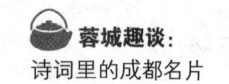

日，再次相逢，倾诉衷肠。

魏长生离开了京城，在浪迹南北、博采众艺多年之后，又回到故乡演戏。这时候的李调元也在成都，他多想马上见到魏长生，一叙多年阔别之情啊。

可是，咫尺天涯，他们却不能相见。为什么呢？

原来在京城时，二人同时遭人诬陷，现在回到原籍，若两个贱民聚在一起，岂不会授人以柄，给世人增添饭后的八卦谈资，有辱两人高洁的品格？所以，虽然思念老友之情深切，但是李调元压抑着内心的思念，避而不见。

魏长生回成都后，献艺梨园，经营产业，也没有机会去见李调元。这样过了大概三年时间。

三年之后，在嘉庆改元之际，李调元和魏长生这对艺苑双星，终于相会了。

知己相见，百感交集。他们一起喝酒，一起谈论艺术，李调元还观看了魏长生演出的《汉贞烈》。魏长生扮相俏丽，唱腔优美，表演精湛，感人至深；李调元赞叹他的演出"声容真切，令人欲泪"，给予了极高的评价。

【最美名片】皮影戏的前世今生

【诞生】皮影戏最早诞生于两千年前的西汉，又称"影子戏""灯影戏""驴皮影"，是中国最古老的戏剧形式之一。

【兴起】皮影戏兴起于唐宋时期。唐玄宗开办了专门教戏曲、皮影的"皇家梨园"，南宋京城临安出现了一批享有盛名的皮影戏艺人。

【走出国门】元代，随着军事远征和海陆往来，皮影戏传到亚欧各国，吸引了不少国外戏迷，人们亲切地称它为"中国影灯"。

【鼎盛时期】清末民初，皮影戏发展极为兴盛，几乎每个地方都有属于自己的独特皮影戏。逢年过节、喜庆丰收、嫁娶宴客、添丁祝寿，都少不了搭台演皮影戏，热闹非凡，盛况空前。

在电影、电视剧、话剧出现之前，皮影戏是中国民间最常见的娱乐形式之一。

【四川皮影】所演剧目除历史、神话、传说外，多为谐剧。影人造型夸张、滑稽，脸谱服饰多仿川剧，颇有地方特色，后来逐渐演变成四川地区独有的"灯影戏"。

【成都灯影】成都灯影影偶的造型设计上借鉴川剧的表现艺术，同时又采用了蜀锦刺绣、蓝印花布、四川年画等多种艺术表现手法。道具更为精良和复杂，细节刻画十分细致。

【凋零】清代后期，因社会动荡和连年战乱，民不聊生，皮影戏一蹶不振，万户凋零。

【重新活跃】1949年，全国各地残存的皮影戏班重新开始活跃。1955年起，先后组织全国和省市级皮影戏汇演，并多次出国访问演出，进行文化艺术交流。

【非遗馆藏】新时期以来，中国皮影被世界各国的博物馆争相收藏，同时也是中国政府与其他国家领导人相互往来时的馈赠佳品。

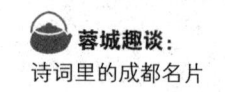

2011年，中国皮影戏入选人类非物质文化遗产代表作名录。

【网友茶吧】慈惠堂的扬琴班招收盲童啦

时间：1925年1月6日。

地点：成都华华茶馆。

人物：网友马可菠萝包、云朵上的棉花糖、夏日葵花子。

云：二位仁兄，给你们透露一个本人的小秘密，我最近迷上了扬琴，听说慈惠堂有个扬琴培训班，我好想去报名参加学习啊。

马：慈惠堂是什么地方？是美食一条街吗，有没有美味的酱肉包子卖啊？

夏：马可菠萝包，你怎么就知道吃？一点儿都不知道提高一下自己的文化素养！听我给你科普一下吧，最近天灾人祸频繁发生，大量的难民、灾民流入成都，于是成都产生了很多民间慈善团体。这些慈善团体对难民、灾民施行救济，为他们解决贫穷、饥饿、疾病等问题，为社会做了不少好事。这慈惠堂就是其中最著名的一家。

云：哎呀，你们两个别再讲什么酱肉包、难民啦，我再重申一遍，我想学习扬琴，慈惠堂有教的吗？

马：我说兄弟，别攀高枝了，扬琴那玩意儿，可不是一般人能学会的。让我看看你的手，你这就是一双包包子的手，哪里像弹扬琴的手？

夏：包子兄弟，别捣乱。棉花糖，你听我说，慈惠堂最近还真的成立了扬琴学习班，不过招收的都是盲童。因为大善人尹昌龄出任慈善堂总理，他发现慈善堂一带有许多盲人和他们的孩子，从事最多的就是摆摊算命，但他们中有些人会吹拉弹唱的手艺。所以尹昌龄决定办盲童扬琴班，请来一些名艺人或名票友任教。每期学习时间为四年，毕业后仍然留在堂内，参加各种营业性演唱、书场演唱或出堂会等，也有的留校当教师。

马：哎呀，葵花子，你少讲那些文绉绉的词儿了，俺是文盲听不懂！什么叫营业性演唱、书场演唱，什么叫出堂会？

网友：夏日葵花子

通俗地讲，就是这些学会了扬琴的盲人孩子，毕业后仍然留在慈惠堂，可以通过演出赚点钱，通过卖艺维持生活。比如参加一些专门的演出活动，到专门的曲艺场所演出，为一些大型的祭祀活动演出等。

云：葵花子，你还没有回答我的问题呢，如果不是盲童，就不能参加扬琴班的学习吗？

夏：棉花糖，你如果有心想学，可以单独拜师学艺啊！你想想，你的同学都是闭着眼睛学习，只有你一个人睁着眼睛学习，多寂寞呀！

马：哈哈哈，太搞笑了，棉花糖，干脆你也闭着眼睛，学盲人摸象得了！

夏：菠萝包，你少捣乱。棉花糖，你有心想学，成都的扬琴大师李德

031

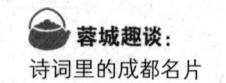

才、李连生都招收弟子，你可以去试试运气啊！

云：我在科甲巷听过李连生弹扬琴，好多人去听呢，他的琴声刚柔兼济，音色优美，时而如叮咚的山泉，时而如潺潺流水，时而又如大珠小珠落玉盘一般清脆。听得我心都醉了，真是太过瘾了！我一定要想办法拜他为师！等我学成的那一天，就请你们两个去观看我的精彩演出吧！

马：太好了，棉花糖，到时候我和葵花子一定会为你卖力鼓掌、大声喝彩的！不过，李连生大师会不会收你这个徒弟呢？

1.川剧

观 剧
宋·道隆

戏出一棚川杂剧，神头鬼面几多般。

夜深灯火阑珊甚，应是无人笑倚栏。

注释

一棚：一场。川杂剧：南宋时期四川涪陵一带流行戴假面具表演的一种杂剧，称为"傩戏"。阑珊：将尽之意。

[古诗今意] 观看川杂剧

南宋的时候，川东有一种神头鬼面的杂剧在戏棚中演出，

演员穿着色彩鲜艳的服装，戴着木质的"鬼脸壳"面具，在台上唱啊，跳啊。

夜色将尽的时候戏台上依然好不热闹，

台下的观众屏气敛息，应该没有人笑倚在栏杆上观赏吧。

锦城竹枝词
清·杨燮

川人终是爱高腔，几部丝弦住老郎。

彩凤不输陈四喜，泰洪班里黑娃强。

注释

高腔：川剧声腔的一种。老郎：老郎庙，今锦江剧场旧址。彩凤、陈四喜：川剧演员。泰洪班：戏班名。

[古诗今意] 锦城人爱高腔

四川人一直喜欢高腔的优美高亢，

老郎庙正在上演几部好看的川剧呢。

名角陈四喜的唱功了得，彩凤作为后起之秀，一点也不亚于陈四喜；

在演出的泰洪戏班里，有个叫黑娃的，其唱腔也是很有实力的！

朝华词·赞川剧名旦陈碧秀

近代·吴虞

贤才窈窕总堪怜，劫后重听蜀国弦。

四海风尘杜陵老，绮筵愁见李龟年。

注释

陈碧秀：1895~1946年，原姓洪，字朝华，成都人，三庆会名旦，时称成都四大名旦之首。贤才：才智出众的人。窈窕：幽静美好的样子。绮筵：华丽丰盛的筵席。李龟年：唐代著名乐师，杜甫有《江南逢李龟年》诗。

[古诗今意] 赞美川剧名旦陈碧秀

陈碧秀唱腔出众，扮相美好，总让人心生怜爱。

社会动荡之后重听他演唱川剧，内心生出几多感慨。

全国各地仍战乱不已，山河破碎，遥想多少年前，

年老的杜甫也不想在华丽的筵席上见到李龟年吧。

蜀游百绝句

现代·黄炎培

川昆别调学难工，便唱皮黄亦不同。

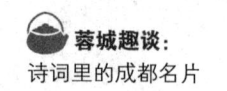

蜀曲亢音与秦近，帮腔几欲破喉咙。

注释

题解：作者1936年来川，以诗记其所见所闻。川昆：指川剧和昆曲。皮黄：川剧中之西皮、二黄腔。秦：指陕西秦腔。

[古诗今意] 在四川游玩听戏

川剧的昆腔吸收了苏昆的一些特点，但是与昆曲已经完全不同了。
川剧吸收了皮黄腔的一些特点，但是与皮黄腔也已经完全不同了。
川剧的弹戏与秦腔相近，高昂清亮，但已经不再是原来的秦腔了。
川剧的帮腔在演出中烘托气氛，气势磅礴，几乎要把喉咙唱破了。
一言以蔽之，川剧的声腔融汇百戏、自成特色。

观秋江赠周企何

现代·欧阳予倩

云掩柴门泪暗弹，樊笼冲破勇追潘。
诗情画意歌兼舞，一曲秋江中外传。

注释

秋江：川剧《秋江》是从昆曲《玉簪记》中《追别》一出独立发展而来的，描写陈妙常驾船追赶潘必正的一场，这场戏只有妙常和一个艄翁出场。周企何：我国著名川剧演员，四川成都人，在川剧《秋江》中扮演老艄公。

[古诗今意] 观看川剧《秋江》，赠老艄公扮演者周企何

乌云遮掩着简陋的柴门，被姑母拆散的一对情侣流下痛苦的泪水。
潘书生未来得及告别就离开了，姑娘心急如火地追到了秋江边。
她遇到了一位风趣的老艄公，一叶轻舟载着他们在江面上前行。
老人摇着船，悠闲自在；姑娘望着江景，感怀身世，想念情人。
川剧《秋江》诗情画意，载歌载舞，优美和谐，蜚声海内外。
特别欣赏周企何扮演的老艄公，为这部戏增添了出神入化的色彩。

观川剧柴市节、情探和断桥

现代·田汉

文山慷慨辞柴市，白氏缠绵泣断桥。
各有深情销不得，歌场留待艺人描。

纠缠至死似春蚕，犹恋从前一叶甘。
双鬓近来秋意满，何堪此夜看情探。

注释

柴市节：川剧《柴市节》为近代川剧作家黄吉安的代表作，讲的是南宋文天祥抗元失败、在柴市英勇就义的故事。情探：主要剧情是落第举人王魁与名妓桂英相遇，结为夫妻，王魁赴京赶考，得中状元后忘恩负义，桂英接到休书后到海神庙哭诉王魁罪状，自缢而死，最后判官司小鬼活捉王魁。断桥：《白蛇传》中的一出，讲的是白素贞自金山寺战败后，行至西湖断桥，腹疼难行，恰遇许仙。小青恨许仙负心，拔剑欲斩许仙，许仙苦苦相求，深表忏悔。白素贞念夫妻之情，为之求情，小青作罢，三人言归于好。文山：南宋宰相文天祥，号文山，被俘后于元大都（今北京）柴市遇害。

[古诗今意] 观看川剧《柴市节》《情探》和《断桥》

不久前和沫若兄一起观看了川剧《柴市节》《情探》和《断桥》。
文天祥兵败被俘，宁死不降，在柴市从容就义的场面惊天动地，
《断桥》里青儿扶着即将分娩的白素贞奔波悲诉那一段荡气回肠，
每部戏都有感人之处，令人难忘，舞台是演员们尽情施展才艺的地方。

恋人间的纠缠如同春蚕到死丝方尽，
特别怀念从前同甘共苦的深情。
近来已是双鬓斑白，内心常生出秋风萧瑟之悲凉，
怎能禁得住今夜观看《情探》这样悲催的剧情呢？

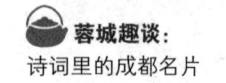

2. 丝管

赠花卿

唐·杜甫

锦城丝管日纷纷,半入江风半入云。
此曲只应天上有,人间能得几回闻?

注释

花卿:指成都尹崔光远的部将花敬定。丝管:指弦乐器和管乐器,泛指音乐。天上:神仙居住的天宫,这里指代皇宫。

[古诗今意] 写给爱听音乐的花先生

美妙悠扬的管弦乐曲,每天在锦城上空飘荡,
一半随着江风飘去,一半融于蓝天白云之间。
如此美妙的音乐,应该是为天上的神仙演奏的吧?
人间的平民百姓,一生能听上几回呢?

宫词(节选)

前蜀·花蕊夫人

三清台近苑墙东,楼槛层层映水红。
尽日绮罗人度曲,管弦声在半天中。

注释

三清台:蜀宫宣华苑中的道教建筑。楼槛:楼的栏杆。绮罗:华贵的丝织品或丝绸衣服。度曲:作词曲,唱曲。

[古诗今意] 蜀宫里的音乐

宣华苑中有雄伟的道教建筑三清台,楼的栏杆皆为朱红色,
层层叠叠的阑干倒影,把明净的池水都映红了。
台上每天都有身着华美绫罗的女道人在那里唱歌跳舞,

悠扬的管弦乐声仿佛从遥远的天际传来，悠长而深远。

锦城竹枝词

清·杨燮

清唱洋琴赛出名，新年杂耍遍蓉城。

淮书一阵莲花落，都爱廖儿《哭五更》。

注释

洋琴：即扬琴，一种击弦乐器。杂耍：旧时对曲艺、杂技等技艺的合称。莲花落：一种说唱兼有的曲艺艺术。廖儿：生活在清乾嘉年间的成都艺人廖贵。

[古诗今意]成都的扬琴赛出名

扬琴弹唱的表演因为赛唱会而远近闻名，
新年期间成都到处都在演出精彩的杂耍。
说淮书的民间艺人讲评了一阵"莲花落"，
廖贵唱的《哭五更》小曲深受人民欢迎。

锦城竹枝词钞

清·邢锦生

胡琴听罢又洋琴，满日生朝客满厅。

把戏相声都觉厌，差强人意是"三星"。

注释

钞：同"抄"。胡琴：拉弦乐器的一种，源于北方少数民族，古代汉人称北方少数民族为"胡"，因而得名。洋琴：乐器名，明末由中东、波斯一带传入中国。以木为盒，如扇面状，上张铜丝或钢丝为弦，以琴竹敲击发声，也称"扬琴"。把戏：杂技。差强人意：勉强使人满意。

[古诗今意]生日宴会琴声悠扬

生日宴会上宾客满堂，胡琴和扬琴争相登场。

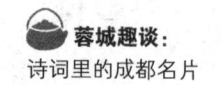

厌倦了看杂技听相声,"三星"只能算勉强。

悠扬的琴声此起彼伏,这一整天都热闹非常。

唱扬琴

现代·何韫若

慈惠堂开教瞽童,寿辰婚庆唱从容。

学来薄技堪糊口,胜它坐吃令山空。

注释

慈惠堂:创办于清雍正年间的成都著名慈善机构,在今天的成都梓潼桥正街北口与布后街附近。瞽(gǔ)童:盲童。薄技:微小的技能,常用来谦称自己的技艺。糊口:勉强维持生活,填饱肚子。坐吃令山空:比喻只消费而不事生产,以致把家产吃尽用光。

[古诗今意] 慈惠堂的盲童学习扬琴弹唱

慈惠堂广开教化,教一些盲童学习扬琴,

在许多寿辰婚庆的热闹场合,盲童们淡定从容地弹琴演唱。

学会这种小技艺可以勉强维持生活,

总比等着被慈善机构救济要好得多。

3.灯影戏

影灯戏(其一)

清·李调元

翻覆全凭两手分,无端钲息又钲闻。

分明夺地争城战,大胜连年坐食军。

注释

题解:选自《童山诗集》第三十八卷"弄谱百咏",生动地反映了乾隆晚期绵州农村皮影戏班演出的情景。钲(zhēng):古代青铜制击乐器,形似倒置铜钟，有长柄，在行军时敲打。

[古诗今意] 观看影灯戏

影戏艺人灵敏的双手操纵着小巧玲珑的皮影，
打击乐的声音此起彼伏，时而激烈时而平息。
戏中上演着争夺土地和城市的紧张战斗场面，
操纵影子的艺人才是连年打胜仗、不劳而食的"常胜军队"。

影灯戏（其二）

清·李调元

绘革全凭两手能，一人高唱众人应。
人生总是风中烛，何必争光一盏灯。

注释

题解：影灯戏是用灯光照射兽皮或纸板作成的人物剪影以表演故事的戏剧，也叫"皮影戏""影戏"。这首诗选自《雨村诗话》卷十。绘革：绘画刻镂皮影的手艺。

[古诗今意] 观影灯戏有感

艺人全凭两手巧妙操纵绘刻的皮影，
一人唱高腔、众人唱和的现场分外热闹。
人生苦短如同那风中的蜡烛易燃易熄，
何必都演主角，争夺一盏灯的光芒呢？

成都竹枝词

清·晋岩樵叟

灯影原宜趁夜光，如何白昼即铺张。
弋阳腔调杂钲鼓，及至灯明已散场。

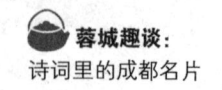

注释

弋阳腔：戏曲声腔之一，起源于江西弋阳，流行地区很广。由一人独唱，众人帮腔，用打击乐器伴奏。钲鼓：钲和鼓，古代行军或歌舞时用以指挥进退、动静的两种乐器。

[古诗今意] 成都白天上演灯影戏

灯影戏本应该在夜幕降临的时候，趁着夜色演出，
为何在这光天化日之下就如此隆重排场地上演了。
弋阳高腔在打击乐的伴奏下，唱腔分外精彩，
等到华灯初上的时候，灯影戏已经散场了。

皮灯影
近代·王克昌

一帘灯影唱高楼，宛转歌喉度曲幽。
阿堵传来神毕肖，果然皮里有春秋。

注释

度曲：依曲调的节拍歌唱。阿堵：六朝和唐朝时的常用语，相当于现代汉语的"这个"。神毕肖：神情完全相似。皮里春秋：指藏在心里不说出来的评论。

[古诗今意] 皮灯影戏真好看

灯影戏演出的现场可真热闹啊！一些可爱的影偶在幕布上舞动，
动人的唱腔幽深婉转，响彻高楼。
这小小的皮影绘声绘影，惟妙惟肖，生旦净末丑的形体、表情都非常传神，
皮影里藏着多少尚未说出来的话，上演了多少感人至深的故事啊！

成都灯影
现代·黄炎培

滦州剪纸忆分明，西蜀镂皮制更精。

银幕至今呈曼衍，一般灯影绝流行。

注释

滦州：滦州是"中国皮影艺术之乡"，滦州皮影是北方皮影的代表。镂（lòu）：雕刻。曼衍：传播流行。

[古诗今意] 成都的灯影戏渐渐消失了

记忆里滦州的剪纸精雕细琢，

成都灯影的雕镂设色更是精巧绝伦。

不过现在电影开始流行了，人们更喜欢电影里生动的画面和声音，

那些曾经美妙的灯影戏于是慢慢被冷落，渐渐地消失了。

4.戏曲

益州城西张超亭观妓

唐·卢照邻

落日明歌席，行云逐舞人。

江南飞暮雨，梁上下轻尘。

冶服看疑画，妆台望似春。

高车勿遽返，长袖欲相亲。

注释

暮雨：傍晚的雨。冶服：华丽的服装。妆台：梳妆台，借指女子。高车：古代贵族乘坐的高篷车。遽（jù）：古代送信的快车或快马，这里是急速、匆忙之意。

[古诗今意] 在益州城西的张超亭观看歌舞演出

落日的余晖照亮了轻歌曼舞的宴席，

天上流动的云霞追逐着歌女轻盈的舞步。

这轻盈的舞步让傍晚的江南飘起了雨丝，

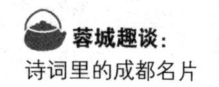

这动听的歌声让人家的梁上飘落下轻尘。
歌女穿着华丽的服装，像从画里走出来的美人，
远远望去，浓妆淡抹的女子像春天的花儿一样。
坐着高篷车的公子哥儿看得如醉如痴，
对长袖善舞的歌女产生了爱恋之意。

怀萧遏亭却寄

清·曾华臣

阄诗度曲老萧郎，回首逢君十六霜。
纤月依然双鬓改，吟虫不断五更凉。
尽多人物伶官传，如此乾坤大戏场。
七里石桥秋水隔，临风无自听笙簧。

注释

萧遏亭：名长春，四川绵竹县人，当时为须生演员。阄诗：抓阄作诗。度曲：作曲。伶官：指演员。

[古诗今意] 思念萧遏亭先生，给他写一封信

萧先生是有名的须生演员，他写诗、编曲、唱戏样样在行，
回想起来，我和先生从初识到现在，已经十六年了。
天上的月牙依然那么皎洁，先生的双鬓却添了些风霜，
秋虫在深夜里啾啾不断地鸣叫，更增添了几分秋凉。
自古以来，曾经有那么多的演员，
在天地间这个辽阔的大舞台演出过。
站在七里石桥上惆怅地望着秋日的江水，迎风传来笙簧的吹奏声，
先生扮演的关公形象惟妙惟肖，此刻真的非常思念萧先生啊！

第二章 古寺道观

从古到今，成都的古寺和道观闻名遐迩，流传着许多神奇的传说。据说张天师曾在天师洞附近降妖除魔，高僧玄奘曾在大慈寺参学和受戒，唐僖宗曾在宝光寺看到异常的光芒，还有人说摸了青羊宫的神羊就可以治疗头痛、肚子痛……

在古诗词里，成都的古寺和道观长什么样子呢？诗人们都喜欢去哪些古寺和道观游玩呢？

请戴上穿越道具，跟随我们的"蓉城趣谈"智能穿越剧组一起穿越回古代，去参观一下古诗词里的寺庙道观吧！

【诗与古寺】诗歌里传来古寺的钟声

读唐诗的时候，我们常常会遇到寺庙、钟声之类的意象，心下不由地会想：大唐果然国力强盛，在保证老百姓安居乐业的同时，一定还修建了不少寺庙，满足民众对精神境界的追求吧？

的确如此。唐朝的皇帝大都尊崇佛教，朝廷花了大量物力财力，在全国各地广建佛寺，遍布深山僻岭和大小城镇。加上玄奘出使西域，带回了大量的佛教典籍和佛经佛法，对唐朝佛教文化的发展起到了非常重要的推动作用。

诗人们大多喜欢到环境清幽的寺庙里游览、暂居或静修，自然生出不少感悟，于是在诗歌里出现了大量的寺庙意象。

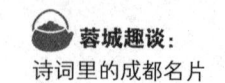

诗歌里记录着古寺的钟声，"古木无人径，深山何处钟"；诗歌里抒写着古寺的清幽，"竹径通幽处，禅房花木深"；诗歌里描画着古寺的美景，"人间四月芳菲尽，山寺桃花始盛开"。

古寺往往隐藏于深山密林之中，通往古寺的小径幽深蜿蜒。隐士们喜欢在古寺中隐居，寻仙访道之人喜欢在古寺中修行。在战乱期间，连皇帝也喜欢携家眷到古寺中避难。

古寺远离万丈红尘，乃脱俗之地，与古代诗人的精神境界多有契合之处。诗人们喜欢在禅林山水中漫步，吟诗作赋，借以忘却仕途的不顺，抛开尘世的烦忧，让心灵觅得一方净土。

【超级访谈】老子骑着青牛到底去了哪里？

记者：《青羊报》记者明宇。

特约嘉宾：道教楼观派祖师关尹子，与老子同时代人。

时间：东周时期，年代不详。

第三章 古寺道观

地点：成都青羊肆。

记："道可道，非常道"。关将军，我这次可是带着一个千古之谜来采访您的，希望从您这里找到答案呢。

关：哦，是吗？你所说的千古之谜是：老子当年骑着青牛出函谷关后到底去了哪里，对吧？

记：是的，关将军。听说老子当年出关前，您正在函谷关关口忙着巡查。忽然，您看到天空中有一团紫气慢慢地朝着关口方向移动……

关：当时我心中大喜，知道这是圣人来临的预兆。我赶忙到关口处相迎。果然看到一位骑着青牛的老者缓缓而来，这位老者正是我仰慕已久的老子，当时别提我心里有多激动啦！

记：您和老子见面后都聊了些什么呢？您是用了什么绝招逼他写出《道德经》的？

关：老子告诉我说，他即将归隐，退出江湖。我想，像老子这样拥有大德、大才的圣人，如果不写本书留下点什么，实在太可惜了！于是我提议说："您就要归隐了，日后怕是很难见到您了，您一定要为我写一本书留作纪念。"想不到他竟然答应了，不久便写了五千多字的《道德经》交给我，又再次骑上青牛启程了。

记：关将军，这一段史书上有记载。但是后来发生的事情，江湖上有很多的传说。您和老子后来究竟有没有再见面呢？

关：这个问题我不能回答你，因为这是我和老子之间的秘密，就让这个秘密成为千古之谜吧。

记：关将军，您太能卖关子啦！不瞒您说，几天前，我穿越到唐朝采访过此事。唐朝所刻的《西川青羊宫碑铭》是这样记载的：当年老子在跟您交谈到一半的时候，因为有事就先一步离开了。直到在函谷关分别时，您问老子："兄长，何时能够再见面？"老子说："子行道千日后，于青羊肆寻吾。"有这回事吗？这句话是否意味着，你们两人后来在青羊肆见过面，继续了后半局的论道呢？

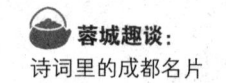

关：哈哈，看来多年后，哥虽不在江湖，江湖上依然有哥的传说啊！传说中是这样讲的：多年后的尹喜已经成为一代道家大师，而老子果然也遵守当年约定，来到了成都的青羊肆；于是，他们在青羊肆完成了后半局的论道，也成就了道家的一段佳话。

记：大家都在猜测，老子出函谷关后，骑着青牛去了哪里？看来他至少去过青羊肆。据说农历二月十五是老子的生日，青羊宫每年这个时候都要举办灯会和花会，以示庆祝。后人在那里修了一座道观，叫"青羊观"。唐僖宗曾经避难于蜀中，在"青羊观"暂居住过一段时间，后来"青羊观"就改名为"青羊宫"了。

关：无论道观叫什么，心平体正乃养生之道、治国之道，我讲经去也。

记：看来千古之谜还是千古之谜啊！不过我好像忽然悟道了，千古之谜的魅力就在于不止一个答案啊！就让道家的这一段美好佳话，永远地流传下去吧！

第三章 古寺道观

【最美名片】大慈寺的前世今生

【始建】公元3至4世纪,始建大慈寺,距今已有1600余年。

【玄奘受戒】唐武德年间,高僧玄奘在大慈寺参学和受戒,潜心学习佛教理论,是玄奘大师一生的转折点。几年后他从成都东门上船,泛舟三峡,至长安,远赴西天取经。

【大圣慈寺】756年,安禄山攻陷长安,唐玄宗到成都避难。有一次在成都街头闲逛,看到大慈寺的布衣僧人正在为众人施舍粥饭,口中还在为百姓和国家祈福,玄宗大为感动,下令在成都东郊赐给大慈寺良田一千亩,敕建"大圣慈寺"。

大慈寺扩建后规模宏大,共有96个院落,8524间厅室,解玉溪流经寺前,汇入锦江,环境优美。据记载,悟达国师曾在普贤阁讲经,每天听众多达上万人,盛况空前。

【交易市场】宋代时,大慈寺门前成为巨大的物资交易市场,整日车水马龙,人声鼎沸。老百姓用"交子"(中国最早的纸币)做着一笔笔买卖。

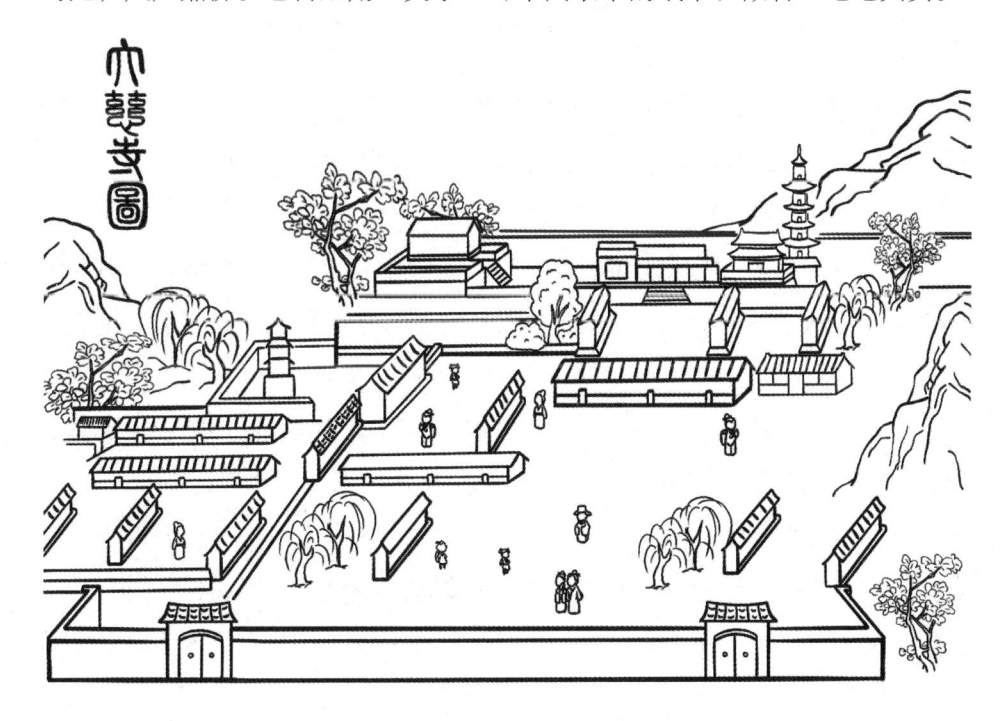

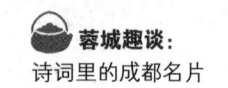

唐宋时期，大慈寺是朝圣、游览、娱乐的中心，也是商贸集散中心。月月有庙会，天天有集市，热闹非凡，达到极盛。

【壁画精妙冠世】大慈寺以壁画著称，曾有一百多幅上乘的壁画佳作，包括十幅唐代最有名的画家吴道子的亲笔画。苏东坡曾说："此地壁画精妙冠世。"

【震旦第一丛林】唐代时，大慈寺外观壮丽，规模宏大，僧侣众多，名僧辈出，闻名天下，成为成都第一大佛寺，享有"震旦第一丛林"的美名。

【毁于战乱】南宋末年，大慈寺毁于战乱，唐宋名画毁于一旦。

【重振雄风】明朝末年，有重振当年雄风的迹象，常住僧人2万人，但是时间很短。大慈寺第一丛林的地位，逐步被昭觉寺取代。

【沦为瓦砾】明末清初，火灾、战乱使大慈寺沦为瓦砾。

【重建】清顺治至同治年间，大慈寺陆续重建，即今日大慈寺的主体结构。

【重修文物】1981年以来，大慈寺被列为成都市级文物单位，并拨款重修。

【对外开放】2004年，大慈寺正式对外开放。

【坊间趣闻】当今皇上在宝光寺看到了什么

据说远近闻名的宝光寺以前叫大石寺，听起来特别普通。

为什么叫大石寺呢？

因为当时有人在这里挖掘土地，发现一块特别巨大的石头。寺内的禅师觉得这件事非同寻常，于是在这块巨大的石头上面建成了一座九级高的木塔。

一旦遇到旱灾、涝灾、瘟疫，官民们都要到这里来跪拜，祈求能够逢凶化吉。所以这座塔的名字叫"福感塔"，这座寺的名字叫"大石寺"。

最近民间流传着一件奇事，说黄巢率领农民起义军攻破了长安，咱们大唐朝当今的僖宗皇上逃到四川来了。你们猜猜，当今皇上现在住在哪里？

就住在咱们新都的大石寺里。皇上因为担心国事，晚上经常失眠，常常在寺中散步。

有一天半夜，他感觉到福感塔下霞光迸射，觉得非常奇怪，于是喊来了方丈悟达禅师，问道："禅师，我发现福感塔下有异样的光芒，这是什么预兆呢？"

悟达禅师说道："这是舍利子的光芒，是祥瑞之兆。现在黄巢起义已经平定，陛下可以回长安了！"

皇上心中大喜，赶紧叫人来挖掘，果然发现了一个石匣子。打开一看，石匣子里有十三粒舍利子，晶莹明彻，光彩照人。

皇上认为这是佛祖在赐福于他，是吉祥之兆，便下命令重修庙宇。将木质结构的塔改成砖塔，共13级，将舍利子埋于塔下，将福感塔改名为宝光塔，将大石寺改名为宝光寺。

如今的宝光寺，是一座红墙环绕、佛塔凌空、藏经丰富、古木葱茏的高大古寺，是清朝以来中国南方"四大佛教丛林"之一。

【网友茶吧】青城山"降魔石"的传说

时间：2020年5月6日。

地点：青城山听雨轩茶馆。

人物：网友夏日葵花子、马可菠萝包、云朵上的棉花糖。

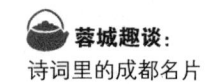

夏：二位仁兄，我近来在看一本和道教有关的书，上面有不少神奇的传说，你们想听吗？

马：不想听，道教太高深了！葵花子，你和我菠萝包谈道教，那不是对牛弹琴吗？

云：菠萝包，你这叫妄自菲薄，自己看不起自己。大圣人孔子说过："友直，友谅，友多闻，益矣。"意思是说，要和正直的人交朋友，要和诚信的人交朋友，还要和知识广博的人交朋友，这样对你是有好处的。

夏：二位去过青城山吗？据道书记载，当年张天师炼成了种种降魔的法术，不久妖魔鬼怪给人间带来了各种瘟疫，祸害众生。想知道张天师是如何降服妖魔鬼怪的吗？

马：想知道啊！快说，他是如何降服妖魔鬼怪的？

夏：张天师来到青城山，设下道坛，鸣钟击鼓。忽然电闪雷鸣，天昏地暗，一块巨石从天空飞来，张天师心想："妖魔来也，先吃我一剑！"挥动宝剑猛地向前一劈，巨石碎裂，坠落于地上，把妖魔鬼怪打了个落花流水。

云：在青城山的天师洞，我看到降魔石就在天师洞的左侧，这巨石一分为三，上合下分，欲裂未裂，欲崩未崩，十分奇险。我想这就是被张天师用宝剑劈过之后的样子吧！

马：哇，这故事听得过瘾！这个张天师是神仙吗？

夏：张天师是道教的创始人，名叫张道陵。相传东汉末年，张道陵来到四川，在鹤鸣山创立了五斗米道，成为最早的道教派别。

马：这名字听起来怪怪的，为什么叫五斗米道呢？

夏：据史书记载，凡是入道的人都要出五斗米，所以叫五斗米教。后来因为教徒们尊称张道陵为天师，又叫"天师道。"

云：我听说，张道陵后来到青城山传道，在此修炼并羽化成仙，活到123岁呢。

马：想不到道教故事还蛮有趣呢！葵花子，下次茶会你再给我们讲讲张道陵的长寿秘诀吧！

夏：好啊！棉花糖，你发现没有，在我们两个文化人的熏陶下，菠萝包的求知欲越来越强，他都快忘记肉包子是什么味道了，哈哈哈！

1.青城道观

丈人观

前蜀·徐太妃

获陪翠辇喜殊常，同陟仙坛岂厌长。

不羡乘鸾入烟雾，此中便是五云乡。

注释

丈人观：供养青城丈人之神庙，在青城山丈人峰下。出自《青城山记》："昔宁封先生栖于此岩之上，黄帝筑坛，拜为五岳丈人。晋置观焉。"《五代史》载："王衍曾与太妃、太后游青城山，宫人衣服皆画云霞，飘然若仙。"翠辇（niǎn）：饰有翠羽的帝王车驾。殊常：不同寻常。陟（zhì）：登高。鸾：传说中凤凰一类的鸟。五云乡：五色祥云缭绕的神仙之乡。

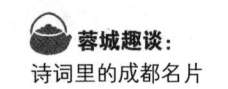

[古诗今意] 青城山丈人观

我们陪着帝王乘坐翠羽装饰的漂亮车子，心中兴奋异常，

一同攀登这雄伟挺拔的仙山，一点儿也不觉得路途漫长。

官人衣着华丽，飘然若仙，一路观赏秀丽的风景，实在是太开心了。

我们不羡慕有人乘坐着鸾鸟腾云驾雾，这里就是五彩云缭绕的神仙故乡。

宿上清宫（一）

宋·陆游

永夜寥寥憩上清，下听万壑度松声。

星辰顿觉去人近，风雨何曾败月明。

早岁文辞妨至道，中年忧患博虚名。

一庵倘许西峰住，常就巢仙问养生。

注释

上清宫：道教宫观，在青城山主峰高台山上，始建于晋代，后废。唐玄宗时重建，明末毁于火，现殿宇为同治年间所建。万壑：形容峰峦、山谷极多。风雨：作者原注"是夕山下风雨，绝顶月明达晓。"至道：指学道参禅。忧患：作者曾力主抗金，写了不少诗歌，博得了名声。一庵：指上清宫。巢仙：指居住于此的上官道人。

[古诗今意] 夜宿上清宫

孤单寂寞的长夜里，在上清宫休息时，

听到山谷里传来阵阵松涛声。

抬头看看天空，忽然觉得天上的星辰离我如此切近，

山下刮起了风，下起了雨，却阻挡不住一轮明月在山顶高高升起。

年少时写文章未曾达到完美境界，

人到中年饱经苦难得到了一点虚名。

如果能长住在这小寺庙里，经常向山上隐居的道人请教养生之道，

在这仙山上过着休闲惬意的生活，那该多好啊！

宿上清宫（二）

宋·陆游

九万天衢浩浩风，此身真是一枯蓬。
盘蔬采掇多灵药，阁道攀隮出半空。
累尽神仙端可致，心虚造化欲无功。
金丹定解幽人意，散作山椒百炬红。

注释

天衢（qú）：天空高远广大，无处不通，如同广阔的街道一样。枯蓬：枯萎的蓬草，形容人的渺小和漂泊不定。阁道：楼阁之间的空中通道。攀隮（jī）：攀登。端可致：应该可以到达。造化：大自然。无功：庄子《逍遥游》："至人无己，神人无功，圣人无名。"指人和大自然合一的最高境界。金丹：古代道士炼金石为药，谓服之可以长生不老。幽人：指隐居之士。

[古诗今意] 夜宿上清宫

登临上清宫，感受山中长风浩荡，
而我柔弱的身躯犹如一株枯萎的蓬草。
这盘中的菜蔬多是从山中采摘的仙药，
攀登楼阁之间的通道犹如在半空中行走。
只要长期修炼就可以功德圆满，
抵达人与自然合一的境界。
金丹一定了解隐居之士的心意吧，
瞧，紫红色的山椒像许多红烛一样，在山棱上到处生长着。

天师洞

明·杨慎

天师古洞门，飙埃从此分。

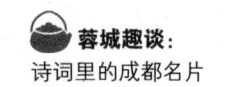

两嵚岩半雨，万重山一云。

眼界上清近，足音空谷闻。

汉代遗幢在，苔侵转宿文。

注释

天师洞：指青城山常道观，相传为汉代张道陵著书传道处。飙（biāo）埃：指凡间世界。嵚（qīn）：小而高的山。岩半雨：指天师洞半岩上洒落的六时雨，也叫六时泉。汉代遗幢（zhuàng）：指五符幢，为早期道教的珍贵文物，东汉张道陵所制。

[古诗今意] 仙境一般的天师洞

天师洞附近巨石耸立，景色幽丽，浓荫蔽天，分开了凡间和仙境。

高山岩石上洒落飞瀑般的泉水，远远望去，崇山峻岭间一片云雾缭绕。

上清宫越来越近，听得到幽深的山谷里回荡着走路的声音。

汉代遗留下来的五符幢，苔藓侵蚀了石头上的文字，有些模糊不清了。

上清宫

近代·罗骏声

磴道嵯峨逼上清，人间天上未分明。

云归月出无今古，花落春来有送迎。

注释

磴（dèng）道：登山的石头台阶。嵯（cuó）峨：高峻貌。逼：切近。送迎：送往迎来。

[古诗今意] 登上清宫

沿着石阶向上攀爬，离上清宫越来越近，山势也越来越高峻了，

身在此山中，我都有些分不清这是在天宫还是在人间呢。

无论古代还是现在，这里总是云卷云舒，月色清明；

无论花开花落、春去春回，这里总是迎来送往，络绎不绝。

初游天师洞作
现代·谢无量

只为青城返故乡，九株松下问行藏。
远游漫拟乘龙蹻，群鬼真堪试剑芒。
窘步怯登危栈石，安心胜乞上清方。
寒岩已透春消息，天半孤花照夕阳。

注释

题解：作者1941年春初游时作，此诗刻于青城常道观大门壁上。九株松：在天师洞侧，宋代范镇有诗云："九松峥嵘姿"。龙蹻（qiāo）：为道教名词，即乘龙之飞行术。试剑：指试剑石，又称降魔石。窘步：步履艰难。上清方：天界之仙药。

[古诗今意] 第一次游天师洞而作

天师洞的九株松问我从哪里来，我说：
"为了拜见青城山，我特意返回了故乡。"
远道而来的游人想尝试一下乘龙的飞行术，
众魔鬼还敢尝试一下降魔石的剑芒吗？
心惊胆战、步履艰难地登上陡峭的天梯石栈，
想心安理得，可是比获得天界的仙药还难呢。
高空中寒冷的岩石缝隙里开出一朵小花，
在夕阳的映照下透露出一丝春天的暖意。

丙子二月宿天师洞
现代·黄炎培

拾级来登第五天，山楼夜听洗心泉。
彭师好古云房住，老杏一千七百年。

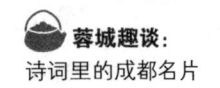

注释

题解：1936年，作者来游，道长彭椿仙盛情接待，因作此诗。第五天：道书称青城山为"天下第五洞天"。洗心泉：即天师洞附近之"洗心池"，岩泉飞泻，幽清绝伦。云房：道士居处。老杏：天师洞前岩边1700余年的古银杏树，相传为汉代张陵种植。

[古诗今意] 一九三六年二月夜宿青城山天师洞

道书上说，青城山是天下第五洞天，

沿着陡峭的石阶一步步往上攀登，终于到达了天师洞。

晚上住在这幽静的山中楼阁里，和彭道长谈心，

听山下岩泉淙淙，感觉自己在静心修行，洗去灵魂的尘埃。

彭道长喜爱古老的事物，已经在这古朴的云房里居住了好多年，

房屋外面的那颗银杏树也很古老，已经生长了一千七百年了。

2.青羊宫

青羊宫小饮赠道士

宋·陆游

青羊道士竹为家，也种玄都观里花。

微雨晴时看鹤舞，小窗幽处听蜂衙。

药炉宿火荧荧暖，醉袖迎风猎猎斜。

老我一官真漫浪，会来分子淡生涯。

注释

青羊宫：道教宫观，在成都西门外，有"川西第一道观"之称，原名青羊肆。玄都观里花：即桃花，玄都观是唐代长安道观。蜂衙：群蜂早晚聚集，簇拥蜂王，如旧时官吏到上司衙门排班参见。宿火：隔夜未熄的火。猎猎：风声。漫浪：放纵而不受世俗拘束。分子：与你分享。淡生涯：指不追求功名利禄的生活。

[古诗今意] 在青羊宫和道士朋友小饮

青羊宫道士的家门前种了若干竹子，也种了几株桃花。

微雨初晴的时候仙鹤在水池边跳舞，幽静的小窗旁一群蜜蜂在聚会。

药炉里闪烁着昨夜的微火，酒后的我站在冷风中，任风灌满衣袖。

老夫我向往自由淡泊的生活，刚好在这里与您分享人生的感悟。

青羊宫

明·陈子陞

仙宇净无尘，烟霞五色新。

苍龙窥户下，玄鸟绕阶驯。

瑶阙岂丘顶，琼田弱水滨。

碧桃长不谢，占断锦江春。

注释

玄鸟：黑鹤。瑶阙：玉饰的宫阙，形容道观的宏丽。琼田：玉田，据说昆山上有琼田，山四周弱水围之。占断：垄断。

[古诗今意] 青羊宫似仙宫

这座仙宫的檐宇清洁无尘，五彩烟霞在它的上空萦绕。

宫前有一棵状如虬龙的老树，几只黑鹤在石阶上悠闲地望着远方。

仙宫不仅有着宏丽的屋顶，还有浅水环绕的如花似玉的田野。

锦江岸边的碧桃树长时间开着花，好像春天在这里停住了一样。

青羊宫

清·张问陶

石坛风乱礼寒星，仿佛云车槛外停。

常为吾家神故物，铜羊一角瘦通灵。

注释

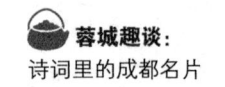

云车：以云彩为装饰花纹的车子，泛指华贵之车，这里指唐朝中和元年（881）黄巢起义，唐僖宗避乱蜀中时，曾把青羊宫作为行宫。吾家神故物：铜羊为作者先祖文瑞公的故物，从京城运回成都青羊宫。

[古诗今意] 青羊宫的神羊

石头筑成的高台上有一只铜羊，在明朝末年的混乱中曾经丢失。

现在由先祖从民间买来，置放在脱俗之地，仿佛画着云彩的古老车子。

这铜羊只有一只角，造型奇特，为十二属相化身，被奉为通灵神物。

民间传说，只要摸一摸羊头或羊肚，头痛、肚子痛就可以治好呢。

青羊宫

清·沈增焴

成都四庙名相埒，西有琳宫祀老君。

鹤发童颜遗像古，丹台碧洞御题新。

神仙几见称皇帝？弟子相传有圣人。

试向降生台上望，东来紫气尚纷纶。

注释

成都四庙：指青羊宫、草堂寺、文殊院、昭觉寺，分据城之四方。相埒（liè）：等同。琳宫：仙宫，亦为道观、殿堂之美称。祀（sì）：祭祀。老君：即老子。称皇帝：唐高宗乾封元年（666），尊老子为太上玄元皇帝。圣人：指孔子，曾问礼于老聃，故亦为老子之弟子。降生台：青羊宫后侧有高台，传为老子降生地。紫气：老子西游，关令尹喜见有紫气浮关。

[古诗今意] 青羊宫与老子

青羊宫、草堂寺、文殊院、昭觉寺，分布在成都的四方，

西面的青羊宫被誉为"川西第一道观"，是老子传道的圣地。

老子的神像有着仙鹤羽毛般雪白的头发，儿童般红润的面色，

皇帝曾在这神仙居住的地方亲笔题过字。

自古以来，听说过神仙被称作皇帝吗？

老子就曾在唐代被尊称为太上玄元皇帝，孔子也是他的弟子呢。

传说中，青羊宫后侧的高台是老子降生的地方，

想当年老子西游时，关令尹看到天空中有一团华美的紫气向他飘过来。

3.大慈寺

三月十四日大慈寺建乾元节道场

宋·田况

赤精流景铄，朱夏向清和。

绀宇修祠盛，华封祝庆多。

簪裳千载遇，钟梵五天歌。

远俗尤熙泰，皇猷信不颇。

注释

乾元节：宋代三月十四日为乾元节，乃皇帝生日。道场：泛指修行学道的处所，也泛指佛教、道教中规模较大的诵经礼拜仪式。赤精：指太阳。铄（shuò）：熔化金属，比喻天气极热。朱夏：夏季。绀（gàn）宇：佛寺。华封祝庆：《庄子·天地》说，尧到华地，华封人祝他寿、富、多男子，此即后人所谓"三多"祝辞。簪（zān）裳：官服。梵（fàn）：诵经声。五天：五天竺，指古印度。熙（xī）泰：和顺。皇猷（yóu）：帝王的谋略或教化。颇：偏，不正。

[古诗今意] 三月十四日在大慈寺举办庆祝皇帝生日的诵经礼拜仪式

已是盛夏季节，浓烈的阳光照耀着大地，天气是那么晴朗温暖。

寺庙里祭祀的礼节非常隆重，人们万分虔诚地庆祝皇帝的生日。

这真是千载难逢的场面啊，可以看到那么多穿着华丽官服的人，寺院的钟声、诵经声和着古印度的歌声，在大慈寺上空回荡。

寺庙远离世俗，香火鼎盛，可见朝廷的前景是多么光明和顺啊！

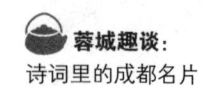

七月六日晚登大慈寺阁观夜市

宋·田况

万里银潢贯紫虚,桥边螭辔待星殊。

年年巧若从人乞,未省灵恩遍得无。

注释

银潢（huáng）：银河。紫虚：指天空因云霞映日而呈紫色。螭（chī）：古代传说中没有角的龙。辔（pèi）：驾驭牲口用的嚼子和缰绳。年年巧若从人乞：旧俗农历七月初七的晚上，妇女在院子里陈设瓜果，向织女星祈祷，请求帮助她们提高刺绣缝纫的技巧。省：领悟，明白。

[古诗今意] 七月六日晚登大慈寺阁观看繁华的夜市

万里银河，因云霞映日而呈现紫色，

桥头的高马静立，在等待星星出现。

每年祈祷织女星赐予妇女们灵巧的刺绣技巧，

没有神灵的恩典是乞求不到的。

天申节前三日大圣慈寺华严阁燃灯甚盛游人过于元夕

宋·陆游

万瓦如鳞百尺梯,遥看突兀与云齐。

宝帘风定灯相射,绮陌尘香马不嘶。

星陨半空天宇静,莲生陆地客心迷。

归途细踏槐阴月,家在花行更向西。

注释

天申节：此诗为宋孝宗淳熙三年（1176）作，五月二十一日为皇帝生日，称天申圣节，举行燃灯会。星陨（yǔn）：形容放焰火之状。家在花行更向西：原注"予官居在花行，距寺数里"。花行，成都街市名，在大慈寺西数里，为陆游任范成大幕府参议时的居处。

[古诗今意] 皇帝生日的前三天，大慈寺华严阁举行燃灯会，游人比元宵节还多

远远望去，大慈寺的瓦片如鱼鳞一般密集，

高耸的飞檐翘角与天上的云朵相依。

大慈寺的灯会好热闹啊，这里火树银花，流光溢彩，游人如织。

游人们锦衣绣鞋，珠翠香粉，骑马坐轿从四面八方赶来。

这绚丽的灯火如半空坠落的星星，

如陆地生出的莲花，让人心醉神迷。

踏着朦胧的月色走在回家的路上，真是心潮澎湃啊！

我家离这里不太远，就在离这仅有几里路的花行街西。

会庆节大慈寺茶酒

宋·范成大

霜晖催晓五云鲜，万国欢呼共一天。

澹澹暖红旗转日，浮浮寒碧瓦收烟。

衔杯乐圣千秋节，击鼓迎冬大有年。

忽忆捧觞供玉座，不知身在雪山边。

注释

题解：淳熙三年（1176）十月廿二日，为庆祝宋孝宗赵昚（shèn）生日，在成都最大的大慈寺做道场。晖：阳光。鲜：明丽。澹（dàn）：恬静、安然的样子。千秋节：旧时皇帝的诞辰，始于唐玄宗。觞（shāng）：酒杯。玉座：帝王的御座。

[古诗今意] 在大慈寺喝茶饮酒庆祝节日

阳光照着清晨的霜花，五彩的云霞呈现出明丽的光芒。

夜晚的星月悄然隐去，今天是全国人民普天同庆的日子。

秋日恬淡的阳光下旗帜飘扬，

寒凉的郊野中升腾着祭天的烟雾。

众人一起举杯，让我们共同庆祝这神圣的千秋节；

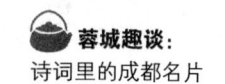

锣鼓咚咚锵锵，让我们共同祝贺这丰收之年吧！
忽然想起我曾在临安向帝王举杯祝寿，
想不到如今已在千里之外的雪山边上。

登大慈宝阁

明·王胤

宝阁巍巍祀大雄，乘春登览绀烟中。
经翻贝叶龙光紫，香散昙花法雨红。
璀璨飞甍低慧日，参差雕牖度天风。
只疑身在须弥上，踏破尘凡即太空。

注释

贝叶：用于写经的树叶，借指佛经。龙光：龙身上的光，喻指不同寻常的光辉。法雨：佛法普度众生，如雨之润泽万物，故称。飞甍（méng）：屋脊高峻貌。雕牖（yǒu）：有雕刻图纹之窗户。须弥：相传是古印度神话中的名山，据佛教观念，它是诸山之王，世界的中心。

[古诗今意] 登上大慈宝阁

春日里登高揽胜，可以看到大慈宝阁华丽宏伟，香火旺盛。
佛法散发着紫色的光芒，如昙花一样芬芳，如细雨一般润泽。
高大绚丽的屋脊却有着谦卑的智慧，
错落有致的雕花窗户感受着天风的抚摸。
怀疑自己身处神山之中，仿佛只需往前迈进一步，
就可以脱离尘世踏入苍茫太空。

4.昭觉寺

游昭觉寺

宋·范镇

炎蒸无处避，此处忽如寒。

松砌行无际，石房禅自安。

鸳鸯秋沼涨，蝙蝠晚庭宽。

登眺见田舍，衡茅半不完。

注释

昭觉寺：唐贞观年间始建，初名建元寺，宣宗时赐名"昭觉"，素有"川西第一禅林"之称。炎蒸：暑热熏蒸。石房：石头砌成的房子，多为僧人或隐士所居。禅：佛教指静思。衡茅：民间普通草房。

[古诗今意] 昭觉寺纳凉

炎热的夏日远处躲避，来到昭觉寺忽觉一阵寒凉。

这里的松柏茂密无边，石砌的禅房寂静清爽。

池中的鸳鸯快乐嬉戏，庭院的蝙蝠自由飞翔。

登高可见远处的田野，还有一些乡间的草房。

人日饮昭觉

宋·陆游

天涯羁旅逢人日，病起消摇集宝坊。

雪水初融锦江涨，梅花半落绿苔香。

家山松桂年年长，幕府文书日日忙。

自笑余生有几许，一庵借与得深藏。

注释

羁旅：寄居他乡。消摇：逍遥，悠闲自得的样子。集宝坊：昭觉寺所在街名。人日：农历正月初七日，作者当时在四川安抚制置使范成大幕中任参议官。幕府：旧时将帅办公的地方。

[古诗今意] 正月初七在昭觉寺饮酒

正月初七这天，我这个客居异乡的人，

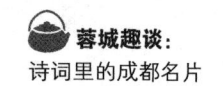

拖着病愈的身体，在昭觉寺饮酒、闲逛。
冰雪开始融化了，锦江的水位逐渐上涨，
梅花开始凋零了，绿苔散发着幽幽的清香。
家乡的松桂一年年长高，
官府的公文却忙也忙不完。
可叹我的余生还有多少时光呢，多想远离官场，
在这古寺里隐姓埋名，过着与世无争的生活啊！

饭昭觉寺暮归作

宋·陆游

自堕黄尘每慨然，携儿萧散亦前缘。
聊凭方外巾盂净，一洗人间匕箸膻。
静院春风传浴鼓，画廊晚雨湿茶烟。
潜光寮里明窗下，借我逍遥过十年。

注释

黄尘：即红尘。慨然：感慨。萧散：闲散舒适。方外：世俗之外。盂：一种盛液体的器皿。匕箸：匙和筷。膻（shān）：像羊肉的气味。浴鼓：佛寺内设有浴室，僧人洗浴以鼓为号。潜光：隐藏光彩，指隐居。寮（liáo）：小舍。

[古诗今意] 在昭觉寺吃过饭，日暮归家而作

每当感慨自己在红尘中爬摸滚打了这么多年，
携儿带女过着闲散舒适的生活也许是前世的缘分。
古寺远离世俗，连布巾和器皿都是干净的，
可以洗去尘世间的汤匙和筷子的腥膻之气。
春风中的寺院安闲清净，不远处传来敲击浴鼓的声音，
傍晚的画廊迎来细细的雨丝，泡好的清茶弥散着淡淡的烟雾。

多想隐居在这窗明几净的小屋里，
度过十年逍遥的好时光啊！

昭觉寺

清·李调元

长林云气郁苍苍，六十年来始徜徉。
十顷稻黄金布地，万竿竹子铁为枪。
僧房真个如冰冷，官路居然似火汤。
圆悟禅师今不见，谁将六祖塑中堂。

注释

徜徉：自由自在地走动。冰冷：圆悟禅师临终曾说："万缘迁变浑闲事，五月山房冷似冰。"圆悟禅师：即宋代高僧圆悟克勤，先后弘法于四川、湖北等地，晚年住持昭觉寺。六祖：佛教禅宗在中国传衣钵已五代，至慧能为六祖。

[古诗今意] 游昭觉寺有感

高耸入云的树木郁郁苍苍，久别此地的我自由自在地在寺院里散步。
远远望去，金黄的稻穗堆成一片片波浪，万竿竹子在风中挺直胸膛。
寺内的僧房如寒冬般冰冷，寺外的官场却灼热如汤。
曾住在这里的高僧圆悟已经不在了，谁将六祖的塑像放在中堂呢？

昭觉寺

清·王春绶

平畴莽空阔，行行逾林薮。
村落径萦纡，再折转而右。
深翠露红墙，绀宇拓数亩。
萧然松竹间，僧迎来八九。
引我启仙都，遗址古时有。

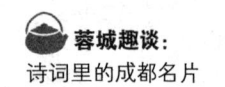

侧闻建自唐，乾府岁丁酉。
重修溯康熙，清俸捐某某。
昭觉字焕然，佳哉贤太守。

注释

题解：作者自注"寺为太守冀应熊重修。所书'昭觉寺'三字匾额，至今尚存"。此诗作于道光十八年（1838）人日，当时成都府诸官共游昭觉寺，联袂赋诗。平畴：平坦的田野。荠：广大，辽阔。林薮（sǒu）：指山林水泽、草木丛生的地方。行行：不断地行走。萦（yíng）纡（yū）：回旋曲折。绀（gàn）宇：佛殿。拓：开辟，扩充。萧然：萧条、荒凉的样子。乾符岁丁酉：指唐僖宗乾符四年（877）。贤太守：指冀应熊，清康熙六年（1667）任成都知府。

[古诗今意] 游昭觉寺赋诗

走过一片空旷辽阔的田野，走过一道道山林水泽。
走过蜿蜒曲折的村庄小径，转弯可见肃穆的庙宇。
映入眼帘的佛殿数十亩，红墙碧瓦，绿树掩映。
稀疏的松林翠竹之间，走来八九个素衣的僧人。
僧人带我们走进这恍如神仙居住的地方，说起过往的历史。
听说佛殿扩建于唐僖宗乾符四年，后来毁于战乱。
清代康熙年间重新修建，当时任成都知府的冀应熊，
书"昭觉寺"匾额，至今尚存，真是一个贤德的好太守。

5.文殊院

文殊院避暑

唐·李群玉

赤日黄埃满世间，松声入耳即心闲。
愿寻五百仙人去，一世清凉住雪山。

注释

文殊院：清代川西"四大丛林"之一。始建于隋朝大业年间，历经唐、五代、宋、元、明诸朝，旧名信相院、信相寺，清朝康熙三十六年（1697）之后，更名为文殊院。五百仙人：即五百罗汉，是小乘教称圣者的名位。雪山：终年积雪之山，佛教以喜马拉雅山为雪山。

[古诗今意] 在文殊院避暑

盛夏季节烈日炎炎，黄尘弥漫，

忽听到松林里涛声阵阵，让人心境悠闲。

寺内的五百罗汉，请带我远离尘俗，

去寻找清凉一世的雪山吧。

与玉溪五弟游文殊院

清·张怀泗

未到僧先梦，鸣钟我便来。

一龛撑法界，万竹拥经台。

翰墨禅宗契，机锋宝偈开。

黄杨今又闰，消息试寻猜。

注释

龛（kān）：供奉佛像、神位等的小阁子。法界：佛教语，梵语意译，通常泛称各种事物的现象及其本质。契：投合。机锋：喻思维敏捷锐利。宝偈（jì）：佛教语，对偈颂的敬称。偈，佛经中的唱词。黄杨今又闰：喻困境。消息：比喻荣枯盛衰。

[古诗今意] 和玉溪五弟一起游文殊院

像受到某种感召，昨夜梦到了这里，

寺院的钟声敲响了，我和玉溪弟漫步在文殊院。

小小佛龛承载着关于神秘事物的认知，

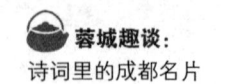

千万竿竹子护拥着诵念佛经的平台。
笔墨书画和禅宗在一起多么和谐默契，
敏锐的思维帮助我们领悟佛经的唱词。
人生总会遇到困难和挫折，不过事物会转化，
人生也总会有峰回路转、柳暗花明的那一天！

文殊院观藏经

近代·周钟岳

行近招提万竹青，上方钟磬韵泠泠。
欲从初地参真佛，直到诸天听梵经。
石铫茶烹禅室静，檀龛书检贝文馨。
法门龙象知谁是？拟向瞿昙叩大乘。

注释

藏经：文殊院藏有各种珍贵佛经，作者原注："经共八橱装潢精好。"招提：寺院之别称。泠泠（líng）：清越之音。初地：佛教语，谓修行过程十个阶位中的第一阶位。诸天：指佛教诸神。梵经：佛书。石铫（diào）：烧水之陶壶。檀龛：檀木书柜，可避虫。贝文：即佛经，古印度用贝叶（即菩提树叶）写佛经。龙象：佛家语称修行勇猛者为龙象，因水行中龙的力最大，陆行中象的力最大。瞿（qú）昙：佛教创始人释迦牟尼之姓。大乘：正统佛理。

[古诗今意] 到文殊院观赏珍贵的佛经

文殊院越来越近了，我怀着激动的心情来观赏珍贵的佛经。
清越的钟声在空中响起，映入眼帘的是万竿翠竹青青。
想从初阶开始修行，拜见真佛，
还想去聆听诸神讲解佛经的真谛。
禅室里安闲幽静，陶壶的水烧开了，沏出清香的茶，
檀木书柜里的经书排放整齐，散发着淡淡的馨香。

佛门里谁修行修得最好呢？

不如向先祖请教一下吧。

6.万佛寺

西蜀净众寺松溪八韵兼寄小笔崔处士
唐·郑谷

松因溪得名，溪吹答松声。

缭绕能穿寺，幽奇不在城。

寒烟斋后散，春雨夜中平。

染岸苍苔古，翘沙白鸟明。

澄分僧影瘦，光彻客心清。

带梵侵云响，和钟击石鸣。

淡烹新茗爽，暖泛落花轻。

此景吟难尽，凭君画入京。

注释

净众寺：位于成都市西门外通锦桥，相传建于东汉延熹（公元158—167）年间，是成都著名古刹，从南朝至明代的千余年间，香火连绵不断。根据文献和出土造像题记，此寺南朝时名安浦寺，唐代名净众寺，宋代改名净因寺，明代又名竹林寺、万佛寺、万福寺，明末清初毁于兵乱。

[古诗今意] 成都净众寺的松溪八韵，小作寄给崔处士

净众寺的松树因溪水而得名，风吹溪水呼应松树的涛声。

蜿蜒的溪水在寺中穿行，景色幽深奇丽胜过城中的风景。

斋饭后的炊烟在寒风中散开，春雨在夜里静悄悄落下。

溪岸生长着古老的苍苔，鸟儿在沙洲扇动着翅膀。

僧人清瘦的身影倒映水中，佛光照亮游人的心境。

寺里的诵经声响彻云霄，寺里的击钟声清脆入耳。

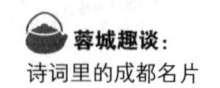

喝着刚烹煮的淡淡新茶,看暖光中花儿轻轻落下。

此中情景难以描述,先生不如画一幅画带到京城去吧。

宿成都松溪院

唐·李洞

松持节操溪澄性,一炷烟岚压寺隅。

翡翠鸟飞人不见,琉璃瓶贮水疑无。

夜闻子落真山雨,晓汲波圆入画图。

尘拥蜀城抽锁后,此中犹梦在江湖。

注释

松溪院:指净众寺。节操:操守,品格。隅:角落。琉璃:用铝和钠的硅酸化合物烧炼成的物体,多为青色和黄色;琉璃在唐代人心中是晶莹、纯净、美好的象征,非常珍贵。子落:松子落下的声音。汲:取水。

[古诗今意] 夜宿成都松溪院

松柏秉持高洁的节操,溪水秉持清澈的性情,

古寺角落里的香炷烟雾缭绕,几乎看不到什么人。

几只翡翠鸟在空中飞,

琉璃瓶中的水是透明的存在。

晚上听到松子像山雨落下,

清晨取水荡开的涟漪美如画。

梦中的蜀城尘土弥漫,

仿佛自己又置身于江湖之中。

净众寺新禅院

宋·范镇

金地西郊外,一来烦意摅。

但逢是仙境,鲜不属僧居。

岸绿见翘鹭，溪清如隐鱼。

残阳已周览，欲去几踌躇。

注释

禅院：佛教寺院。金地：佛教谓菩萨所居以黄金铺地，故称。摅（shū）：抒发。残阳：夕阳余晖。周览：遍览。踌躇：犹豫不决。

[古诗今意] 漫步在净众寺

漫步在西郊外的净众寺，烦恼一下子烟消云散了。

这仙境一样美的地方，才是高僧的修行之所。

白鹭在绿荫如梦的岸边跳舞，小鱼在清澈的溪水中游来游去。

夕阳就要落山了，可我还是一步三回头，不想离开这里呢。

万福禅林

明·宋述祖

吏俗撄心不出游，偶乘清兴浣溪头。

云深万佛红尘远，树匝千章白象幽。

方丈茶烟轻淡荡，梵天花雨漫飞浮。

昏钟已度城头月，对客徘徊得久留。

注释

题解：万佛寺又名万福寺。撄（yīng）心：扰乱心神。匝：周，绕一圈。千章：千株大树。梵天：印度婆罗门教、印度教的创造神。方丈：僧寺的住持。花雨：佛教语，诸天为赞叹佛说法之功德而散花如雨。

[古诗今意] 忙中偷闲游万福寺

身在官场，每天被公务烦扰，已经很久没有出来游玩了，

一个偶然的机会，趁着雅兴从浣花溪乘船来到万佛寺。

这里云雾缭绕，远离红尘，意境清幽，

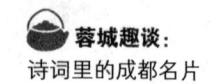

生长着上千株郁郁苍苍的大树。
方丈手里的茶杯飘出淡淡的烟雾，
梵天的花雨漫天飞舞。
傍晚的钟声已经敲过了，城头的月亮已经升起来了，
我还在寺院里徘徊，不舍得离开这里。

7.宝光寺

宝光寺

清·王树桐

万绿丛中一紫关，宝光灼灼射云间。
城头斜日低于塔，天半飞霞散入山。
流水绕门禅性静，落花满地磬声闲。
登楼阅遍经千卷，此外何知有世寰？

注释

宝光寺：位于今成都市新都区，中国南方"四大佛教丛林"之一，四川著名禅寺。紫关：因僧人衣尚紫色，故称佛寺为"紫关"。塔：寺内的舍利塔。山：寺后的飞霞山。禅性：清静寂定之性。楼：寺内的藏经楼。世寰：人世间。

[古诗今意] 宝光寺之光

宝光寺的周围绿树繁茂，它耀眼的光芒反射到云层之上。
落日的余晖照在塔腰，高空的云霞落入后面的紫霞山上。
寺前流水依依，安静清幽，落花满地，钟声悠闲。
登楼阅读千卷藏经，似乎忘记了还有喧嚣的人世间。

新都宝光寺塔

清·傅荐元

北门古寺拥松乔，霭霭浮图插碧宵。

悟达能神通舍利，唐宗何意镇琼瑶。

晴天镜彩层层丽，风送铃声故故迢。

更落湖光摇桂影，蓬莱仙岛未须饶。

注释

松乔：泛指隐士或仙人。霭霭：云雾密集的样子。浮图：佛塔。悟达：公元809—882年，唐代眉州人，881年春天，唐僖宗到四川避难，赐其"悟达国师"号。唐宗：唐僖宗。镜彩：指月亮的光彩。

[古诗今意] 新都宝光寺的佛塔

北门的宝光寺有遁迹山林的隐士，雾中的佛塔耸入云天。

悟达禅师能够神通舍利，唐僖宗为弘扬佛法重修宝塔。

无论是蓝天丽日还是月朗星稀，这里的白天黑夜都异常美丽。

风中传来遥远的钟声，湖水的光泽倒映着桂树的影子；徜徉在这风景优美的圣地，不亚于在蓬莱仙境游玩呢！

蜀游百绝句

现代·黄炎培

宝光寺本绿成围，玉佛庄严美妙姿。

梦里群生何日觉？西征遗墨尚淋漓。

注释

玉佛：玉制的佛像。群生：百姓。西征：出征作战。遗墨：前人所遗留下来的亲笔书札、文稿、字画等。淋漓：形容气势酣畅。

[古诗今意] 游四川宝光寺

宝光寺的周围绿树繁茂，

玉佛像的姿态庄严美妙。

当下浑浑噩噩的众生何日才能觉醒呢？

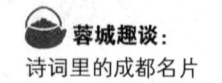

看吧，战争中留下的书札文稿还是那么酣畅淋漓。

8.石经寺

石经寺

明·薛蕙

翠巘双林合，丹梯一径悬。

洞门临地底，石室与天连。

文字开龙藏，金银布梵筵。

兹山实灵异，吾欲托栖禅。

注释

石经寺：位于成都市龙泉驿区山泉镇古驿社区。明代楚山为住持时所建，初名天成寺。楚山坐化后，其弟子塑肉身佛像一尊。清乾隆年间，简州地方官宋思仁赠石刻《金刚经》一部，改称石经寺。巘（yǎn）：大山上的小山。双林：指释迦牟尼涅槃处，借指寺院。出自《洛阳伽蓝记·法云寺》。丹梯：红色的台阶，指寻仙访道之路。龙藏：佛教传说龙树从龙宫中取得大乘经典流布人间，故称大乘经典为龙藏。梵筵（yán）：做佛事的道场。栖禅：坐禅。

[古诗今意] 静谧的石经寺

碧绿的山峦间出现一座寺院，一条寻仙访道的小路幽深蜿蜒。

寺庙的洞门临近低凹的山谷，山上的石头房子几乎与天空相连。

这里收藏着宝贵的佛家经典，金银装饰着做佛事的道场。

这座山实在是灵异之地，我好想在这里长期住下来静心修行啊！

石经寺住持节俭堂

明·佚名

住持节俭起家门，戒捡冰清迈等伦。

不离世间名相位，豁开正眼照乾坤。

注释

住持：主持一个佛寺的和尚或主持一个道观的道士。等伦：同辈，同类。名相：佛教语，耳可闻者曰名，眼可见者曰相。正眼：正法眼藏。

[古诗今意] 参观石经寺住持的节俭堂

明代的住持楚山在这里修建了石经寺，
楚山为人节制，德行高洁，超过了同辈人。
觉悟佛法不必离开尘世间，耳闻目及之处皆佛法。
心境豁达通透，洗净心尘，才能清醒感悟天地间的一切。

石经寺肉身和尚

清·刘沅

色身如蜕气如生，阅历沧桑意不平。
五岳真形能驻世，三山求药是虚名。
面庞此日犹前日，岩壑朝晴又晚晴。
兀坐洞中悲速朽，怜他走肉太无情。

注释

色身：佛教用语，指肉体。五岳：指泰山、华山、衡山、恒山和嵩山这五大名山。真形：真实的形象。驻世：长留人世。三山：传说中的海上三神山。岩壑：山峦溪谷。兀坐：独自端坐不动。

[古诗今意] 石经寺的肉身和尚

楚山禅师的肉身依然那么鲜活，
饱经世事沧桑却心存遗憾。
五大名山的真实形象可以长久地存在于世间，
到传说中的海上三神山寻找灵丹妙药不过是一种虚幻。
禅师圆寂后的肉身三百年不朽，其面庞始终如一，

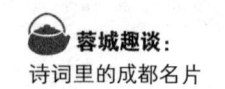

山峦溪谷迎来无数的清晨黄昏，日月星辰。

独坐洞中等待肉身速朽是悲哀的，

而他却是一个不同寻常的存在。

游石经寺

清·李化楠

自锦官城踏翠回，山斋小荫暂徘徊。

苍生怪我卧不起，白眼向人怀未开。

穿洞浑疑无路转，沿江叠见有花开。

迩来一洗愁无奈，放眼烟霞亦快哉。

注释

踏翠：踏春郊游。山斋：山中居室。苍生：比喻百姓。叠见：接连出现。迩（ěr）来：近来。烟霞：烟雾和云霞，也指"山水胜景"。

[古诗今意] 忙里偷闲游石经寺

刚从成都的郊外踏春回来，

在山中居室的树荫下散步。

心里想着：百姓会不会怪我体弱多病、疏于政务呢？

唉，工作千头万绪，被人看轻的感觉让我的心情不太畅快。

独自在这寺里走着，穿过前面的山洞，以为无路可走了，

但是继续前行，发现江边有接连不断的野花在盛开。

抛开近日的忧愁和无奈，

在山水间放空自己，不是很愉快吗？

第四章 历史古迹

成都自古多名人，司马相如、扬雄、诸葛亮、杜甫、薛涛……每个人的名字都响当当的。他们曾经生活或工作过的地方，多年之后经人修葺、重建，便成了历史古迹，供后人瞻仰与纪念。

在古诗词里，成都的历史名人们曾经历过哪些故事与传奇？成都的历史古迹经历了怎样的沧桑与变化？后代的诗人们曾怀着怎样的情感纪念他们呢？

请戴上穿越道具，跟随我们的"蓉城趣谈"智能穿越剧组一起穿越回古代，去看看古诗词里的成都历史名人和历史古迹吧。

【诗与古迹】青山依旧在，几度夕阳红

每个城市都有一些代表性的名胜古迹，这些古迹或承载着一段历史，或流传着一段佳话，或寄寓着一种情思……

古迹可以是一座庄严的祠堂，一个古朴的草屋，一处幽静的庭院，也可以是一口深邃的古井，一方碧绿的水池，一个偏僻的凉亭，一座失修的拱桥……它们来自远古，却与当代人相遇。

当你走过浣花溪的时候，是否想到当年的杜甫就住在旁边的草堂，会常来这里汲水吧；薛涛也曾住在这里，用浣花溪的水制作桃红色的信笺，给远方的心上人写信，以寄托相思。

遥想一千八百多年前的三国时代，诸葛亮曾在成都辅佐先主刘备和后主刘禅，治理蜀国，一生鞠躬尽瘁，死而后已，为后世人所敬仰。始建于221

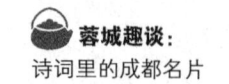

年的武侯祠，于是成为后世人缅怀三国遗迹和诸葛亮的古迹。

　　一千两百多年前，唐代大诗人杜甫辗转来到成都，定居草堂后，次年游览武侯祠。看到锦官城外柏树森森，想起当年诸葛亮辅佐两朝、忠心报国的功绩，想起他出师未捷身先死的悲怆，不禁泪如雨下。于是匆匆回到草堂，挥毫泼墨写下雄浑悲壮的咏史怀古诗《蜀相》。一首绝唱，让杜甫成为诸葛亮的千秋知己。

　　2006年9月，当代诗人余光中拖着年迈的身躯，来到杜甫草堂凭吊，寄托他的文化乡愁。"草堂简陋，茅屋飘摇，却可供乱世歇脚。""猿声，砧声，更笳声，与乡心隐隐地相应，夔州之后漂泊得更远，任孤舟载着老病。"非心灵知己，无以做到如此默契的移情。这跨越时空的对话，寄寓了诗人无限的深情与相知。

　　"江山代有才人出，各领风骚数百年。""滚滚长江东逝水，浪花淘尽英雄。"古代的才人和英雄虽已不再，历史古迹却记载着他们的生活轨迹和音容笑貌，供后人瞻仰，永传后世。

　　青山夕阳中，秋月春风中，一壶浊酒中，当代人穿越时空和古代诗人相逢、交谈、聆听他们的思想，感受他们的境遇……

那些逝去的时光，将以另一种方式永存于我们的心间。

【超级访谈】和杜甫聊聊草堂那些事儿

记者：《锦城杂报》记者杨轩。

特约嘉宾：唐代大诗人杜甫。

时间：765年2月。

地点：杜甫草堂。

记：杜老，好久不见，最近身体可好？

杜：身体病弱，你看我种了一些草药，可以用来滋补一下身体的。

记：您在成都住了有五年多了，现在应该已经习惯成都的生活了。可以介绍一下刚来成都时的情景吗？

杜：刚来成都的时候，一家人的生活确实比较艰苦。还好有朋友帮忙，我在浣花溪畔修建了几间茅草房，一家人暂时安顿下来。虽然不能算真正进入了繁华的锦城，但总算有了可以挡风遮雨的地方，已经很知足了。

记：是啊杜老，看您这里的自然环境多美啊，古朴的草屋，清澈的小溪，茂林修竹，荷花飘香，这些都会激发您的写作灵感吧？

杜：是的，草堂刚刚建成的时候，我在浣花溪边种了几棵桂花树和一些

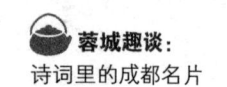

竹子，经常和这里的村民说说笑话，喝点酒，写写诗，日子过得还不错。在这战争的大后方，暂且用诗歌给自己疗伤吧。

记：杜老，您写的"两只黄鹂鸣翠柳，一行白鹭上青天""随风潜入夜，润物细无声""清江一曲抱村流，长夏江村事事幽"；这些诗就是一幅幅美丽的画，真是千古绝唱啊！

杜：绵绵春雨固然可爱，可是狂风暴雨就不可爱了。"八月秋高风怒号，卷我屋上三重茅。"老夫我拄着拐杖，追着大风跑，追着顽童跑，累得我气喘吁吁也追不上，看来我真的老了……

记：草堂的屋顶最近有没有漏雨呢？那些调皮的顽童有没有再来抢茅草呢？

杜：这段日子风和日丽，没有再发生那些囧事了！不过即使我的屋顶没有漏雨，依然有不少底层老百姓的屋顶在漏雨！所以，我希望将来能够有广厦千万间，保护每个老百姓不再受风寒，都能够过上安稳保暖的好日子。

记：在外漂泊这些年，杜老有回乡的打算吗？

杜：当然有，我连做梦都想着回乡啊！成都收留了我一家老小，在这里我会暂时忘却战争，忘却背井离乡之苦，可这里毕竟不是我的家乡。多么希望战争早日结束，早日携家人回到家乡，再也不用寄人篱下了，这样想着想着就会流下泪来。

记：杜老，相信总有一天，战争会结束，百姓会安居乐业，住上宽敞的大房子，再也没有人忍饥挨饿了。

杜：这是一个多么美好的理想！希望战乱早日平复，国泰民安啊！

【坊间趣闻】那个爱写奇字的天才少年后来怎样了

话说西汉末年，在成都的一处院落里，一个小朋友正坐在水池边的书台上，边读书边写一些奇异的字。

太阳快要落山了，橘红色的晚霞染红了西边的天空。小朋友依然沉浸在写奇字的快乐里，无意中听到谁在咕噜咕噜地叫他。

"是——是——谁——谁——谁在叫——"他结结巴巴地问。

第四章
历史古迹

没有人回答。仔细一听，原来是自己的肚子在叫，肚子饿了。

"你——你——你——别——别着急，等——等——我洗完了——毛笔——"……

他蹲在水池旁的石头上，将几支写过字的毛笔浸到水里，水里顿时泛起一圈圈墨色的烟雾，魔幻而神奇。

这个小朋友叫扬雄，家中世世代代以耕种、养蚕为业。他自幼喜欢一个人默默地读书，连床上都堆满了书。不过他有口吃的毛病，与人交流有些自卑。

扬雄后来成为汉代著名的辞赋家，这个水池也就有了一个好听的名字，叫洗墨池。

42岁之前，扬雄一直在成都的家中读书，虽然寂寞但很快乐，对功名利禄也不感兴趣。他读书刻苦，又有两位高师指点，学问非常渊博。

话说他的这两位老师，在成都的名气可是响当当的。一位是擅长文字学的林闾翁孺，另一位是在成都街头以占卜为生、潜心研究道学的严君平。这两位老师的品德和学问对扬雄的影响非常大。

42岁时，扬雄来到长安，在友人的推荐下，成为汉成帝的侍臣。第二年，跟随成帝出行，为皇上歌功颂德，创作了《甘泉赋》《羽猎赋》《河东赋》和《长杨赋》四篇大赋。

据说为了创作大赋，扬雄居然梦到自己的五脏六腑都出来了，还大病一年，可见其耗费心血的程度。

扬雄在京城长期当着一个小官，收入也不高，还要养活一家老小，但他安之若素，坚持著书。后来，又著述了《太玄》《法言》等重要作品。

有一次，扬雄正在天禄阁校书，办案的使者要来抓他，他匆忙从阁上跳下，差点丧命。这是因为扬雄曾教过刘棻奇字而受到政治牵连，后来皇上并没有追究他的责任，但他却受到当时人们的嘲笑。

对于他的学术成就，当时社会也有两种截然不同的看法。有人说他的作品世人看不懂，只能当废纸盖酱油坛子；有人则认为他的才华可以超越诸

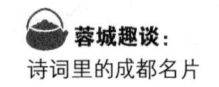

子，流传后世。

他的两个儿子相继去世，扬雄悲痛欲绝。厚葬两个儿子之后，扬雄的日子过得愈加艰难。

他晚年喜欢喝酒却没有钱买酒，生活得捉襟见肘。有人来请教学问时，便用车为他带来美酒和菜肴，他也就默认了，这就是成语"载酒问字"的由来。

唐代诗人刘禹锡的那首著名的诗句大家还记得吗，"南阳诸葛庐，西蜀子云亭"，说的就是诸葛亮和扬雄的住处都很简陋，却因为居住的人品格高尚而闻名于世。

扬雄自幼爱写奇字，他的一生经历也算得上一个"奇"字啊！

【最美名片】万里桥的前世今生

【战国时期：始建七桥】战国时期秦朝的蜀郡太守李冰引二江入成都，在两条江上造了七座桥，以此对应天上的"北斗七星"。

【三国时期：万里桥】公元225年，诸葛亮亲自到成都城南锦江上的水码头，为大臣费祎饯行。船之将行，深孚众望的费祎对着一旁的大桥，叹曰："万里之路，始于此桥。"万里桥的名字由此而来。

【唐代：水陆要道】万里桥附近有大型水码头，水陆通达、商贾云集。万里桥一带的旅舍酒肆业极为发达，是当时成都最繁华之处。

【宋代：建廊桥】当年的万里桥到底什么模样，至宋代已不可考。北宋与南宋相交之际，崇拜诸葛亮的名臣赵鼎镇蜀，命人在一座五孔石墩上建廊桥。这座廊桥在清初被毁于战火。

【清康熙：重建廊桥】清康熙五年即1666年，以巡抚张德地为首的四川官员捐出俸禄，重建廊桥。

【清乾隆：七孔石砌拱桥】乾隆五十年即1785年，万里桥再次修缮，变成了一座七孔石砌拱桥。按照老成都的称呼，万里桥因处于成都南门外，又被称为南门大桥。

【1939：老南门大桥】1939年，锦江下游又新建了一座南门大桥，被称

为"老南门大桥"。

【解放后加固】据《太平巷里》记载，在1953年、1987年和1989年，政府对万里桥数次进行维修、加固。

【1995：爆破拆除】老万里桥于1995年2月23日下午3时15分爆破拆除。一座新的万里桥在原址上建了起来。

【1997：五孔桥】1997年底，在北边的青羊横街和南边的望仙场街之间，又建了一座跨越锦江的五孔桥。这座被称作"望仙桥"的石拱桥，依万里桥古桥而建，并在桥栏镶嵌的石板上刻有三国故事图案的浮雕。

【网友茶吧】司马相如和卓文君当垆卖酒啦

时间：公元前143年10月2日。

地点：琴台路茶楼。

人物：网友云朵上的棉花糖、马可波萝包、夏日葵花子、穿越时空的米粒。

云：大新闻，大八卦！你们听说没？临邛大富豪卓王孙的女儿卓文君，

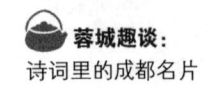

就是那个长得天姿国色的美人，和当今大才子司马相如连夜私奔了！

马：哎呀，卓文君可是我的女神啊，怎么和司马相如那个穷光蛋私奔了呢？奔到哪里去了？

夏：我听朋友说他们现在在临邛开酒店。有人看见，卓文君当垆卖酒，司马相如亲自穿起围裙，和伙计们一起清洗酒杯瓦器呢。

云：哇，这太颠覆我的想象了！卓文君和司马相如开酒店？一个大富豪的女儿，一个当代大才子，竟然沦落到这步田地？

夏：你想啊，卓王孙是当地富豪，是讲礼教的人家，哪里能够容忍女儿如此违反礼教，瞒着父母与人私奔呢？这太丢人了呀！所以，他声称连一个铜板都不会给女儿，在外面饿死算了！

马：这肯定难不倒才子才女的。为了生计开酒店，自己动手丰衣足食，这有啥丢人的？

云：我还有一个超级大疑问，这个司马相如虽说有才，可是穷得叮当响，他是如何追求到才貌双全的卓文君的？

夏：我听说大媒人还是临邛令王吉呢。卓王孙通过王吉邀请到司马相如到家中作客，席间司马相如因为口吃不善言谈，就弹了一曲惊心动魄的《凤求凰》，向卓文君表达爱慕之情。十七岁的卓文君听得如醉如痴，偷偷掀门帘一看，就被这位风流倜傥的美男子迷住了！俩人就这么一见钟情了！二人一拍即合，在侍女的帮助下连夜逃出了家门。

马：哇，这也太疯狂、太浪漫了吧？我要是这样做，我家老爷子非把我的屁股打烂不可！

夏：你？菠萝包，你既不会弹琴也不会作赋，哪个女娃会连夜跟你私奔啊？做你的春秋大梦去吧！

马：你别瞧不起人！话说《凤求凰》，我还会唱呢，听着："有一美人兮，见之不忘。一日不见兮，思之如狂。凤飞翱翔兮，四海求凰……"

云：我估计啊，卓王孙很快就会想通了。他不想女儿这么丢人现眼的，家里那么多钱，只有一儿两女，留着干吗？况且司马相如也配得上卓文君

啊，他很快就会认这个女婿的！

穿：后来发生的事情我知道啦！没过多久，卓王孙气消了，分给卓文君奴仆百人，铜钱百万，又把她出嫁时的财物一并送去。于是，卓文君和司马相如双双回到成都，购买田地住宅，过上了富足的生活……

1.武侯祠

蜀　相

唐·杜甫

丞相祠堂何处寻，锦官城外柏森森。

映阶碧草自春色，隔叶黄鹂空好音。

三顾频烦天下计，两朝开济老臣心。

出师未捷身先死，长使英雄泪满襟。

注释

蜀相：指三国蜀汉丞相诸葛亮。丞相祠堂：即成都的武侯祠，是中国唯

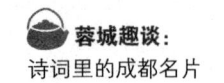

一的一座君臣合祀祠庙和最负盛名的诸葛亮、刘备及蜀汉英雄纪念地，享有"三国圣地"的美誉。锦官城：成都的别名。森森：茂盛繁密的样子。频烦：频繁，多次。两朝开济：指诸葛亮辅助刘备开创帝业，后又辅佐其儿子刘禅。出师：出兵。

[古诗今意] 丞相祠堂在何方

到何处寻觅三国时蜀汉丞相诸葛亮的祠堂？

锦官城外，那高大的柏树茂密繁盛的地方。

碧草映照着错落的石阶，自成一派春色，

黄鹂在密叶间婉转鸣唱，空有美妙的歌声。

我景仰的人已不再，哪有闲心在这里赏玩、倾听呢？

遥想当年，先主为统一天下曾三顾茅庐问计于您，

您忠诚满腔地辅佐先主开创帝业、扶助后主刘禅继业。

可惜多次出师伐魏，未能取得最后的胜利而病亡军中，

想起这些，常使后世的英雄们感伤悲怆，涕泪满衣襟！

诸葛庙

唐·杜甫

久游巴子国，屡入武侯祠。

竹日斜虚寝，溪风满薄帷。

君臣当共济，贤圣亦同时。

翊戴归先主，并吞更出师。

虫蛇穿画壁，巫觋缀蛛丝。

欻忆吟梁父，躬耕也未迟。

注释

题解：此诗当是大历二年（767）作者在夔州时作。抒写瞻谒夔州武侯祠的感受，在崇仰君臣遇合中抒发自己不为时用的郁结情怀。诸葛庙：指夔州西郊的孔明庙，故址在今重庆奉节县卧龙山上，其庙与刘备庙分立。巴

子国：西周初所封的诸侯国名，唐代夔州（今重庆奉节县）即在其内。寝：寝庙，此指武侯祠的后殿。翊（yì）：辅助。先主：刘备。并吞：指吞并中原。巫觋（xí）：女巫师和男巫师，此指庙内塑像。欻（xū）：忽然。

[古诗今意] 诸葛庙感怀

在巴子国游历已久，曾多次到武侯祠祭拜。
竹竿掩映中，日影斜照空虚的寝庙；
溪边的微风吹来，鼓动着后殿的帷帐。
君臣之间只有和衷共济，才是相互成就的圣君贤臣。
想当年，诸葛亮辅佐先主刘备，兼并中原征战沙场，雄风震四方。
如今庙内只留下虫蛇穿壁的痕迹，塑像上连缀着缕缕蛛丝。
忽然想起诸葛先生躬耕田亩时喜好吟诵《梁父吟》，
而今年老的我却一事无成，多么惭愧啊！

先主武侯庙

唐·岑参

先主与武侯，相逢云雷际。
感通君臣分，义激鱼水契。
遗庙空萧然，英灵贯千岁。

注释

先主武侯庙：即成都武侯祠，因诸葛亮生前被封为武乡侯而得名。先主：指刘备。武侯：指诸葛亮。相逢云雷际：刘备与诸葛亮是风云际会。感通：沟通。义激：激起。萧然：萧条冷落的样子。贯千岁：永垂千古。

[古诗今意] 先主和武侯庙

在三国时期的风云际会中，先主刘备和武侯诸葛亮相遇了。
先主和武侯之间的情感相通，激起了如鱼得水一般的默契。
如今留下空荡萧条的庙宇，英烈的灵魂将一直存活下去。

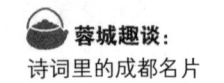

诸葛武侯庙

唐·章孝标

木牛零落阵图残,山姥烧钱古柏寒。

七纵七擒何处在,茅花枥叶盖神坛。

注释

木牛:指诸葛亮造出的木牛流马,可代替人力运送粮食,是古代的一种运载工具。阵图:指诸葛亮的军事贡献八阵图,他按照奇门遁甲创设的阵法,变化多端,据说能够抵挡十万精兵。山姥:居住在山中长的像老婆婆的妖怪,传说能知道人心里在想什么。七擒七纵:三国时,诸葛亮出兵南方,将当地酋长孟获捉住七次,放了七次,使他真正服输,不再为敌。神坛:祀神的高台。

[古诗今意] 瞻仰诸葛武侯庙

先生发明的木牛流马零落一片,八阵图残缺不全。

人们向着山神烧香祭拜,古老的柏树在寒风中飘摇。

哪里可见七擒孟获的历史踪迹呢?

茅草花和栎树叶覆盖了祀神的高台。

游武乡侯祠

清·李调元

名士风流去不回,凋零羽扇使人哀。

伤时莫更吟梁父,如此江山少霸才。

注释

风流:有才华的,杰出的。羽扇:诸葛亮常年手执白羽扇指挥三军,据说为黄月英所赠,代表着智慧与才干。吟梁父:《梁父吟》为诸葛亮创作的一首乐府诗。

[古诗今意] 游武侯祠

胸怀天下、足智多谋的一代名士诸葛亮已经不在了，
遥想先生当年羽扇纶巾、潇洒自若，心中倍感伤痛。
先生年轻时曾在南阳躬耕田亩，喜欢吟诵《梁父吟》，
多少年过去，江山人才辈出，却少有先生这样的雄才。

谒武乡侯祠

清·赵亨铃

南阳肃拜卧龙祠，怀古苍茫有所思。
三聘就徵莘野侣，千秋知己杜陵诗。
功名管乐卑无论，鱼水君臣乐可知。
明日襄阳又投宿，更无泪洒岘山碑。

注释

谒（yè）：拜见。武乡侯祠：这里指南阳武侯祠，坐落于河南省南阳市城西卧龙岗上，初建于魏晋，盛于唐宋，诸葛亮躬耕南阳所在地，也是刘备"三顾茅庐"的地方。卧龙：诸葛亮，字孔明，号卧龙。三聘：指刘备三顾茅庐邀请诸葛亮出山。徵（zhēng）：征召。管乐：比喻有大才的人，管仲、乐毅为春秋战国时的名臣。岘（xiàn）山碑：晋羊祜（hù）任襄阳太守，有政绩。后人以其常游岘山，故于岘山立碑纪念，称"岘山碑"。

[古诗今意] 拜见武侯祠

在南阳祭拜过卧龙祠，
怀念往昔岁月，让人心生感叹。
三顾茅庐后的诸葛亮终于出山，在动荡的战争岁月里，
鞠躬尽瘁死而后已，杜少陵的诗是诸葛亮的千秋知己。
先生像管仲和乐毅那样不计功名，一心辅佐君王，
君臣之间如同鱼儿离不开水一样，感情密切而深厚。

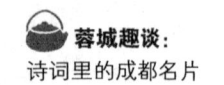

明天又要到襄阳投宿,

我不会在岘山碑前洒泪吧。

2.薛涛故居

寄赠薛涛
唐·元稹

锦江滑腻蛾眉秀,幻出文君与薛涛。

言语巧偷鹦鹉舌,文章分得凤凰毛。

纷纷辞客多停笔,个个公卿欲梦刀。

别后相思隔烟水,菖蒲花发五云高。

注释

薛涛:唐代女诗人,字洪度,唐代乐伎、清客,蜀中四大才女之一,唐代四大女诗人之一,流传诗作90余首,收于《锦江集》。蛾眉:双关语,既指素有峨眉天下秀之称的峨眉山,又指美人如蚕蛾的秀眉。巧偷鹦鹉舌:比喻言辞锋利善辩。凤皇毛:比喻文采斑斓。凤皇,即凤凰。纷纷:众多貌。辞客:文人,诗人。停笔:谓文士们多因自感才学不及薛涛而搁笔。公卿:泛指高官。梦刀:梦见刀州,即想到蜀地为官。菖蒲:草名,有香气,生于水边。五云:祥云,旧以为仙子居处。

[古诗今意] 思念薛涛,赠诗一首

锦江的滑润和峨眉的秀丽,

滋养出卓文君和薛涛这样的才女。

才女的言辞比鹦鹉还动听,

才女的文采如凤凰的羽毛一般华美。

文人墨客自愧不如,他们纷纷停下手中的笔,

公侯们慕名已久,幻想着通过升迁来到蜀州。

分别后隔着茫茫的烟水,内心涌起无尽的思念,

这思念像庭院盛开的菖蒲花一般饱满，像天空飘游的祥云那样高远。

寄蜀中薛涛校书

唐·王建

万里桥边女校书，枇杷花里闭门居。

扫眉才子知多少，管领春风总不如。

注释

蜀中：指成都。校书：校书郎，古代掌校理典籍的官员。薛涛因有文才，时人称为女校书。扫眉：画眉，泛指有才华的女子。管领：管辖统领。春风：风流文采。

[古诗今意] 寄给蜀中薛涛校书

在万里桥畔住着一位才华横溢的女校书，

离群索居在一个枇杷花盛开的院落里。

像她那样有才华的女子，在今天已经凤毛麟角，

即使那些能够领略文学高妙意境的人，也比不上她呢！

游薛涛井

清·张问陶

风竹缘江冷，残碑卧晚晴。

秋花才女泪，春梦锦官城。

古井澄千尺，名笺艳一生。

烹茶谈佚事，宛转辘轳声。

注释

澄（chéng）：水静而清。名笺：指薛涛笺。烹茶：煮茶或沏茶。佚（yì）事：正史上没有记载的或已散失的零星故事。辘（lù）轳（lu）：利用滑轮原理制成的井上汲水用具。

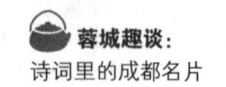

[古诗今意] 参观薛涛井

沿江的风吹过千万竿竹子，略带一丝凉意，
园子里残破的石碑斜倚在傍晚的余晖里。
秋花秋月又一年，
才女的泪滴在锦城春梦里。
古井水那么幽深清澈，
闻名远近的薛涛笺色泽光鲜，美名远扬。
我们一边煮茶一边聊着过往的趣闻轶事，
耳边响起辘轳婉转的汲水声。

薛涛井

清·葛峻起

十样锦笺别样新，风流遗迹几经春。
只今石甃埋荒草，漫向江头吊美人。

注释

十样锦笺：《方舆胜览》记载：薛涛住在百花潭旁，用潭水制作十色笺，名"浣花笺"。甃（zhòu）：以砖瓦砌的井壁。吊：凭吊，伤怀往事。

[古诗今意] 薛涛井怀古

薛涛曾经制作出精致华美的十色笺纸，款式新颖，
园中的遗迹经历了多少春夏秋冬，诉说着多少往事。
当年的美人已不再，井台周围被疯长的荒草掩盖，
只有漫步江边，遥想当年美人的音容笑貌和绝世才华。

玉女津

清·张怀泗

江边问校书，漠漠轻烟碧。
隔岸双枇杷，枝叶犹香泽。

此女今已无，此津尚如昔。

唤渡几回来，春山云脉脉。

注释

玉女津：薛涛井的原名。隔岸：指江的对岸。枇杷：相传薛涛住宅种有枇杷，被誉为"枇杷门巷"。唤渡：呼唤渡船。脉脉：默默地用眼神或行动表达情意。

[古诗今意] 玉女津怀古

漫步江边，拜访薛涛故居，浩渺的江面升腾起一片淡绿色的烟雾。

对岸的枇杷树上结着果实，繁茂的枝叶散发着淡淡的幽香。

美人已不再，古井却还像往常一样静静地守在那里。

唤渡的声音再一次响起，望远方春山静默，白云含情。

泛舟薛涛井

清·孙澍

望江楼下大江东，倚槛临流照落红。

画舫官桥风景换，怜才好色古今同。

千秋莺燕知名妓，一样江山占寓公。

才子眼前增感慨，枇杷花下又春风。

注释

倚槛：倚栏。落红：落花。画舫：装饰华丽的游船。官桥：官路上的桥梁。寓公：客居他乡的诸侯贵族。

[古诗今意] 泛舟锦江，怀念薛涛

望江楼下，锦江水浩浩荡荡向东流去，

我独倚船栏，观赏残花坠落江面的柔美风姿。

桥梁和画船在江面上不断变换着风景，

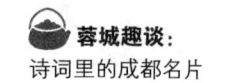

不禁想起古今多少故事，才华和美貌历来受到人们的怜惜。

历史上曾有过多少能诗善舞的才女名妓，

又有过多少客居他乡的才子贵族。

游览才女薛涛生活过的地方生出几多感慨，

春风又吹开了院子里的枇杷花，芳香四溢。

薛涛故居咏诗楼

清·何绍基

割据营营古蜀州，一隅偏为女郎留。

当时节度争投缟，后代诗人补筑楼。

旧井尚供千户汲，名笺染遍万吟流。

由他壮丽纷祠宇，占断东城十里秋。

注释

咏诗楼：薛涛故居原在碧鸡坊，本有吟诗楼。薛涛井处吟诗楼，乃后人补筑。割据：分割占据一方土地，成立政权。一隅：即薛涛井一隅，成了纪念她的地方。节度：指与薛涛有交往的曾先后任剑南西川节度使的韦皋、武元衡、李德裕、段文昌等。缟（gǎo）：用以题诗的白色素绢。补筑楼：吟诗楼是清嘉庆十九年（1814）成都知府李松云依据薛涛晚年所住碧鸡坊之吟诗楼而建。旧井：指薛涛井，旧名玉女津。祠宇：祠堂，神庙。占断：全部占有。

[古诗今意] 薛涛故居的吟诗楼

古代的蜀州经历了诸多割据与战乱，

才女薛涛却在这一处宁静的亭阁中独善其身。

当时的官员争相写诗唱和，

后代的诗人重修了吟诗楼。

从前的薛涛井可以供给上千户人家汲水，

用清澈的井水制作的信笺可供多少人抒怀唱咏。

任凭其他的祠堂庙宇多么壮丽,
望江楼在城东一枝独秀。

江楼远眺
清·伍肇龄

濯锦江边第一楼,徘徊风景句重讴。
西山雪浪添南浦,东郭烟波汇北流。
两派合成牵缆地,一篙平泊渡人舟。
长川万里涵濡广,独占灵源最上头。

注释

江楼:望江楼,在成都市东锦江南岸,薛涛流寓成都时的故居。濯锦江:即锦江,岷江流经成都附近的一段。讴(ōu):歌唱。西山:四川省北部的岷山主峰,也称雪岭。南浦(pǔ):南边的水岸,后泛指送别之地。牵缆:拉纤。涵濡(rú):润泽。

[古诗今意] 在望江楼眺望远方

这是濯锦江边的第一楼,在这风景优美的地方漫步吟诗多么惬意。
西岭雪山的雪水汇入南边的支流,东城的江水汇入了北边的支流。
两江的支流汇聚成宽阔的水域,竹篙助力游船在江面上缓缓前行。
锦江水浩浩荡荡,滋润了沃野万里,占据了上游水源的最佳位置。

薛涛井
近代·陈衍

万里桥边渺故庐,晚来何处曳华裾。
虽无门巷枇杷树,饶有亭台水竹居。
濯锦江流犹旖旎,浣花笺纸比何如。
而今幕府多闺媛,可胜当年老校书?

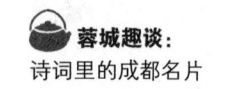

注释

题解：1936年，作者与吴江、金松岑一起游蜀时作此诗。故庐：旧居。饶有：富有。旖旎：柔和美丽。幕府：将帅办公的地方。

[古诗今意] 薛涛旧居

万里桥边隐约可见薛涛的旧居，傍晚风中恍惚有美人的衣裙飘舞。

院子里虽不再有枝繁叶茂的枇杷树，却有临水的亭台和茂林修竹。

柔和美丽的锦江缓缓向东流去，色泽鲜丽的浣花笺多么让人叹服。

当今将帅办公之地也有不少才女，怎比得上当年的才女老校书呢？

3.相如琴台

登琴台诗

南北朝·萧纲

芜阶践昔径，复想鸣琴游。

音容万春罢，高名千载留。

弱枝生古树，旧石染新流。

由来递相叹，逝川终不收。

注释

琴台：相传为汉司马相如弹琴之所，六朝时开始成为名迹。高名：显赫的声名。弱枝：细的枝条。旧石：指前人藏玩的有一定年代的观赏石。逝川：一去不返的江河水，比喻流逝的光阴。

[古诗今意] 登琴台，思相如

荒凉的石阶旁杂草丛生，掩盖了昔日的小径，又想起当年司马相如在这里弹琴求爱的情景。

相如的容貌和美名已经流传了上千年，还将继续流传下去。

千年古树生出纤弱的枝条，旧日的景观石上淌着涓涓细流。

古今多少事让人感叹，就像那逝去的江河水一去不返。

相如琴台

唐·卢照邻

闻有雍容地，千年无四邻。

园院风烟古，池台松槚春。

云疑作赋客，月似听琴人。

寂寂啼莺处，空伤游子神。

注释

雍容地：指司马相如宅。《史记·司马相如列传》："相如之临邛，从车骑，雍容闲雅，甚都（很美）。"风烟：景象、风光。槚（jiǎ）：楸树的别称。作赋客：司马相如是汉赋的代表作家。听琴人：指卓文君，司马相如为追求卓文君，用琴声向文君表达爱慕之意，文君听琴后即与相如私奔。

[古诗今意] 琴台怀古

听说雍容闲雅的司马相如曾在这里居住，

千年无近邻，一个遗世独立的园子。

园中的自然风光古朴，池台边上生长着枝繁叶茂的松树和楸树。

昔人已远去，独自站立园中，仰望天空，思念远古：

恍惚觉得那朵骏马形状的云就是能文善赋的司马相如，

那一弯皎洁的明月就是在聆听琴声的痴情女子卓文君。

园子里响起几声黄鹂的鸣叫，

游子的心中略过一丝莫名的伤感。

琴 台

唐·杜甫

茂陵多病后，尚爱卓文君。

酒肆人间世，琴台日暮云。

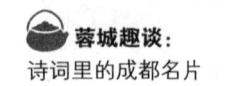

野花留宝靥，蔓草见罗裙。
归凤求凰意，寥寥不复闻。

注释

茂陵：司马相如病退后，居住在茂陵，这里代指司马相如。多病：司马相如有消渴病，即糖尿病。酒肆：卖酒的店铺。宝靥（yè）：酒窝儿，这里指笑容、笑脸。蔓草：蔓生野草。罗裙：丝罗制的裙子，泛指妇女衣裙。凤凰：中国古代传说中的百鸟之王，雄为凤，雌为凰。

[古诗今意] 漫步琴台

司马相如年老多病的时候，
依然像年轻时一样爱恋着卓文君。
司马相如生活窘迫时，他们曾经靠开酒馆维持生计，
我在琴台之上徘徊，望着暮色中的白云悠悠。
琴台旁盛开的野花，恍如文君年轻时的笑容；
蔓草丛生，仿佛可见文君穿着碧罗裙的身影。
司马相如追求卓文君的浪漫故事，随着时间的推移，
逐渐淹没在时间的荒野里，不再有人提起了。

司马相如琴台

唐·岑参

相如琴台古，人去台亦空。
台上寒萧条，至今多悲风。
荒台汉时月，色与旧时同。

注释

古：时代久远的。萧条：寂寥冷清的样子。悲风：语出曹植《杂诗七首》之一，"高台多悲风"。色与旧时同：借月色不改反衬琴台的荒凉。

[古诗今意] 荒芜萧条的琴台

司马相如的琴台历经多年,如今已是人去台空了。

琴台上寒风吹送,落寞萧条,多少悲凉在其中。

荒芜的琴台上空曾经升起过汉时的月亮,

如今的月色还像过去一样皎洁,却再也不是那时的月亮了。

琴 台

宋·吕公弼

烟树重城侧,琴台千古馀。

早为梁苑客,晚向茂陵居。

赋给尚书笔,归乘使者车。

清风觌旧隐,长日耸乡闾。

注释

烟树:云气缭绕的树木或树林。重城:古代城市在外城中又建内城,故称。千古:久远的年代。馀(yú):同"余"。梁苑:西汉梁孝王所建的东苑,园林规模宏大,供游赏驰猎。梁孝王在其中广纳宾客,当时司马相如为座上客。尚书:古代官名,原是宫廷里掌管文书奏章的官,汉以后地位渐高。觌(dí):相见。乡闾(lú):故里。

[古诗今意] 琴台怀古

成都外城的树木云气缭绕,琴台的风物也经历了千年有余。

司马相如年轻时曾是梁孝王东苑的座上客,晚年在茂陵居住。

他用尚书之笔写出华美的辞赋,返乡时乘坐着豪华的马车。

清风徐徐中与相如故居相遇,他显赫的声名在故里长久流传。

司马相如琴台

宋·宋祁

故台千古恨,犹对旧家山。

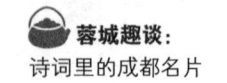

半夜鸾凰去，它年驷马还。

死忧封禅晚，生爱茂陵闲。

惟有飘飘气，仍存天地间。

注释

旧家山：指故土。鸾凰：传说中凤凰一类的鸟。封禅：封为"祭天"，禅为"祭地"，指中国古代帝王在太平盛世或天降祥瑞之时祭祀天地的大型典礼。司马相如晚年曾作《封禅书》劝汉武帝举行封禅。

[古诗今意] 琴台，司马相如的精神故乡

琴台承载着久远的爱与恨，犹如司马相如的精神故乡。

曾在半夜里怀着一腔抱负离开家乡，多年后衣锦还乡荣归故里。

司马相如晚年在茂陵过着悠闲隐居的生活，临死前依然牵念着国家，劝汉武帝举行封禅大典。

而今只有其飘然凌云的精神气质，依然留存于天地间。

琴 台

明·杨一鹏

风流文彩擅西京，涤器当垆韵转清。

自是翠眉能具眼，非关绿绮可传声。

江亭月下游鱼听，野砌苔侵落雁鸣。

赋就白头真匹敌，茂陵消渴若为情。

注释

西京：西汉的都城长安，东汉时改都洛阳，因此称洛阳为东京，长安为西京。翠眉：古代女子用青黛画眉，这里指卓文君。具眼：具有鉴别事物的眼光。绿绮：相传司马相如做《玉如意赋》，梁王赐给他绿绮琴。白头：卓文君所作的乐府诗。因司马相如欲聘娶茂陵女子为妾，其妻卓文君作《白头吟》，相如乃止。茂陵：司马相如病免后家居茂陵。消渴：糖尿病。

[古诗今意] 忆琴台，听琴声

想当年，司马相如的文采风流在都城长安闻名，

也曾当垆卖酒洗涤酒器，擅长演奏清扬的琴声。

自然是卓文君独具慧眼，

并非绿绮琴多么传情。

江亭月下的游鱼在静心聆听，

荒芜琴台的大雁在低飞鸣叫。

文君的《白头吟》可与相如赋匹敌，

相如生病后在茂陵和文君相伴余生。

琴台路

现代·殷明辉

流光溢彩琴台路，车马喧阗广聚财。

高栋重檐望不尽，锦城富丽压江淮。

注释

流光溢彩：流动的光影，满溢的色彩，此处形容琴台路的繁华。阗（tián）：充满。高栋：高楼。重檐：两层屋檐。压：超过，胜于。

[古诗今意] 喧闹的琴台路

今日的琴台路流光溢彩，车马喧闹，

不少人在这里经营着生意。

豪华的楼房檐角望不到尽头，

锦城的富饶美丽超过了江淮地区。

4.杜甫草堂

堂 成

唐·杜甫

背郭堂成荫白茅，缘江路熟俯青郊。

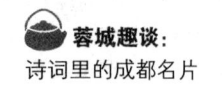

桤林碍日吟风叶，笼竹和烟滴露梢。
暂止飞乌将数子，频来语燕定新巢。
旁人错比扬雄宅，懒惰无心作解嘲。

注释

背郭：背向城郭，草堂在成都城西南三里，故曰背郭。荫白茅：用茅草覆盖。缘江路熟：草堂在浣花溪旁，溪近锦江，江边原无路，因营草堂，缘江往来，竟走出来一条路。将：率领。扬雄：西汉末年时的大辞赋家。

[古诗今意] 草堂落成啦

背向城郭，浣花溪旁，白色的茅草覆盖着草堂的屋顶，
草堂坐落在沿江路的高地上，可以俯瞰郊野青葱的景色。
草堂隐没在桤林深处，桤林茂密透不进强烈的阳光，
轻烟笼罩着修竹，听得到风吹叶子、露水滴落在树梢。
乌鸦带领小鸟在这里翔集，
燕子唱着歌儿来这里筑巢。
有人把草堂错比成扬雄的草玄堂，
我可是闲散之人，无心像扬雄那样作《解嘲》的文章。

绝　句

唐·杜甫

两个黄鹂鸣翠柳，一行白鹭上青天。
窗含西岭千秋雪，门泊东吴万里船。

注释

西岭：西岭雪山。千秋雪：指西岭雪山上千年不化的积雪。泊：停泊。东吴：古时候吴国的领地，指江苏省一带。万里船：不远万里开来的船只。

[古诗今意] 草堂望远

两只黄鹂在翠绿的柳树间鸣叫,
一行白鹭飞向蔚蓝色的天空。
静坐窗前可以望见西岭千年不化的积雪,
门外停泊着从万里之外的东吴驶来的船只。

怀锦水居止

唐·杜甫

万里桥南宅,百花潭北庄。
层轩皆面水,老树饱经霜。
雪岭界天白,锦城曛日黄。
惜哉形胜地,回首一茫茫。

注释

锦水:即锦江。居止:住所。层轩:指多层的带有长廊的敞厅。曛(xūn):日落时的余光。形胜地:山川壮美之地。

[古诗今意] 怀念锦江边的草堂

万里桥西,百花潭北,那里有我亲手建筑的草堂。
高敞的轩廊面对着江水,沧桑的老树饱经风霜。
西部的雪岭与天相接,白茫茫一片,夕阳中的锦官城笼罩着落日的金黄。
可惜我已经离开那山川壮美的地方,回首过去记忆中一片渺茫。

经杜甫旧宅

唐·雍陶

浣花溪里花多处,为忆先生在蜀时。
万古只应留旧宅,千金无复换新诗。
沙棚水槛鸥飞尽,树压村桥马过时。
山月不知人事变,夜来江上与谁期。

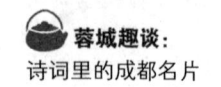

注释

杜甫旧宅：指杜甫草堂。万古：形容经历的年代久远。无复：不再。水槛（jiàn）：临水的栏杆。期：相会。

[古诗今意] 经过杜甫草堂有感

浣花溪旁开满了鲜花，

想起当年先生曾在草堂种田写诗。

多年之后，先生已不在，这里只留下荒凉的旧宅子，

人事既变，景物亦非，千金也换不来先生写的新诗了。

沙洲边的鸥鸟已经飞走了，

我骑着马走过村口绿树遮蔽的小桥。

山月也无法预测人事的变迁，

今夜在江边漫步会与谁相遇呢？

西 郊

唐·杜甫

时出碧鸡坊，西郊向草堂。

市桥官柳细，江路野梅香。

傍架齐书帙，看题检药囊。

无人觉来往，疏懒意何长。

注释

碧鸡坊：街巷名，在成都西南角。市桥：李膺《益州记》中记载"冲星桥，市桥也，在今成都县西南四里"。官柳：官府种植的柳树。书帙（zhì）：书卷的外套，泛指书籍。药囊：药袋子。疏懒：懒散，不受拘束。

[古诗今意] 西郊的生活

漫步在从碧鸡坊到西郊草堂的路上，
市桥边的细柳依依，江边的野梅芬芳。
每天在草堂整理书籍，检点药袋，
没什么人来往，生活得懒散、自由，意味深长。

客　至
唐·杜甫

舍南舍北皆春水，但见群鸥日日来。
花径不曾缘客扫，蓬门今始为君开。
盘飧市远无兼味，樽酒家贫只旧醅。
肯与邻翁相对饮，隔篱呼取尽馀杯。

注释

蓬门：用蓬草编成的门户，形容居室贫陋。盘飧：盘子盛的食物。兼味：两种以上的菜肴。樽（zūn）酒：杯酒。旧醅（pēi）：陈酒，旧酿。馀杯：余杯，指剩下的酒。

[古诗今意] 客人来啦

房舍南北，江水环绕，春意荡漾，
一群群鸥鸟每天在这里飞来飞去。
那条开着花的小路，好久没有清扫了，
今天客人要来，终于为您打开了简陋的草门。
这里距离街市有一点远，招待您的都是简单的饭菜，
没有鲜美的菜肴，连喝的酒都是自己酿制的陈酒。
隔着篱笆，让我招呼一下邻居家的老翁：
"我们一起喝完那剩余的酒，开怀畅饮吧！"

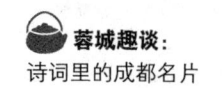

草 堂

宋·李流谦

浣花溪上得闲来，石刻摩挲病眼开。

短策多时临水立，红尘半路与风回。

乞灵伎薄裳为带，惊世名言海纳怀。

相对只今真梦寐，数椽茅屋老苍苔。

注释

石刻：历代人们怀念杜甫，除了悉心维护草堂、前来拜谒之外，另一个方式便是刻诗。在北宋，黄庭坚曾于青神大雅堂刻杜诗；南宋时张焘任成都府知府时，也曾在草堂遍刻杜诗于碑，后来均被损毁。摩挲：抚弄。病眼：老眼昏花。短策：手杖。红尘：俗世，繁华热闹的地方。乞灵：求助于神灵或某种权威。伎（jì）：通"技"，指才能与技艺。椽（chuán）：承屋瓦用的圆木与方木。

[古诗今意] 草堂感怀

得闲来到浣花溪畔的草堂，双手轻抚杜诗的石刻，

睁开昏花的老眼，仔细辨认着石刻上的字迹。

体弱的我拄着手杖在溪水边长久站立，

感慨自己在俗世间已历经半世的雨打风吹。

杜老的诗如有神助，写下了多少惊世名言；

杜老的身体虽然羸弱，胸怀却能包容沧海。

可叹过去的一切如同一场梦，随风而逝，

诗圣的故居只留下茅屋苍苔，供后人凭吊。

5.万里桥

万里桥

唐·岑参

成都与维扬，相去万里地。

沧江东流疾，帆去如鸟翅。

楚客过此桥，东看尽垂泪。

注释

万里桥：即今成都市南门大桥（俗称老南门大桥），成都历史上著名的古桥。三国时，蜀汉丞相诸葛亮曾在此设宴送费祎出使东吴，费祎叹曰："万里之行，始于此桥。"该桥由此得名。维扬：扬州的别称。相去：相距。沧江：暗绿的江水。楚客：泛指客居他乡的人。

[古诗今意] 万里桥寄相思

成都和扬州相距万里之遥。

滔滔江水向东流，奔腾不息，帆船疾驶如鸟翼，转眼已无影踪。

客居他乡的人走上万里桥，抬头东望，眼睛里不禁充盈着思乡的泪水。

竹枝词（其一）

唐·刘禹锡

日出三竿春雾消，江头蜀客驻兰桡。

凭寄狂夫书一纸，家住成都万里桥。

注释

竹枝词：词牌名。日出三竿：太阳升起有三根竹竿那样高，形容太阳升得很高，时间不早了。兰桡（ráo）：兰木做的船桨。凭寄：托人传送。狂夫：拙夫，妇女对人称丈夫的谦词。

[古诗今意] 家住成都万里桥

太阳高高地升起来了，春雾慢慢消散了，

江岸边有一个到四川的客人停止了划桨。

女人托客人为出门在外的丈夫捎去一封信，

说她的丈夫现住在成都的万里桥。

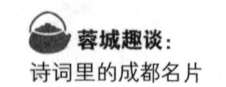

晓过万里桥

宋·陆游

晓出锦江边，长桥柳带烟。
豪华行乐地，芳润养花天。
拥路看欹帽，窥门笑坠鞭。
京华归未得，聊此送流年。

注释

行乐地：娱乐场所。养花天：牡丹花开的日子，多有轻云微雨，谓之养花天。欹（qī）帽：斜戴帽子。京华：即京师，为文物荟萃之区。

[古诗今意] 拂晓过万里桥

黎明时分，太阳刚从锦江边升起，
万里桥的垂柳摇曳着淡淡的云雾。
成都的物产富饶，是豪华的娱乐之所，
成都的气候湿润，适宜种植各种花草。
人们挤在路上好奇地看着那个斜戴帽子的人，
或笑着从门缝里偷看那个人故意把马鞭掉落在地上。
京都遥远，暂时回不去了，
就在这歌舞升平之地消磨时光吧。

晚步江上

宋·陆游

万里桥边带夕阳，隔江渔市似清湘。
山林独往吾何恨，车马交流渠自忙。
高柳阴中扶拄杖，平沙稳处据胡床。
故人京国无消息，安得相携共此凉。

注释

渔市：买卖鱼类的场所。清湘：湖南的湘水。渠：方言，他。拄杖：撑着拐杖。平沙：广阔的沙原。胡床：古时以绳或布结成的交椅，行军时便于携带，因传自外国，故称为胡床。京国：京城，国都。

[古诗今意] 黄昏时漫步江边

美丽的夕阳斜照在万里桥边上，隔江对岸的渔市熙熙攘攘。
我愿独自一人前往山林，车水马龙的市场里人们各自奔忙。
在高高的柳荫下撑起拐杖，在广阔的沙原平稳处安上胡床。
京城的老朋友好久没有写信来了，怎么可能和我一起纳凉。

万里桥

清·骆成骧

长江万里涉波涛，慷慨登舟使节劳。
山隔巫庐云盖迥，江连吴楚浪花高。
三分鼎立东西帝，百战关临上下牢。
朱雀桥边回首处，连天春草似青袍。

注释

巫庐：巫山和庐山。上下牢：地名，上牢在宜昌对岸江边；下牢名百牢，在南京附近江边。朱雀桥：在南京城内，三国东吴时的禁军驻地。

[古诗今意] 万里桥怀古

站在万里桥边，看江水浩浩荡荡向东流去，
慷慨登上船，万里之行，就从这里开始吧。
远方的云朵形如车盖，江水蜿蜒穿过巫山和庐山，
船桨击打着浪花，顺江而下就可以抵达东吴。
回想三国时魏蜀吴争霸，

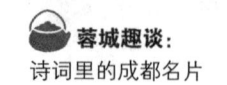

曾经硝烟弥漫，战争频繁。

如今回望朱雀桥边，

春草连天碧，恰似谁穿的青袍。

6.驷马桥

升仙桥

唐·岑参

长桥题柱去，犹是未达时。

及乘驷马车，却从桥上归。

名共东流水，滔滔无尽期。

注释

升仙桥：今名驷马桥，成都北门外。题柱：司马相如初入长安，曾在成都城北的升仙桥柱上题句，曰："不乘赤车驷马，不过汝下也！"后来果然官封武骑常侍，乘坐驷马高车回成都。达：显达，地位高而有名声。驷马：指显贵者所乘的驾四匹马的高车，表示地位显赫。

[古诗今意] 题词升仙桥

想当年司马相如应诏前往长安，过此桥时曾题词于桥柱：

"将来不乘坐高车驷马，不过此桥"。

那时的他还是一个无名小卒。

后来他得到汉武帝的赏识，衣锦还乡，荣归故里。

当他乘着高车驷马，再次从这座桥上走过的时候，

望着桥下滔滔东流的江水，内心涌起了多少感慨。

《升仙桥》二首

唐·汪遵

题桥贵欲露先诚，此日人皆笑率情。

应讶临邛沽酒客，逢时还作汉公卿。

汉朝卿相尽风云，司马题桥众又闻。

何事不如杨得意，解搜贤哲荐明君。

注释

率情：顺其性情。公卿：三公九卿的简称，泛指高官。卿相：执政的大臣。杨得意：西汉人，为汉武帝掌管猎狗的官，称"狗监"，向汉武帝举荐了司马相如。

[古诗今意] 过升仙桥有感

当年司马相如离开故乡，在升仙桥上题词的时候，内心是多么赤诚啊！

今天的人们都会笑着说：公卿当年可真是性情率真呢。

让我们惊讶的是当年在临邛卖酒的人，

时来运转竟然当上了公卿。

汉朝的大臣都经历了动荡变幻，

司马相如在桥上题词的事情大家也都听说了。

凭借同乡杨得意的推荐，有才德的司马相如终被汉武帝赏识，

有了施展才华的机会。今非昔比，多么令人感慨啊！

十一月三日过升仙桥

宋·陆游

早过升仙不暇炊，桥边买饼疗朝饥。

纷纷满座谁能识，大似新丰独酌时。

注释

题解：此诗于淳熙四年（1177）十一月作于成都。不暇：没有空闲，来不及。炊：烧火做饭。朝饥：早晨空腹时感到的饥饿。新丰独酌：比喻穷士未发迹时志向远大。典出《新唐书·马周传》：唐初，大臣马周未仕前，曾在新丰旅店住宿，店主人看不起他。他叫了一斗八升酒"悠然独酌"，大家

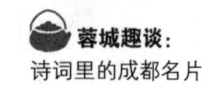

都感到非常惊异。

[古诗今意] 十一月三日路过升仙桥

早上没空做饭，走过升仙桥的时候，
在桥边买了一个烧饼充饥。
桥边坐着许多不认识的人在吃饭，
仿佛在展示穷士发迹前的豪气。

驷马桥

清·刘文麟

辞赋凌云绝代无，汉家才子说相如。
高车驷马须臾事，一纸长留《封禅书》。

注释

须臾：片刻、暂时。《封禅书》：指司马相如的遗作散文，作者借此文劝汉武帝进行封禅，并在文章的末尾对天子加以讽谏。

[古诗今意] 过驷马桥有感

司马相如的辞赋有凌云之气，
他是中国历史上空前绝后的大才子。
不乘坐高车驷马不再回故乡的誓言，似乎只是片刻的事情，
而洋洋洒洒的遗作散文《封禅书》却对汉朝的发展影响巨大。

司马长卿升仙桥

现代·胡牧生

我过升仙桥，石心收不纵。
忆昔题桥人，清风吹残梦。
当其微贱时，苦把焦桐弄。
未逢狗监杨，文章只覆瓮。

帝前才一言，声名腾五凤。

摘笔赋大人，飘飘凌云送。

高车驷马归，乡邻若雷鬨。

试思题桥词，谈言微偶中。

注释

焦桐：琴名，东汉蔡邕曾用烧焦的桐木造琴，后因称琴为焦桐。狗监杨：汉代内官名，主管皇帝的猎犬；司马相如因狗监杨得意的荐引而名显，后常用以为典。覆瓮：著述没有价值，只能用来盖酒瓮。鬨（hòng）：古同"哄"，喧闹。

[古诗今意] 司马相如和升仙桥

我走过升仙桥的时候，内心怀着敬仰之情。

想起当年在桥上题词的司马相如，清风吹走了残梦。

司马相如贫穷低贱的时候，刻苦练习弹琴的技艺。

没有遇到举荐他的狗监杨得意的时候，所写的文章只能盖酒瓮。

被杨得意举荐得到皇帝的赏识后，开始名声大噪如同飞舞的凤凰。

汉武帝读了他写的《大人赋》，认为他飘飘有凌云之气，才华过人。

终于有一天他乘着高车驷马荣归故里，在乡邻中引起了巨大的轰动。

想想当年在桥上的题词，他说的话刚好实现了，真是奇妙啊！

7.文翁讲堂

文翁讲堂

唐·卢照邻

锦里淹中馆，岷山稷下亭。

空梁无燕雀，古壁有丹青。

槐落犹疑市，苔深不辨铭。

良哉二千石，江汉表遗灵。

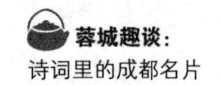

注释

文翁：文翁，名党，字仲翁，公学始祖，西汉庐江舒人。汉景帝末年为蜀郡守，兴教育、举贤能、修水利，政绩卓著。淹中馆：春秋鲁国里名，借指一般的儒家学馆。稷下：古代地名，在战国齐都城临淄稷门附近，喻指学者讲学议论荟萃之地。丹青：中国古绘画中常用的颜色。市：市门，这里暗指齐国都城临淄稷门。铭：刻于器物之上的文字，称述生平功德，使传扬于后世。二千石：汉制，郡守俸禄为二千石，此处指文翁。遗灵：指前贤的神灵，这里指文翁。

[古诗今意] 成都的文翁讲堂

成都有个供学者们讲学探讨的文教圣地，

位于岷山脚下，几乎与孔子讲学的儒家学馆齐名。

学堂里没有庸俗浅薄之人，

有许多珍贵的古籍藏书和绘画丹青。

槐花飘落之地像齐国的城门，

茂密的青苔掩盖了刻字的碑铭。

文翁修建学堂的功德流传后世，

是巴蜀之地受人崇拜的前贤神灵。

文公讲堂

唐·岑参

文公不可见，空使蜀人传。

讲席何时散，高台岂复全？

丰碑文字灭，冥漠不知年。

注释

文公讲堂：即文翁石室。汉景帝末，文翁为蜀郡守，在成都设置学官，以石头修筑校舍，称为"石室"，故址在今成都市文庙前街。丰碑：高大的石碑，比喻不朽的杰作或伟大的功绩。冥漠：空无所有。

[古诗今意] 寂寞的文翁讲堂

这里不再有文公当年的足迹，只听到蜀人在传扬他的功德。
当年文人汇聚的讲席何时散了，高高的讲台也不复完整了？
丰碑上的文字已模糊不清，度过了寂寞的一年又一年。

题文翁石室

唐·裴铏

文翁石室有仪形，庠序千秋播德馨。
古柏尚留今日翠，高岷犹蔼旧时青。
人心未肯抛膻蚁，弟子依前学聚萤。
更叹沱江无限水，争流只愿到沧溟。

注释

仪形：典范，楷模。庠（xiáng）序：古时学校的名称。蔼：繁茂。膻（shān）蚁：指追逐名利。依前：仍旧。聚萤：收聚萤光以照明，形容勤苦攻读。沱江：长江上游支流，位于四川省中部。沧溟（míng）：大海。

[古诗今意] 为文翁石室题词

文翁石室是古代学堂的典范，
历经千秋万代，美名远扬。
时至今日，学校门前的古柏树还是那么高大苍翠，
远处高耸的岷山还像从前一样郁郁苍苍。
那时候的人们并不追名逐利，
弟子们虔诚向学，刻苦攻读。
如同滔滔流淌的沱江水，争先恐后地奔流向辽阔的海洋，
那意气风发的盛况，多么让人感慨啊！

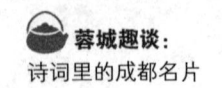

书 事

唐·何赞

果决生涯向路中，西投知己话从容。

云遮剑阁三千里，水隔瞿塘十二峰。

阔步文翁坊里月，闲寻杜老宅边松。

到头须卜林泉隐，自愧无能继卧龙。

注释

瞿塘：瞿塘峡。十二峰：指川（今为渝）、鄂边境巫山的十二座峰。剑阁：剑门关。卜：选择处所。杜老：指杜甫。卧龙：指诸葛亮。

[古诗今意] 入川随感

果断地踏上人生征途，投靠西部的朋友，从容地聊聊人生感悟。

四川有云遮雾绕的剑门关，还有被江水阻隔的瞿塘十二座山峰。

闲暇时到文翁兴学的地方漫步赏月，也到杜甫草堂去观赏古松。

多想找一个山林泉石之地隐居啊，自愧没有诸葛亮那样的才华。

黎州鹿鸣宴

宋·李石

圣化如时雨，吾门自教风。

文翁来蜀郡，常衮在闽中。

夔足无多用，鳌头只独雄。

诸君携手上，名姓广寒宫。

注释

黎州：今四川汉源北。鹿鸣宴：科举制度中规定的一种宴会，始于唐代，于乡试放榜次日，宴请新科举人和考官等，歌《诗经》中《鹿鸣》篇，称"鹿鸣宴"。常衮（gǔn）：唐代宰相，学识广博，贬官至福建观察使，注重文化教育，增设乡校，亲自讲授，闽地文风为之一振。夔（kuí）：古代神话传说中一条腿的动物。鳌（áo）头：指皇宫大殿石阶刻的大鳌的头，考中状元的人才可以踏上。广寒宫：神话中月亮的宫殿。

[古诗今意] 黎州举办的鹿鸣宴

圣人的教化如同及时雨，吾门沿袭良好的教育风尚。

贤能的文翁在蜀郡办学，博学的常衮在福建设乡校。

真正的人才一个就足够，考中状元的人才可以踩在皇宫中石刻的鳌头。

各位携手努力啊，争取把自己的名字刻在月亮仙宫。

8.扬雄故里

扬雄草玄台

唐·岑参

吾悲子云居，寂寞人已去。

娟娟西江月，犹照草玄处。

精怪喜无人，睢盱藏老树。

注释

扬雄：公元前53—公元18年，字子云，蜀郡郫县人，汉朝著名辞赋家、思想家。草玄台：扬雄起草《太玄经》之处，在成都扬雄宅内。娟娟：美好、柔美。精怪：迷信传说中所指的由草木鸟兽变成的妖怪。睢（suī）盱（xū）：喜悦的样子。

[古诗今意] 扬雄故居的草玄台

看到子云的故居，人去楼空，院落荒芜，不禁有些哀伤。

柔和的月亮从江面上升起，照着荒芜的草玄台。

如今的草玄台人迹罕至，成了小精怪的天下，

在古朴的老树旁快乐地玩着捉迷藏的游戏。

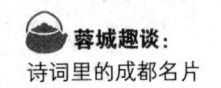

扬雄宅

宋·邵博

自负天人学，甘居寂寞滨。

却令载酒客，似识草玄人。

三世官应拙，一区宅更贫。

千年寻故里，感涕独沾巾。

注释

载酒客：扬雄家贫，酷嗜饮酒，当时有好事者载酒肴向他学习，这就是"载酒问字"的由来。草玄人：指扬雄，扬雄仿《周易》作《太玄经》，后人称其住宅为"草玄堂"。

[古诗今意] 扬雄故居

扬雄自幼勤奋好学，甘心居住于寂寞的江滨。

有人仰慕扬雄的才华，曾用车载着酒登门请教。

他一生仕途不顺，虽才华盖世却居于贫寒之所。

千年之后来到扬雄故里，心生感触，不禁涕泪沾巾。

扬子云洗墨池

宋·宋京

君不见子云草玄西阁门，一径秋草闲黄昏。

何须笔冢高百尺，墨池黯黯今犹存。

童乌侯芭竟零落，玄学无人终寂寞。

汉家执戟知几年？垂老身投天禄阁。

俗儿纷纷重刘向，思苦言艰动嘲谤。

汉已中天雄已亡，不教空文从覆酱。

如今却作给孤园，吐凤亭前池水寒。

安得斯人尚可作，会有奇字令君看。

注释

童乌：扬雄的儿子，九岁时能与父亲讨论《太玄》，早夭。侯芭：扬雄的弟子，师从扬雄学习《太玄》《法言》，这两本书是扬雄仿《易经》和《论语》所作。玄学：玄学是魏晋时期出现的一种崇尚老庄的思潮，扬雄是汉朝道家思想的继承者和发展者。天禄阁：扬雄在宫廷校书之地。覆酱：据《汉书·扬雄传下》记载，刘歆看了扬雄所著《太玄》《法言》，对扬雄说："你白白使自己受苦！现在有成就的学者，还不能通晓《易》，何况《玄》呢？我怕后人用你的书来盖酱坛子啊。"后用以比喻著作毫无价值，或无人理解，不被重视。

[古诗今意] 扬雄故里的洗墨池

你难道没有看到吗？秋日黄昏里，

子云亭被一丈高的野草掩盖，一片荒凉景象。

想当年扬雄写《太玄》时，用秃的毛笔堆成百尺高，

多少年过去，当年洗笔的墨池还遗留在那里。

儿子童乌弟子侯芭都没有继承玄学，玄学最终归于寂寞。

当年王莽篡汉，兵乱天下，被株连的扬雄投身天禄阁。

幸未丧身，之后返回故里，远离喧嚣，埋头著书立说。

世人看中刘向的才华，嘲笑扬雄的《太玄》《法言》毫无价值。

汉朝已经覆灭，扬雄也不在了，可他的研究并没有用来盖酱坛子。

如今，这里成为一座荒凉的园子，吐凤亭前的池水透着寒凉。

要是有喜欢写作的人，找个奇字来向先生请教该多好啊！

郫县子云阁

明·杨慎

落景登临县郭西，坐来结构与云齐。

平郊远讶行人小，高阁回看去鸟低。

林表余花春寂寂，城隅纤草晚萋萋。

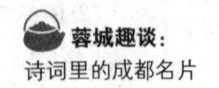

酒阑却下危梯去，犹为风烟惜解携。

注释

落景：夕阳。登临：登高望远。平郊：平旷的原野。高阁：高高的楼阁。城隅：城角。酒阑：酒筵将尽。解携：分手、别离。

[古诗今意] 郫县有座子云阁

落日的余晖中登上郫县西郊的子云阁，

其建构的高度似乎与天上的云朵齐平。

从高高的楼阁向下俯瞰，只见一片平旷的原野，

惊讶于地面的行人变小，鸟雀在低处飞来飞去。

林中的残花点缀着安静的春天，

城角的小草在晚霞中独自芬芳。

酒席将尽的时候走下摇摇欲坠的梯子，

特别舍不得暮色中即将离别的好朋友。

子云亭

清·金城

江汉汤汤独炳灵，郫筒千载尚名亭。

花迎问字人来径，车满新醅客到庭。

修竹犹栖堂上凤，童乌已识案中经。

至今投阁遗余恨，寒夜空来腐草萤。

注释

汤汤：水流盛大的样子。炳灵：焕发灵气。郫筒：一种盛酒器，郫地土人取竹筒盛酒，号称郫筒。问字：请教学问。新醅（pēi）：新酿的酒。童乌：扬雄之子。投阁：汉刘棻曾向扬雄请教古文奇字，后来刘棻被王莽治罪，株连扬雄。当狱吏往捕时，扬雄正在天禄阁校书，他恐不能自免，即从天禄阁上跳下，差点摔死。喻无故受牵连而获罪，走投无路。

[古诗今意] 漫步子云亭

江水浩浩汤汤闪烁着灵气，

多年来人们崇尚着有名的子云亭。

子云亭坐落在郫县，这里曾经盛产香醇的郫筒酒。

园子里的鲜花铺满了小径，迎接那些勤奋好学的人们，

园子里新酿的酒装满了车子，迎接各地来访的客人。

修竹特别喜欢圣德之人的居所，扬雄之子很小就熟读经书了。

晚年的扬雄因受人牵连，投身天禄阁，留下不尽的遗憾，

寂寥的寒夜里，园子里飘飞着几只腐草化成的萤火虫。

扬子云故里

清·黄云鹄

道过子云居，吊古一停轸。

题碑曰大儒，两字实平允。

著书甘覆瓿，志为后贤引。

《法言》如弗作，独善意何忍？

大醇许荀同，草玄聊自隐。

后儒持论苛，前哲虞道陨。

温公宋作人，景仰意无尽。

《潜虚》仿玄作，群儒无敢哂。

注释

停轸（zhěn）：停车。瓿（bù）：小瓮。大醇：敦厚淳朴的诗风。草玄：指扬雄所作《太玄》，此指淡于势利，潜心著述。持论：提出主张，讲出自己的意见。苛：责问。虞道陨：担心大道衰微。温公：指司马光。哂（shěn）：讪笑。

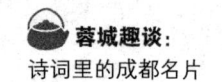

[古诗今意] 路过扬雄的故居

路过扬雄故居的时候,我们停下车来缅怀古迹。

题词的碑文称扬雄为大儒,这两个字实在太公平恰当了。

他潜心著书不怕被人误解,甘愿被后人用来盖酱罐,

他安于清贫、淡泊明志的品格被后代的贤士所推崇。

他写的《法言》包含了许多人生哲理以及修养身心的法则,

他著述的《太玄》探索了世界发展的规律。

其敦厚淳朴的诗风,如同战国时的儒学大师荀卿。

后代的儒者提出一些责问,前代的贤哲担心大道衰微。

宋代的司马光为人温良谦恭,非常敬仰扬雄,

曾仿《太玄》而作《潜虚》,众人不敢讥笑。

第五章 山川溪河

古代的诗人喜欢游览名山大川，寄情于山水，移情于自然，与自然界的山川溪河对话，写出了许多瑰丽的诗篇。

想知道古诗词是如何描述成都的山川溪河吗？想知道古代诗人眼中的青城山、龙泉山、锦江、浣花溪是什么样子吗？

我们"蓉城趣谈"智能穿越剧组将满足您的求知欲。请戴上穿越道具，和我们一起穿越回古代，去看看诗人笔下的山川溪河吧！

【诗与自然】仁者乐山，智者乐水

中国古代的诗人喜欢游历祖国的名山大川，并写下了无数瑰丽的诗篇，供后人赏阅。

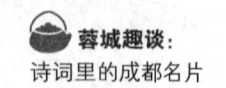

古代的诗人为什么喜欢游历呢？我想，从科技的层面来看，古代没有电视、电脑、手机，待在家里大概没什么可以消遣的；从交通的层面来看，古代没有飞机、汽车、地铁，人们出行只能依靠步行、骑马或坐马车，可以慢慢地品赏风景；从精神的层面来看，古代人比现代人更懂得欣赏自然之美，更容易和大自然成为好朋友。

况且，中国古代的诗人大多在朝中做官，封建社会的规矩又特别多，对人性造成了很大的压抑。所以，闲暇之时，诗人们喜欢奔向大自然，身处山川溪河之中，让那颗在官场上疲惫的心慢慢沉静下来。

杜甫曾多次登上青城山，观赏美景，感慨抒怀，领略其幽深之意，并写下了有名的《丈人山》。现代画家张大千在抗战时期，曾经携家人在青城山过了几年与世隔绝的生活，一心作画，并写下《青城第一峰》。

陆游在成都做官的时候，经常和朋友一起在锦江上划着轻舟，观赏两岸的风景；也曾骑马登上云顶山，大声呼叫飞仙人。多年之后，当他回到家乡，还时常怀念和老朋友一起在成都郊游的情景，并为之写下了无数脍炙人口的诗篇。

山川静默，巍然屹立。成都的道教、佛教名山很多，山中常常流传着奇妙的传说，为名山增添了不少神秘的色彩。青城山上流传着张道师大战妖魔的传说，三学山上流传着李八百得道升天的传说。

溪河灵动，绵延流长。锦江之水长流，濯洗了多少蜀锦，运送了多少往来船只。桂湖之水清澈，映照着明代才子杨慎的青少年时代。浣花溪之水透亮，为薛涛制作笺纸增添了优质的原料。

诗人与山川溪河之间有一种神秘的默契。他们深情凝望，相互倾诉，像一对热恋中的情人。他们心有灵犀，相互寄托，"相看两不厌""悠然见南山"。

【超级访谈】和张大千聊聊在青城山隐居的日子

记者：《美苑报》记者林花花。

特邀嘉宾：中国泼墨画家张大千先生。

第五章
山川溪河

时间：1940年12月8日。

地点：青城山上清宫。

记：大千兄，总算找到您啦！您当初到这里隐居的初衷是什么呢？

张：城市中战乱不断，想找个清净的地方，安心作画。我虽然生长在四川，但对青城山的认识，却得之于我的学生萧建初。建初家在德阳，他对青城山景、道观的生动描述，深深吸引了我；回川后，在谷声家住了一段日子，我便决定携妻儿隐居山中。

记：我听说您住在地势最高的上清宫，为什么呢？

张：我很喜欢上清宫周边的风景，适合作画，也非常幽静。上清宫的主持马道长是我的好朋友，他在上清宫后面为我安排了一个有十余间居室的独门独院，这样我可以安静地作画。天师洞的彭道长和我也非常聊得来，我有时会带着心亮、心智，在天师洞住上几天。

记：我听有人说，您在山上养了一只豹子和几只猴子，这是真的吗？

张：以自然为师，是我的创作理念。我在上清宫的周围、通往主峰的石板路旁边栽种了红梅和绿梅，也饲养了几只色彩艳丽的鸟雀，一只幼猿，供我和学生写生。有个朋友送来一只十几斤重的小豹，我就像驯兽师那样驯养它，很快，我和小豹就成了形影不离的好朋友。画画的时候，小豹伏卧在画案下面，夜里就睡在我的床下。散步时，它服服帖帖地随在我身后。

记：我眼前出现了一幅画面，很像山神携带灵兽出巡的气派呢！哈哈，大千兄，您好威风，真像山大王呢！这上清宫门漆上的对联是您写的吧？

张：是我写的。鸳鸯井石碑上的字和麻姑池畔的《麻姑仙子画像》也是我做的。

记：我看过"麻姑池"畔的麻姑仙子石刻，您画的麻姑仙子容貌秀丽，衣带飘风，怀抱药臼，恍若仙女降临人间，好美好生动！我看道长房中，悬挂着您画的墨荷和山水画，这给以往香烟缭绕的道观，平添了不少艺术气氛！不过，大千兄，在这山中久了，不觉得寂寞吗，有朋友来造访吗？

蓉城趣谈：
诗词里的成都名片

张：作家易君左携家眷在上清宫住了约半年之久，经常看我作画，和我摆"龙门阵"。谢稚柳、张目寒、徐悲鸿、黄君璧也都来看过我，在山上小住一阵，与我聊聊山外的时事，也会缓解我的寂寞。希望战争早日结束，世界早日和平啊。

记：是啊，大千兄，您在山上休养生息两年多，创作了无数佳作，下一站准备去哪里呢？

张：我决定明年春天远赴敦煌，去看看敦煌的壁画，开启一次艰苦卓绝的西北大漠之行。

记：好的，大千兄，祝您明年春天的西北大漠之行顺利哦！

【坊间趣闻】三学山上的传说

在成都东北的金堂县，有个栖贤乡三学寺村，村里有一座海拔八百多米高的三学山。三学山上风景秀美，仙气飘飘。

话说三学山上有上、中、下寺，又名法海寺、普济寺、广济寺，加上寺前登山道上的开照寺，总称三学寺。三学寺建于隋唐，迄今已有一千四百余年。

那么，三学寺的名称是怎么来的呢？

相传，古时候有三个读书人进京赶考，赶往古城长安，刚好路过此地。

古代读书人进京赶考可是一件大事。那时候没有汽车、高铁、飞机等交通工具，读书人背着大书箱风餐露宿，多数靠步行，有时候会坐马车或坐船，需要几个月才能赶到京城呢！

这天天色已晚，三个读书人来到一座简陋的寺庙里，庙里只有一个孤零零的老和尚在念经。

"老师傅，您没有徒弟吗？"其中一个读书人问道。

老和尚道："我有三个徒弟，他们为了重修寺庙，更好地供奉佛祖，普度众生，出门化缘去了。他们准备十年之内踏遍山川河流，走遍田野村庄，化缘而归。"

三个读书人觉得老和尚的徒弟如此坚毅、不凡，老和尚必定是得道高僧，于是便让老和尚给他们算一卦，看这次进京赶考能否高中。

老和尚没有多说什么，只是伸出食指比了个"一"。

三个读书人心里嘀咕，这是什么意思呢？是指一个中，还是指一个都不中呢？是指一个都不会落榜，还是指一个都不会高中呢？

后来，考试结果出来了，三人都高中了，分别是当年的状元、榜眼和探花。

为了还愿，三个读书人分别在山上修造了上寺、中寺、下寺，又将剩下的钱合起来修建了寺前的开照寺。后人便将这些寺统称为三学寺。

【最美名片】摩诃池的前世今生

【隋朝】蜀王杨秀为修筑蜀王府和子城，命人在城市中心地带取土，留下一个巨大的土坑，逐渐积雨水而成人工湖，被民间称为摩诃池。

【唐代】大慈寺南面的解玉溪、城东的金水河、城中心的摩诃池相连通，使摩诃池水源源不绝。成都中心城区形成了河湖水系，并与城外的锦江相连接。

蓉城趣谈：
诗词里的成都名片

　　水上的工商业交通运输开始在成都城区兴起，"门泊东吴万里船"是对当时水上运输盛况的真实写照。

　　至唐代中叶，摩诃池已经成为成都最著名的游览胜地，远近闻名。湖水清澈可鉴，两岸风光秀丽。文人墨客和平民百姓都喜欢在这里泛舟游览，宴饮聚会。李白、杜甫、陆游都曾写诗赞美过这里的秀丽风光。

　　【前蜀】907年，王建在成都称帝，建立前蜀国。王建在摩诃池畔修建新皇宫时，将摩诃池纳入宫苑，并从城北引水源入宫，注入池中。摩诃池变成了皇家私有的风景如画的宫廷后苑，更名为龙跃池。

　　王建的淑妃花蕊夫人所作的《宫词》描写了摩诃池周边的动人风景，展现了当时皇帝和嫔妃对这个城市中心湖泊的喜爱和赞赏。

　　王衍继位后，扩大龙跃池的面积，更名为宣华池，并环绕湖畔修建殿阁屋宇，绵延十里，壮丽奢华。

【后蜀】孟昶当皇帝后,为了尽享湖光山色,将宣华池湖面拓展至1000余亩。孟昶常常带着爱妃花蕊夫人在这里游玩、泛舟、写诗。(五代十国时期,被称为花蕊夫人者,共有三人。)

【宋代】摩诃池开始衰落,逐渐为泥土填充,所余水面越来越小。

【明代】摩诃池大部分水面变成陆地,被填为蜀王宫正殿,仅在西南方向留下小块水面,水光涟漪。

【清代】蜀王宫改为贡院,仅有贡院外的金水河仍存。

【民国时期】贡院因为错综复杂的局势和连年不休的战乱遭到废弃,而摩诃池也就不复存在了。

【2013年起】成都市考古队在成都体育中心南侧,开始对这一区域进行抢救性考古发掘。

2014年初夏,发掘出一段约七米深的沟壑,后被证实是摩诃池遗址。古诗文中描写的摩诃池得以重见天日。

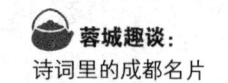

【网友茶吧】 新都桂湖边的状元郎

时间：2020年10月5日。

地点：桂湖茶社。

人物：网友云朵上的棉花糖、马可菠萝包、夏日葵花子。

云：哇，好爽，咱们从古代穿越到21世纪啦！你们晓得吗，咱们现在喝茶的这个院子，可是出过一个大人物的。

马：我知道，我知道，这里出过一个状元，就是写过"滚滚长江东逝水，浪花淘尽英雄，是非成败转头空"的那个大文豪。

夏："青山依旧在，几度夕阳红。"这里是杨升庵的故居。我们现在坐在湖边喝茶，看夕阳落山，闻桂花飘香，赏残荷秋水。你们知道吗，杨升庵曾经在这里亲自种植荷花和桂树，他为这个湖写了一首很有名的诗叫《桂湖曲》，桂湖就开始出名了。

马：是吗，我观察到这棵桂树很古老，说不定就是杨先生亲手种植的那棵呢。这状元种出来的树啊，就是和普通的树长得不一样。嗯，我闻闻，这棵树的桂花为什么这么香呢……

第五章 山川溪河

云：老兄，状元种的树也是树，长出来的也是叶子和花，不会长出鸭子来。别盲目崇拜啦！

马：棉花糖，好像你比我懂得多似的。那你说，杨升庵考上状元后，为什么不在京城好好当官，被贬到云南去了呢？

云：杨升庵最初做翰林院修撰，但他是个耿直之人，竟然给皇上提意见，皇上当然不爱听了，用廷杖之刑，两次打得他昏死过去，又活过来了。后来就被流放到云南的一个边远县三十多年，直到七十二岁老死在那里。

夏：唉，经历坎坷啊。说起杨升庵流放云南，不得不说他的妻子黄娥还在新都。黄娥生在官宦世家，是远近闻名的才女，通经史，善诗文。她只和杨升庵在一起生活了五年，丈夫就流放云南了，二人分居长达三十余年。在天各一方的漫长岁月里，黄娥留居夫家，管理家务，曾写过一首著名的《寄外诗》。

马："日归日归愁岁暮，其雨其雨怨朝阳。"哎呀，这首诗读起来，真是万般愁苦在心头啊。可怜的黄娥，那个年代男人还可以娶妾，女人却只能苦等一个男人，我好心疼她！

云：那个年代夫妻两地分居，男人在外地做官，女人在家照顾一家老小，很正常。封建社会女性的地位低下，当时大家都觉得理所应当。

马：这太不公平了！为什么现在的女人地位那么高，特别是四川女人的地位……

夏：现在女性的社会地位提高了，说明社会进步了嘛。况且咱们四川是武则天的故乡，女性地位当然高啦。好了，言归正传，还是说杨升庵吧。杨升庵在云南三十年，可是博览全书，著述丰富啊。他能文、词及散曲，著作达四百余种，后人为他出版了《升庵集》。

马：啊，真是一个励志的好男儿！从此我也要发奋读书了，每天写一首诗，争取明年出一本《菠萝包集》……

夏：哈哈哈，菠萝包，好样的，明年这个时候，我们就在这桂湖边为你举办一场新书签售会吧。我相信，一定会有很多菠萝包的粉丝来捧场的……

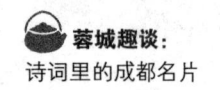

1. 青城山

丈人山

唐·杜甫

自为青城客,不唾青城池。

为爱丈人山,丹梯近幽意。

丈人祠西佳气浓,缘云拟住最高峰。

扫除白发黄精在,君看他时冰雪容。

注释

题解:这首诗是唐肃宗上元二年(761)秋,杜甫首次游青城山作。丈人山:即青城山,传说黄帝封此山为五岳丈人,故称。丹梯:山高峰入云霞处,亦指寻仙访道之路。丈人祠:在青城山山门右侧,内有丈人殿,塑有宁封的像,即今天的建福宫。缘云:沿着云霞而上。黄精:多年生草本,其根状茎入药,道家服食之,认为可以令人长寿,白发变黑。冰雪容:指仙人纯净的肌肤,洁白的面容。

[古诗今意]爱上青城山

自从成为青城客,特别爱惜青城之地,决不允许任何人玷污它。
这可爱的丈人山,蜿蜒陡峭的山间石阶蕴含着多么幽深的寓意。
丈人祠这边风光美好,沿着云霞攀登而上,可以住在最高峰上。
山里有珍贵的黄精,长期服食可以使人白发变黑,返老还童,
几年之后再见到他,将再现冰雪一样青春的容颜。

和青城题壁诗

清·骆成骧

郁郁青城对赤城,深秋爽气扑人清。

书台草长重围合,仙洞花开四照明。

风过桂丛留客坐,雨余松盖倚天擎。

玉真闲共金华语，子晋归来鹤夜声。

注释

题解：清光绪时，赵熙书刻范成大、陆游、杨慎诗于常道观壁，所和之诗即此。赤城：青城山古名，因山岩色如赤城。书台：即杜光庭读书台，在青城山白云溪。仙洞：旧说青城山有三十六峰、七十二洞，最著名的有天师洞、朝阳洞。倚天：靠着天，形容极高。擊（jī）：击。玉真、金华：唐睿宗之女玉真公主、金华公主入蜀，在青城山修道。子晋：相传古仙人王子晋好吹笙，作凤鸣，后在缑（gōu）氏山乘鹤仙去。

[古诗今意] 为青城山的题壁诗和诗

郁郁苍苍的青城山，山岩色如赤城，
深秋的山风扑面而来，让人神清气爽。
读书台的四周被野生的蔓草重重包围，
明媚的花儿在洞口盛开，似乎把仙洞都照亮了。
秋风吹来桂花的馨香，似乎在挽留客人坐下来，
秋雨刚过，高耸入云的松树伞盖还落着水滴。
恍惚听见在这里修道的玉真公主和金华公主在闲聊着什么，
仙人王子晋似乎也乘着仙鹤回来了，在夜色中吹起动人的笙箫。

宿朝阳洞晓望

清·黄云鹄

夜雨空山枕石眠，晓来骋眼盼遥天。
平林日射青如黛，大野云铺白似绵。
妙境静观殊有味，良游重续又何年？
生机乐意人间满，肯羡蓬莱顶上仙。

注释

题解：青城山第三峰下有朝阳洞，相传为古代仙人宁封居住的地方，旁

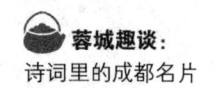

边有小朝阳洞。黄云鹄在洞内有刻壁题记："设帐独宿，次晨乘兴咏诗，堪称雅事也。"妙境：神奇美妙的境界。殊：特别。良游：畅游。

[古诗今意] 夜宿朝阳洞，晨起观景

昨夜在朝阳洞内枕石而眠，听到山洞外面下起淅沥的夜雨，
清晨睁开惺忪的双眼，盼望着风和日丽万里长空的好天气。
太阳从林深叶茂的山峦中升起来，青山呈现出黛绿的色彩，
朵朵白云在辽阔的山野间飘浮，如花团锦簇的丝绵那么美。
静坐山石感受这神奇美妙的境界，感受这天人合一的融洽，
不知道离开这里之后，何年何月才会再来这里欢畅地游玩？
但愿人世间充满希望和愉悦，
多想像蓬莱仙境的神仙那么逍遥自在！

望青城山

清·王士禛

云气连西域，名山作汉标。
千秋轩帝迹，每夜岳灵朝。
玉宇凌丹壑，神鸾下碧霄。
丈人一招手，天路未应遥。

注释

西域：汉时指玉门关、阳关以西之地。轩帝：指黄帝。岳灵：山岳之神。玉宇：瑰丽的宫殿，这里指山上的道观。丈人：据传黄帝封青城山为五岳丈人。

[古诗今意] 眺望高峻雄伟的青城山

云雾缭绕的青城山连接着广阔的西域，
在众多的名山之中，青城山之幽享誉天下。
这里曾经留下过几千年前黄帝的足迹，

每夜都会听到山岳之神朝拜的声音。
瑰丽的山中道观凌空于深红色的沟壑之上,
神界的鸾鸟飞下碧绿的云霄来到青城山。
只要五岳丈人挥一挥手,
通往天界的路将不再遥远。

再访青城

现代·吴丈蜀

期年两度访青城,万树离披一望青。
喜听高枝传鸟唱,多逢断涧出泉鸣。
缓循古道天宫近,偶触苍苔石藓凝。
胜境无尘幽也甚,柴烟炭火不关情。

注释

苍苔:青色苔藓。石藓:生在石上的苔藓。胜境:风景优美的地方。柴烟:柴禾燃烧时产生的烟气。不关情:不关心。

[古诗今意] 第二次拜访青城山

一年之中曾有两次拜访青城山,
山上的树木一望无际,郁郁苍苍。
高高的树枝上传来鸟儿喜悦的歌唱,
多处的断崖山涧里传出泉水的鸣响。
沿着古道缓缓行进,感觉天宫越来越近,
手指偶尔触碰到岩石上生长的青色苔藓。
如此风景优美之地清新幽雅、远离尘俗,
让人不禁忘却了山外的世界,物我两忘。

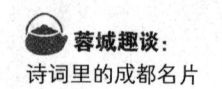

青城纪事诗（录一）

现代·于右任

楠叶舒红春复夏，神灯照夜雨兼晴。
名山名卉闻名久，不见花开醉太平。

注释

醉太平：作者自注："醉太平为山上名花，余三至未见。"抗战时期，四川成为中国的大后方，被誉为"三百年来草书第一人"的书法大家于右任先生亦曾数次登上青城山，寻访太平花，但每次都抱憾而归。1943年春夏之交，第三次寻访太平花未果后，于右任写下了《青城纪事诗》，遗憾与惆怅之情溢于字间。

[古诗今意] 青城山的太平花

楠木的叶子从春到夏，由葱绿到舒红，年复一年，
神秘的灯光映着青城山的夜雨，从阴雨绵绵到渐渐转晴。
很久以前就听说这名山里生长着一种名贵的花儿，
只是三年来寻访多次，都不见名花醉太平，甚是遗憾。

上清借居

现代·张大千

自诩名山足此生，携家犹得住青城。
小儿捕蝶知宜画，中妇调琴与辩声。
食粟不谋腰足健，酿梨常令肺肝清。
劫来百事都堪慰，待挽天河洗甲兵。

注释

题解：此诗为1938年秋作者初上青城时所写。1938年，张大千逃出北平的日寇魔掌后，经香港转桂林入川，抵达成都后，旋携家人借住在青城山，朝夕潜心绘画。自诩：自我夸耀。中妇：这里指大千先生的夫人。酿梨：用

青城山特产茅梨所酿制的酒。甲兵：铠甲和兵器。

[古诗今意] 携家人借居在青城山上清宫

曾经自我夸耀说，此生寄情于山水足矣，

这些日子远离战乱，携家人住在青城山上。

小儿在山中捕捉蝴蝶，妻子在山中弹琴唱歌，

我在山中泼墨作画，这是多么美好的生活画面。

适当的饮食调养可以帮助身体补益精气，

常饮茅梨酿制的美酒能够使肺肝清平。

至此以来，所有的事情都让人心情愉悦，

多么希望天河之水将武器洗净存放，战争从此停止啊！

青城第一峰

现代·张大千

百劫归来谢世氛，自支残梦挂秋云。

树连霄汉高台迥，衣染烟霞宝殿薰。

万派争流来足底，一身孤置绝人群。

诸天自罢声闻想，謦咳何教下界闻。

注释

题解：青城山之巅名彭祖峰，号青城第一峰，上有"呼应亭"，登此疾呼，群山响应。其下为上清宫，旁有"青城第一峰"刻石。百劫归来：指从北平日寇沦陷区辗转归来，历尽艰辛。谢世氛：居于青城山中，与尘世的烦嚣隔绝。宝殿：青城山上的道教宫观。诸天：佛教语，泛指天界。声闻想：佛教三乘之一，意为凡能悟"苦、集、灭、道"四谛之真理而得道者，称为"声闻乘"。謦（qǐng）咳：咳嗽声。

[古诗今意] 青城山的第一峰

历尽艰辛携家人从战乱中逃出来，在青城山过着与世隔绝的生活，

137

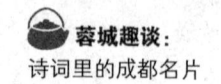

我在这里师法自然专心作画，做着秋云一般缥缈的梦。
高耸的树木直冲云霄，高远的亭台形态各异，
衣袖上染着云霞之色，薰着道观的香火。
山间海潮般汹涌的云海，争着向游人的脚下滚滚而来，
我独自站在这高高的山峰上，远离世俗的喧嚣。
天界中，声音与听觉本来都不存在了，
为什么还会有咳嗽之声被下界听到呢？

2.龙泉山

赠圆昉公

唐·郑谷

天阶让紫衣，冷格鹤犹卑。
道胜嫌名出，身闲觉老迟。
晓香延宿火，寒磬度高枝。
每说长松寺，他年与我期。

注释

题解：圆昉，蜀僧，居住在长松山（龙泉山脉的最高峰）。郑谷为避黄巢起义入蜀，曾在长松山居住，与圆昉过从甚密。中和元年（881）正月，唐僖宗为避黄巢起义之乱逃到成都，史称"僖宗幸蜀"，圆昉坚持拒绝皇帝所赠的紫衣袈裟，谷赠以诗。紫衣：紫色袈裟，自唐代武则天开始，有赐予名僧紫色袈裟之制。冷格：清冷高洁的品格。鹤犹卑：鹤比之犹不及，古称鹤性高洁。道胜：指释氏之道战胜名利之欲。磬（qìng）：佛寺中用作念经时的打击乐器，也可敲响集合寺众。长松寺：在龙泉山脉最高峰的长松山上。

[古诗今意] 赠蜀僧圆昉公

僖宗幸蜀时，您坚持拒绝皇帝所赠的紫色袈裟，
您清冷高洁的品格让高洁之鹤都感到惭愧。

您的道行之高可以战胜名利之欲，
身体却慢慢感觉到衰老的逼近。
寺里的晨香延续着昨夜的火种，
寒凉的钟声穿过高高的枝条。
每次说起长松寺就会想到您，
或许将来某一天我们还会相遇。

灵泉山中（录二）

宋·杨甲

小县相笼合，蒙蒙数百家。
果蔬争晚市，樵牧乱晴沙。
落日平林迥，青山去路赊。
偶居无事在，随意问桑麻。

何处长松寺，雨花云外台。
山从百曲转，路入九关回。
老桧成龙尽，残柯借鹤来。
人间斤斧乱，风壑夜声哀。

注释

灵泉：龙泉驿区治地，唐代曾设灵池县，北宋仁宗时改为灵泉县。灵泉山明代改为龙泉山。蒙蒙：密集。樵牧：打柴放牧，泛指乡野之人。迥：远。赊（shē）：远。偶居：两个人在一起居住。桑麻：泛指农事。雨花：僧人讲经，天降花雨。柯：草木的枝茎。斤斧：原指斧头，兵器，这里指代战争。

[古诗今意] 寄居灵泉山中

从山上向下俯瞰，小县城聚拢在一起，密集地居住着数百户人家。
傍晚的集市摆满了水果蔬菜，乡下人在这里随意闲逛，非常热闹。

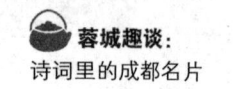

落日的余晖洒在辽远的山林中，去往青山的路一直延伸到远方。
两个人住在一起说点什么呢？随意聊聊农事吧。

长松寺在什么地方？在云天之外的雨花台上。
山路千回百转，又在九天之关的最高处迂回。
老桧树都成了龙精，残存的枝条上栖息着仙鹤。
这兵荒马乱的战争年月，山风在夜色中愈发凄凉。

山居写怀
明·楚山

老年落魄爱灵泉，不欲区区走市廛。
茅屋竹林聊寓迹，布衣蔬食但随缘。
月明树杪猿声切，日暖花间蝶影翩。
闲对青山开冷眼，劫前风景自昭然。

落日衔山半掩扉，倚筇闲立看云归。
数行幽鸟投深树，几片残霞映落晖。
得意山林随分住，立身天地与时违。
空王静夜舒长舌，卧听松涛起翠微。

袖拂烟云下翠屏，短筇随步一身轻。
踏残片雪寸心冷，看遍千山两眼清。
对镜写怀无作意，逢人出语不藏情。
莫言此事沉空寂，到处风光只现成。

注释

楚山：明代龙泉驿石经寺的高僧。石经寺始建于东汉末年，位于龙泉山泉中段东麓的天成山，为川西著名五大丛林之一。廛（chán）：集市。寓迹：暂时寄住。杪（miǎo）：树梢。冷眼：指冷静客观的态度。昭然：明显的样子。劫前：空劫以前是佛学术语，禅林用语，指此世界创立以前空空寂寂的时代。筇（qióng）：竹杖。随分：依据本性、本分。空王：即佛。长舌：比喻多言，这里指讲佛经。翠微：淡青色的山岚。寸心：内心。写怀：抒发情怀。空寂：指佛法，佛门。

[古诗今意] 居住在灵泉山上，作诗抒怀

人生进入落寞失意的老年，爱上了这山清水秀的灵泉山，
不希望自己被喧嚣干扰，仅仅生活在纷纷扰扰的世俗间。
暂居在茅草屋里，有竹林相伴，
每天粗衣淡饭，随遇而安。
看皎洁的月亮挂在树梢，听远处的猿声叫得急切，
看蝴蝶在花丛中翩跹起舞，内心充满温暖和喜悦。
闲暇时对着青山冷静思索，
世界创立之前的风景又是如何。

夕阳即将落入青山的怀抱，古寺的柴门半掩着，
我挂着竹杖悠闲地站在那里，看云朵在空中飘。
一群鸟儿安静地飞向郁郁苍苍的树林深处，
几片晚霞映照着落日的余晖，如天边的画图。
居住在山林之中，心情安然闲适，
立身于天地之间，远离潮流和世俗。
空王在安静的夜里讲佛经，我静卧在床上，
听山林里的松涛声，想象松林里升起淡青色的山岚。

衣袖拂过云雾缭绕的山气，走过翠绿色的山峦屏障，
短短的竹杖跟随着我轻快的步伐，一点儿都不甘落后。
双脚踩在残雪上内心愈发清醒，
看遍千万座山的双眼更加清明。

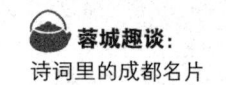

对着镜子抒发情怀而无夸张之意,
逢人说话不隐藏自己的真情。
莫说此事沉入了空寂,
所有的风景都包含着禅意。

登长松山

清·曾溥泉

长松奇拔甚,乘兴一跻攀。
万嶂云都活,三生石岂顽?
高僧无俗态,倦鸟有余闲。
恰好秋情爽,容吾饱看山。

注释

奇拔:奇特出众。跻(jī):登。嶂:如屏障一般的山峰。三生石:本在浙江杭县天竺寺后山,此指长松山石。唐李源与圆泽友善,圆泽将死,约他十二年后在杭州相见。李源后来到杭州赴约,听到牧童唱歌:"三生石上旧精魂,赏月吟风不要论。惭愧情人远相访,此身虽易性长存。"

[古诗今意] 登上长松山

长松山奇特出众,高峻挺拔,乘兴和朋友一起来攀登。
云朵在众多的山峦叠嶂间自由追逐,长松山的石头似乎也变得顽皮。
这里的高僧仪态不俗,倦飞的鸟儿在山中悠闲地漫步。
恰逢秋高气爽的好天气,让我在山中尽情地观赏这无限景观。

龙泉山顶远望

近代·吴芳吉

风雨上龙泉,绝顶瞰诸天。
益州平如掌,青城几点烟。
田亩相稠叠,明镜纷万千。

茸茸散村树，秋色正澄鲜。

恍若临灞岸，回首望樊川。

如何此形胜，只逐潮流迁？

蜀女甜于酒，蜀士软如棉。

丰功缅神禹，疏凿何时旋？

注释

题解：此为作者一九二七年秋《赴成都纪行》组诗之一。诸天：佛家语，借指成都。茸茸：柔细浓密的样子。澄鲜：清新。灞（bà）岸：即霸陵河岸，在西安市东北郊。王粲《七哀诗》："南登霸陵岸，回首望长安。"樊川：地名，位于今陕西省长安县南，汉高祖刘邦曾将这条川道封为武将樊哙的食邑。神禹：夏朝的第一位天子，后世尊称大禹，最卓著的功绩是治理滔天洪水，又划定天下为九州。疏凿：开凿。旋：归来。

[古诗今意] 站在龙泉山顶极目远望

冒着风雨登上龙泉山顶，极目远眺整个成都。

成都大地一片广阔平坦，远处的青城山仿佛几点青烟。

广阔的田野层层叠叠，一望无际地展开，在阳光的照耀下色彩缤纷，如千万张明镜。

绿树密布在各个村庄，一派清新的秋色。

恍惚间，似乎回到了王粲《七哀诗》中描写的霸陵河岸，战乱迭起，回头望见了土肥水美的樊川。

为什么山川如此壮美，社会却常常陷入动乱和变迁？

蜀地的女人貌美如花，甜美如酒；蜀地的男人柔和温暖，体贴如棉。

蜀地人民缅怀大禹治水的丰功伟绩，他疏通水道、天下统一的和平年代何时才能到来？

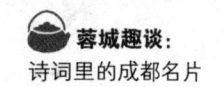

3. 三学山

游三学山

南北朝·智炫

秀岭接重烟，嶔岑上半天。
绝宕低更举，危峰断复连。
侧石倾斜涧，回流泻曲泉。
野红知草冻，春来鸟自传。
树锦无机织，猿鸣讵假弦？
叶密风难度，枝疏影易穿。
抱帙依涧沼，策杖戏荒田。
游心清汉表，置想白云边。
荣名非我愿，息意且萧然。

注释

题解：此为作者102岁时在三学山建塔期间所作。三学山：位于金堂县城东北四公里的栖贤乡三学寺村，海拔800余米，三学山上有隋唐时建的上、中、下寺（即延祥、广济、鸿都寺），后改为法海、普济、广济寺，加上庵前的开照寺，总称三学寺，迄今已有1400余年。智炫：南北朝时川中名僧，少年出家，赴长安求学数年，精研内外典籍，弘法传道之余，亦著文赋诗。嶔（qīn）：山势高峻，高险。岑（cén）：小而高的山。回流：纡回的溪流。野红：野花。草冻：指秋季将临，草木枯黄、凋落。传：啼鸣，指鸟啼以传递春之讯息。讵（jù）：岂是，哪里。假：借。帙：书套、书函，此处代指书籍。策杖：拄着拐杖。游心：注意、留心。清汉：天河、银河。息意：不再有意，绝意。萧然：清静散漫、无牵无挂。

[古诗今意] 游赏三学山

云雾在秀丽的山岭间盘旋，陡峻的山峦耸入云天。

低处的山岩昂首挺胸，高险的山峰绵延不断。

斜着的山岩仿佛要倒入山涧之中，泻下迂回的溪流。

野花知晓秋天何时降临，鸟儿在山间传递着春讯。

满树繁花似锦，比织布机织出来的花色还美，

猿猴在山中鸣叫，仿佛有琴弦在为它们伴奏。

山中林木或密或疏，错落有致，任凭日照风吹。

有时抱着一本书在溪水旁阅读，有时拄着拐杖在荒野间嬉戏，

有时望着天河那边和白云深处发一阵呆，都很惬意。

我并不想得到什么美名，决心清净散漫、无挂无牵地生活。

三学山盘陀石上刻诗

唐·佚名

拔地山峦秀，排空殿阁斜。

云供数州雨，树献九天花。

夜月摩峰顶，秋钟彻海涯。

长松拂星汉，一一是仙槎。

注释

题解：嘉庆《金堂县志·山川》："盘陀石，在三学山上寺后，圆净穹窿，不假椎凿，唐人曾刻诗其上。明蜀藩建无量宝塔，以石为址，字遂湮。"作者姓氏不详。排空：冲向天空。殿阁：殿堂楼阁。共：同"供"，提供。九天：天的中央及八方。摩：擦，接触。钟：寺院钟声。拂：轻轻擦过。星汉：银河。一一：一个接一个。仙槎（chá）：神仙所乘的木筏。

[古诗今意] 在三学山的盘陀石上刻诗

三学山的山峦高峻挺拔，瑰奇秀丽，

殿堂楼阁依山势而建，向着天空倾斜。

山云保障附近的州县风调雨顺，

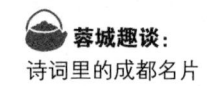

树木为天空开放出四季的花朵。

夜晚的月亮亲吻着高峻的山顶,

寺院的钟声响彻至遥远的海边。

高耸入云的松树拂过遥远的银河,

它们为神仙出游备好了乘坐的木筏。

三学山夜看圣灯

前蜀·徐太妃

圣灯千万炬,旋向碧空生。

细雨湿不暗,好风吹更明。

磬敲金地响,僧唱梵天声。

若说无心法,此光如有情。

注释

题解:前蜀咸康元年(925)九月,蜀主王衍奉太后、太妃祷时于青城山,又至彭州阳平化、汉州三学山(当时金堂属汉州),薄暮观圣灯,赋诗而还。金地:以金铺地,是佛经中描述的极乐世界。梵:诵经声。心法:指佛法。

[古诗今意] 夜晚在三学山观赏圣灯

转眼之间,碧蓝深邃的夜空中升起了千万盏圣灯。

空中飘起了细雨,初秋的风儿吹来,圣灯更加明亮了。

寺里的钟声响起,僧侣们开始诵经,将人们带入美妙的极乐世界。

瑰丽神秘的圣灯在天际间飘悬,光彩熠熠,仿佛包含着佛法的深情。

题三学山

宋·刘望之

栖贤古招提,十里巨松阴。

栋宇自隋氏,悠悠岁月深。

唐人范生画，风雨欲剥侵。

相传金仙趾，玉质存至今。

星黑夜正午，异物为华灯。

注释

栖贤：隐居的贤士。招提：原为四方僧的住处，后泛指寺院或僧房，引申为出家僧侣。松阴：松树之阴，多指幽静之地。栋宇：房屋。金仙趾：指佛的脚指头。玉质：形容质美如玉。异物：奇特难见的东西。华灯：装饰华美、光彩灿烂的灯。

[古诗今意] 在三学山题诗

古代出家的僧侣多为隐居的贤士，居住在风景幽静之地。
山中的寺院始建于隋朝，经历了漫长而久远的历史岁月。
唐代范生的画还在，只是多了些被风雨剥落侵蚀的痕迹。
相传佛的脚趾质美如玉，至今还完好无损地保存在那里。
午夜的山上一片漆黑，忽见瑰丽神秘的华灯在空中升起。

望龙桥峰

清·李勋

双峰如笋白云间，雨过遥看翠一环。

刚得梦回舒倦眼，晚霞遮遍夕阳山。

注释

龙桥峰：三学山主峰，古称龙桥峰。峰如笋：山峰如同春笋。

[古诗今意] 遥望龙桥峰

两座山峰如同生机勃勃的春笋生长在白云间，
雨过天晴之后，远观山峰比之前更加翠绿了。
我刚从睡梦中醒来，睁开惺忪的双眼，

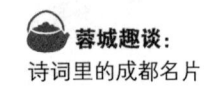

看到晚霞漫天，夕阳也慢慢地落山了。

4.云顶山

自小云顶上云顶寺

宋·陆游

素衣虽成缁，不为京路尘。
跃马上云顶，欲呼飞仙人。
飞仙不可呼，野僧意甚真。
煎茶清樾下，童子拾堕薪。
我少本疏放，一出但坐贫。
缚裤属櫜鞬，哀哉水云身。
此地虽暂寓，失喜忘吟呻。
故溪归去来，岁晚思鲈莼。

注释

题解：此诗约作于宋孝宗淳熙二年（1175）六月。云顶山：在成都市金堂县，寺在云顶山上。齐梁时即建有清济寺，以后历代皆有增修，又名天宫寺、慈云寺，极盛时周围有庙四十一处，是著名古刹。缁：黑色。樾（yuè）：树荫。疏放：疏散放纵、不拘束。缚裤：扎紧套裤脚管，以便骑乘，亦泛指戎装。属：连缀。櫜（tuó）鞬（jiàn）：箭袋。水云身：一身漂泊，放荡江湖。失喜：喜极不能自制。鲈（lú）莼：鲈鱼、莼菜，皆产于作者家乡江浙。

[古诗今意] 从小云顶山登上云顶寺

一路风尘仆仆，素色的衣服变成了黑色。
我骑马登上云顶山，想大声呼叫飞仙人。
飞仙人不可能来到，山中僧人待客特别诚恳。
在树荫下为我煮茶，小男孩捡来了生火的木柴。
我年少时本是自由放任之人，出来做事也坚守着清贫。

戎装上缝着箭袋，辗转南北，可叹一生漂泊的命运。

在此地寄居下来，禁不住心中欢喜，暂时忘记了思乡的忧愁。

多少次梦回故乡啊，年末了开始想念故乡的鲈鱼和莼菜。

登云顶山

清·李调元

万仞孤峰翠遍天，凄松冷柏拥高巅。

白云不放山头出，明月常从井底悬。

点点神灯疑傍树，涓涓泉水泻成川。

头陀石塔依然在，可有花从石内传。

注释

万仞：形容山极高。神灯：即圣灯，山中奇观。杨慎诗认为是树下露气蒸发所致，李调元亦有同感。古人以为神异，谓之圣灯。头陀石塔：云顶山祖师洞前之王头陀塔，建于唐太宗贞观十五年（641）。北宋宣和初年，道士议迁于白神山，南宋建炎年间复建，塔有四柱如亭。

[古诗今意] 登上云顶山

云顶山孤峰峻拔，翠绿满山，高高的山巅上生长着耐寒的松柏。

山尖常常从白云萦绕中隐现，明月常常悬挂在清澈的井底。

神灯点点仿佛依傍着树木而生，涓涓清泉汇聚成山间河流。

头陀石塔还伫立在那里，可会有花儿从石缝间生长出来？

云顶晴岚

清·谢惟杰

天半奇峰远俗埃，大云山似小蓬莱。

烟鬟刚拥朝霞出，螺带还衔夕照来。

见出玲珑新洞府，争传金碧旧亭台。

探幽如在山阴道，万壑千岩梦几回？

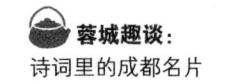

注释

题解：云顶山胜景之一。晴岚，晴日山中的雾气。天半：高空，如在半天之上。蓬莱：传说中的东海仙岛。烟鬟（huán）：山似妇女发髻，云雾缭绕。螺带：喻青黑色的远山。见出：出现。玲珑：精巧的样子。洞府：神仙居处，此指寺庙。探幽：探寻幽深奇异的景物。山阴道：此指景色秀丽之道路。万壑千岩：形容峰峦、山谷极多。

[古诗今意] 晴日的云顶山上仙雾飘飘

半天之上奇峰突起，远离世俗的尘埃，
大云山如同传说中的东海仙岛一样幽远神秘。
清晨，云雾缭绕的青山簇拥着灿烂的朝霞醒来，
傍晚，青黑苍茫的远山怀抱着绚丽的夕阳落幕。
如此精巧玲珑的神仙居处，
听说从前是金碧辉煌的楼台亭阁。
如同在风景秀丽之地探寻幽境，
曾经梦到过这里的万壑千岩多少回？

游云顶山

清·郑兰

群山环古砦，万柏隐招提。
日影穿林隙，岩花碍马蹄。
心随清磬远，身与白云齐。
履险探幽壑，扳扶倩小奚。

注释

砦（zhài）：同"寨"，古砦为宋代抗蒙所建。招提：寺院之别称。履险：指身处险境。幽壑：深谷，深渊。倩小奚：年轻仆从。

[古诗今意] 游览云顶山

群山环绕着古寨，茂密的千万株松柏之中隐藏着幽深的寺院。
阳光穿透树叶的间隙照过来，山岩上的花朵让马儿停下了脚步。
心绪随着清越的钟声飞向远方，身体却与山上的白云相依。
不惧危险潜入深谷中探索，倚靠年轻仆从的牵拉才脱离险境。

游金堂云顶山遇雨
现代·于右任

楠生石合见精诚，五百年间愿竟成。
众口流传唐故事，山腰磨灭宋题名。
林泉如意难逃隐，雷雨连宵正放晴。
明月不来亦何憾？大云顶上看云行。

注释

题解：作者与金堂老同盟会员、川康监察史曾通一交往甚厚。抗日战争中，曾通一在金堂县城置有寓所。此诗为作者与曾通一、林少和等游云顶山时所作。楠生石合：云顶山寺侧有楠石并生，楠枯后石离为二。唐代有头陀曾说："五百年后寺当废，若楠树再生，离石再合，寺又复兴。"后竟然巧合。宋题名：离石侧有宋代石刻大字，今已模糊不能读。

[古诗今意] 游金堂云顶山中途遇雨

楠生石合的愿望竟然在五百年后达成了，
可见精诚所至的力量有多么强大。
民间还流传着唐代楠树再生的故事，
半山腰的宋代石刻大字已经模糊了。
林中的清泉在山石间快乐地叮咚作响，
连夜的雷雨交加之后，天空逐渐晴朗。
明月还没有光临这里，不过有什么遗憾呢？

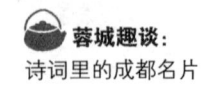

登到大云顶山上,去观察云卷云舒的美景。

5.锦江

浪淘沙

唐·刘禹锡

濯锦江边两岸花,春风吹浪正淘沙。

女郎剪下鸳鸯锦,将向中流定晚霞。

注释

锦江:即成都境内的府河,岷江支流。传说蜀人织锦濯其中则锦色鲜艳,濯于他水,则锦色暗淡。浪淘沙:词牌名。濯(zhuó)锦江:锦江的别名。

[古诗今意] 锦江美景如画

春天来了,锦江的两岸开满了五颜六色的鲜花,

微风吹拂着碧绿的江面,浪花冲刷着水中的细沙。

一个美丽的女子坐在岸边,她剪下一段绣着鸳鸯的蜀锦,

投向婉转的江流中,水中如同落下了一片绚丽的晚霞。

上皇西巡南京歌十首(选二)

唐·李白

濯锦清江万里流,云帆龙舸下扬州。

北地虽夸上林苑,南京还有散花楼。

水绿天青不起尘,风光和暖胜三秦。

万国烟花随玉辇,西来添作锦江春。

注释

上皇:指唐玄宗李隆基。南京:唐代有个规矩,皇帝离开京城长安,到

其他地方短期居留之地都称"京";"安史之乱"时唐玄宗避难成都,因此成都在唐肃宗至德二年(757)被称为"南京"。云帆龙舸:即悬挂高大的帆的龙舟。上林苑:古代秦朝宫苑名,故址在今西安市西。散花楼:在摩诃池畔,为隋蜀王杨秀所建,故址在今成都市体育中心南侧。三秦:项羽灭秦后,将秦地三分,谓之三秦。烟花:指春天的景物。玉辇:皇家所乘之车。

[古诗今意] 玄宗西巡成都之歌

澄澈的锦江水浩浩荡荡,长流万里,
装饰华丽的龙舟悬挂着高高的云帆,可直达扬州。
北方的长安虽有恢宏壮丽的上林苑值得夸耀,
南京成都也有浪漫华丽的散花楼可与之媲美。

锦水碧绿,天色晴明,了无纤尘,
风光和暖,气候宜人,远胜三秦。
皇家乘玉车出行,一路上春和景明,繁花似锦,
自东向西而来,为锦江两岸增添了无限的春色。

秋 兴

宋·陆游

樵风溪上弄扁舟,濯锦江边忆旧游。
豪竹哀丝真昨梦,爽砧繁杵又惊秋。
坠枝橘熟初堪翦,浮瓮醅香恰受篘。
莫道身闲总无事,孤灯夜夜写清愁。

注释

豪竹:竹制的大管乐器,音调嘹亮昂扬。砧(zhēn):捣衣石。杵(chǔ):舂米或捶衣的木棒。翦(jiǎn):同"剪"。篘(chōu):一种竹制的滤酒器具。

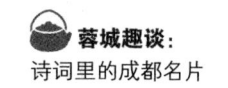

[古诗今意] 秋日感怀

秋天,我常常在樵风溪上划着一叶轻舟,观赏风景,

或漫步在锦江边,怀念从前和朋友们一起郊游的日子。

忧伤的管弦乐声依稀在耳,犹如昨夜之梦境,

清脆的捣衣声在风中回荡,又迎来了一个凉秋。

成熟的橘子压低了树枝,刚好适合采剪,

陶器中新酿的美酒飘起沁人心脾的香气。

莫说我赋闲在家无事可做,

每天晚上我都在昏黄的灯光下写诗,

思念过去的旧时光、老朋友,抒写我心中的淡淡忧愁!

蝶恋花·濯锦江头春欲暮

宋·王采

濯锦江头春欲暮。枝上繁红,着意留春住。只恐东君嫌面素。新妆剩把胭脂傅。

晓梦惊寒初过雨。寂寞珠帘,问有馀花否。怅望草堂无一语。丹青传得凝情处。

注释

蝶恋花:词牌名。繁红:繁花。着意:着力,刻意。东君:太阳神。傅:使附着。馀(yú):余。丹青:丹和青是我国古代绘画常用的两种颜色,借指绘画。凝情:情意专注。

[古诗今意] 暮春时节的锦江头

暮春时节,锦江岸边的繁花依恋着枝头,不忍落下,

似乎在对春天说:"不要离开了,长久地留下来吧。"

怕太阳神嫌这里不够华丽,将自己的妆容又涂抹上一些胭脂。

昨夜刚刚落过一场春雨,清晨从睡梦中醒来,感觉有些凉意呢。

目光穿过寂寞的珠帘,痴痴地问道:"树枝上还会有花朵吗?"
帘外悄无声息。我怅然地望着不远处的草堂,
拿起画笔,用丹青来表达自己内心伤感的情愫。

蜀江春晓

元·丁复

蜀江二月桃花春,仙子江头裁锦云。
牙樯定子双荡桨,兰叶冲波愁杀人。
浣花诗客茅堂小,醉眼看春狎花鸟。
柳絮抛风乳燕斜,画帘卷雨啼莺晓。
蘼芜草生兰叶齐,碧流黛石清无泥。
郫筒有酒君莫惜,明日残红如雨飞。

注释

蜀江:指锦江。仙子:在江边洗濯蜀锦的织女。锦云:彩云,指蜀锦。牙樯(qiáng):象牙装饰的桅杆,这里指舟船。兰叶:小舟。冲波:激浪。浣花诗客:指杜甫。狎(xiá):亲近而不庄重。画帘:有画饰的帘子。莺:黄莺,又称黄鹂。蘼(mí)芜:川芎的苗,叶有香气。黛石:青黑色的石头。郫筒有酒:成都郫县郫筒镇所酿的郫筒酒,由竹子制作的酿酒器具所酿成。相传晋代名士山涛在郫县作官时,把上等糯米蒸熟后加曲药装入竹筒密封发酵一月即成酒。

[古诗今意] 锦江之春

二月桃花开放,锦江涨潮了,美丽的女子在江边洗濯鲜艳的蜀锦。
船女划动着精致的双桨,小船儿推开波浪荡开一圈圈春愁。
杜甫在简朴的草堂,醉眼观赏着春天,戏弄着花鸟。
柳絮随风飘舞,雏燕振翅斜飞,画帘卷起细雨,黄鹂叫出清晨。
江边生长着川芎和兰叶,清澈的碧波冲刷着黛色的石头。
劝君莫吝惜芬芳的郫筒酒,明日的落花将如雨飘飞。

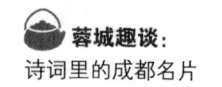

6.浣花溪

江 村

唐·杜甫

清江一曲抱村流，长夏江村事事幽。

自去自来堂上燕，相亲相近水中鸥。

老妻画纸为棋局，稚子敲针作钓钩。

多病所须惟药物，微躯此外更何求。

注释

题解：此诗作于760年夏在成都草堂时。清江：指浣花溪。一曲：河流弯曲之处。抱：环绕。鸥：水鸟名。棋：棋盘。钓钩：鱼钩。惟：只。微躯：微贱之躯，诗人自谓。

[古诗今意] 清清江水绕村流

长长的夏日里，清澈的江水弯弯曲曲地绕着村庄流过，

村庄里所有的事情都在幽静安闲中，有条不紊地进行。

梁上的燕子自由自在地飞来飞去，

水中的白鸥窃窃私语相伴而行。

老伴儿正在用纸画一张棋盘，

小儿子正在敲打着铁针作一只鱼钩。

虽然我每天靠药物支撑着体弱多病的身体，但是

同家人在一起，享受着天伦之乐，还有什么奢求呢？

浣花溪

宋·苏泂（jiǒng）

抱郭清溪一带流，浣花溪水水西头。

重来杜老谁相识，沙上凫雏水上鸥。

注释

浣花溪：在成都西郊，为锦江支流，是唐宋以来著名的郊游之地。杜老：杜甫。凫（fú）雏：幼小的水鸟，俗称"野鸭"。鸥：水鸟名。

[古诗今意] 在浣花溪遇见杜老

浣花溪在成都西郊，清清的溪水绕着城郭流淌。
如果杜老从对面的草堂走过来，谁会认识他呢？
沙滩上的野鸭和水面上的沙鸥扑楞着优雅的翅膀，
在杜老的头顶盘旋，哈哈，它们一定认出他了吧！

浣花泛舟和韵

宋·吕陶

野店村桥迤逦通，蜀江深处茂林中。
花潭近漾春波绿，彩阁相迎画舫红。
修岸几朝经密雨，芳樽尽日得清风。
诗翁旧隐知何在，且事嬉游与俗同。

注释

野店村桥：荒郊的客栈。迤（yǐ）逦（lǐ）：曲折连绵。画舫：装饰华丽的游船。芳樽：精致的酒器，借指美酒。诗翁旧隐：指杜甫草堂。

[古诗今意] 泛舟浣花溪上，和诗一首

和朋友划着轻舟，荡漾在茂林深处的江水中，
穿过蜿蜒的小桥，就可以抵达乡郊的客栈。
柔和的春风吹过，江中荡起一圈圈碧绿的涟漪，
江边花儿朵朵，美丽的游船驶向岸边色彩艳丽的亭阁。
堤岸不知经过多少年的风吹雨打，
让我们举杯邀清风同饮。

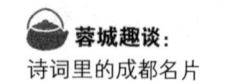

杜甫草堂的旧址还在吗?

现在已成为众人游玩嬉闹的场所。

成都遨乐诗二十一首·四月十九日泛浣花溪
宋·田况

浣花溪上春风后,节物正宜行乐时。

十里绮罗青盖密,万家歌吹绿杨垂。

画船叠鼓临芳溆,彩阁凌波汎羽卮。

霞景渐曛归櫂促,满城欢醉待旌旗。

注释

遨乐:游乐。四月十九日:农历四月十九日,传为浣花夫人的生日。浣花夫人是唐代剑南西川节度使崔旰之妻,曾率众击溃叛军,保全成都,被朝廷封为冀国夫人。宋代成都在这一天有乘船游浣花溪的习俗,称"大游江"。节物:各个季节的风物景色。绮罗:华贵的丝织品或丝绸衣服,多为贵妇、美女之代称。青盖:宋制,宰相仪仗张青色伞盖。叠鼓:连续擂鼓。芳溆(xù):芳草丛生的水边。汎(fàn):漂浮。羽卮(zhī):古时爵形的盛酒杯,有羽翼。曛(xūn):落日的余光。归櫂(zhào):指归舟。

[古诗今意] 四月十九日游成都浣花溪

春风吹到了景色秀美的浣花溪,

正是适合划船游玩的好时节。

沿江有许多华美的车子,贵妇们穿着华丽的衣服,

江岸杨柳依依,到处洋溢着美妙的歌声和弹奏声。

靠近岸边的时候,华丽的游船上响起了细密的锣鼓声,

人们快乐地举起酒杯,向着水中的彩色亭阁致意。

落日的晚霞染红了西边的天空,游船催促客人该返回了,

整个城市处在一片欢声醉语中，等待着旌旗升起的时刻。

春泛浣花溪

清·彭懋（mào）琪

绣履轻衫映水滨，桃花新涨失前津。
沙鸥似爱春江暖，戏浪前头不避人。

注释

泛：泛舟。绣履轻衫：泛指华美的衣裳。绣履，绣花的鞋子。桃花新涨：初春岷山雪化，岷江水涨，俗称桃花水。津：渡口。

[古诗今意] 春天泛舟在浣花溪

泛舟于浣花溪，江水倒映着我们飘逸的衣衫和绣花的鞋子。
桃花水使浣花溪的水位涨高了，淹没了原来的渡口。
沙鸥们在江水里自由自在地嬉戏，翅膀拍打着浪花，
它们喜欢这温暖的江水，即使游人来了也不逃开。

金方伯邀泛浣花溪

清·王士禛（zhēn）

解缆江村外，溪沙失旧痕。
夕阳来灌口，秋水下彭门。
清吹临风缓，神鸦得食喧。
百花潭上好，新月破黄昏。

注释

金方伯：方伯为地方最高长官，金方伯是康熙元年上任的四川总督金砺。灌口：山名，今四川都江堰市西北。据乐史《寰宇记》记载，"灌口山在西岭天彭阙"。李膺《益州记》记载，"清水路西七里灌口，古所谓天彭阙，两石对立如阙，号曰天彭"。彭门：据《华阳国志·蜀志》记载，"李

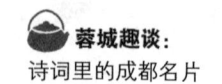

冰谓汶山为彭门，乃至湔山县，见两山相对如阙，因号天彭阙"。神鸦：啄食祭品的乌鸦。

[古诗今意] 金方伯邀请我，一起到浣花溪划船

在江边解开小船的绳缆，水花冲刷着溪沙，小船悠悠地向江心荡开去。

夕阳下的灌口山像涂抹了一层金色，秋水荡漾着金波流出彭门。

江面浩荡，清风拂面，偶尔听到吃饱的神鸦"呀呀"大叫几声。

一轮新月在夜空中升起来了，照耀在百花潭上，多么静谧美好啊！

7.新都桂湖

新都南亭送郭元振卢崇道

唐·张说

竹径女萝蹊，莲洲文石堤。

静深人俗断，寻玩往还迷。

碧潭秀初月，素林惊夕栖。

褰幌纳蟾影，理琴听猿啼。

佳辰改宿昔，胜寄坐睽携。

长怀赏心爱，如玉复如珪。

注释

题解：一作卢崇道诗，题名《新都南亭别郭大元振》；新都桂湖始建于初唐，原名"南亭"。郭元振：本名郭震，字元振，唐朝时期宰相兼名将。女萝：松萝，地衣类植物。蹊（xī）：小路。文石：有纹理的石块。素林：空林。夕栖：夜间栖息在树上的鸟。褰（qiān）：揭起。幌（huǎng）：窗帘，帷幔。蟾影：指月影，月光。宿昔：往日，从前。胜寄：美好的寄托。睽（kuí）携：离合，聚散。如玉、如珪（guī）：比喻美德。

[古诗今意] 新都南亭送别郭元振、卢崇道

小路两旁生长着竹子和松萝,湖中莲花簇拥,有纹理的石块筑成湖堤。

这里静谧幽深,远离世俗的喧嚣,是个让人迷恋的赏玩之地。

一弯新月升起在碧潭之上,一群鸟儿忽从空荡的山林惊飞而去。

揭开帐幔将月光收纳进来,拨弄琴弦听到了猿猴的啼叫。

相聚的日子格外美好,离别的日子寄托美好的心愿。

心中始终怀着欢乐之情,如同美德照耀我们的心灵。

桂湖曲送胡孝思

明·杨慎

君来桂湖上,湖水生清风。

清风如君怀,洒然秋期同。

君去桂湖上,湖水映明月。

明月如君怀,怅然何时辍。

湖风向客清,湖月照人明。

别离俱有意,风月重含情。

含情重含情,攀留桂枝树。

珍重一枝才,留连千里句。

明年桂花开,君在雨花台。

陇禽传语去,江鲤寄书来。

注释

题解:此诗表达对朋友的真挚情谊。桂湖,在今四川新都城内,今为桂湖公园;杨慎的住宅与湖相邻,沿堤遍植桂树,故名桂湖。胡孝思:名缵宗,甘肃秦安人,正德时进士。辍:停止。攀留桂枝树:典出淮南小山《招隐士》,"攀援桂枝兮聊淹留",意在托香木表友谊。一枝才:比喻有才能之士。雨花台:在南京,胡孝思为南京户、吏二部郎中。陇禽:鹦鹉。江鲤:古有鲤鱼传书之说,此指送书信者。

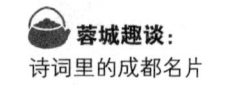

[古诗今意] 桂湖之歌，送别好友胡孝思

先生您来到桂湖，湖面上飘过一阵优雅的清风。

清风如同您的胸怀，潇洒若秋日辽阔之长天。

先生您离开桂湖，湖水映照着天上的明月。

明月如同您的胸怀，惆怅伤感不知何时停止。

湖面的清风吹向您，湖上的明月照着您的身影。

离别时充满难舍之情谊，清风明月都饱含着深情。

多么难舍难分啊，让我爬上桂树折一段香枝寄托我们的友情。

有才学的朋友多多珍重，即使相隔千里我们也共有一轮明月。

明年桂花开放的时候，先生您将在南京做事。

让鹦鹉捎信给您，让江鲤为我送来您的消息。

桂湖五首（录二）

清·曾国藩

短城三面绕，浅水半篙寒。
鸟过穿残日，自行起寸澜。
秋来楼阁静，幽处地天宽。
平昔江湖性，真思老钓竿。

十里荷花海，我来吁已迟。
小桥通野港，坏艇卧西陂。
曲岸能藏鹭，盘涡尚戏龟。
倾城游女盛，好是采莲时。

注释

题解：道光二十三年（1843），作者出任四川乡试主考，回京路过新都时所作。短城：指桂湖的三面由明代城墙环绕。篙（gāo）：用竹竿或杉木等制成的撑船工具。平昔：往常、往日。吁：叹息。艇：轻便的小船。陂

（bēi）：池塘。盘涡：漩涡。倾城：全城。

[古诗今意] 游新都桂湖

桂湖由三面古代的城墙环绕，竹篙撑开清浅的湖水。
一群鸟儿从落日的余晖飞过，湖水中掠过一层波浪。
秋日的楼阁分外安静，清幽之处方觉出天地的辽阔。
依照我往常的江湖性情，真想在这里架起鱼竿垂钓。

湖面上盛开着荷花的海洋，可惜我来时竟有些迟了，
小桥通向外面的江河，失修的小船停泊在西面的池塘。
曲折的岸边藏着几只白鹭，湖水漩涡里有嬉戏的乌龟。
全城来这里游玩的女子很多，因为正是采莲的好时节。

桂湖五律十首寄张宜亭（录一）

清·姚莹

秋色艳湖滨，桂花香满城。
香风吹不断，冷露听无声。
扑面心先醉，当头月更明。
芙蓉千万朵，临水笑相迎。

注释

题解：此诗作于清道光年间，张宜亭即新都知县张奉书。冷露：清凉的露水。扑面：迎面而来。芙蓉：荷花的别名。

[古诗今意] 写了十首桂湖的诗歌，寄给张奉书

桂湖的秋色艳丽，桂花盛开，香溢满城。
湖面吹来阵阵香风，清凉的露水滴落无声。
迎面而来的芬芳让人心醉，一轮皎洁的明月悬挂空中。
夏日，千万朵荷花在水中盛开，含笑迎接来来往往的游人。

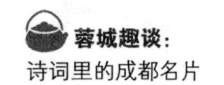

游桂湖

现代·朱自清

列桂轮囷水不枯，玲珑山馆画争如？
蟠胸丘壑依然在，遗爱犹传张奉书。

注释

题解：抗战期间（1940—1941），作者在成都休假时所作。轮囷（qūn）：屈曲盘绕的样子。玲珑山馆：藏书楼名，以景色秀丽出名。争如：怎么比得上。蟠胸：广阔的心胸。遗爱：把德惠遗留给后代，多指有德政的人。张奉书：江苏阳湖（今常州）人，清道光十六年（1836）任新都知县，居官勤能多实政，崇尚风俗教化，以礼教化百姓，曾培修桂湖。

[古诗今意] 游桂湖有感

桂湖边生长着一些高大盘曲的桂树，湖光山色掩映着红莲丹桂，
诗情画意、景色妍丽的玲珑山馆也比不上这里。
依然有胸怀广阔、为官勤能多实政的人，
听说新都知县张奉书曾培修桂湖，崇尚风俗教化，把德惠遗留给后代。

桂湖中秋

现代·谢无量

北郭聊为几日游，又攀丛桂作中秋。
小车漫逐轻尘远，异地还闻晚角愁。
噩梦自生知道浅，狂霖何止为花忧。
居人晴雨都成碍，况见连塍稻未收。

注释

题解：此诗作于抗战后期。北郭：古代城邑外城的北部，亦指城外的北郊。知道：明晓道理。狂霖：接连不断的暴雨。居人：居民。塍（chéng）：田间的土埂。

[古诗今意] 桂湖的中秋

闲暇时在城北游玩了几天，
折几丛桂枝作为中秋的纪念。
小车伴着轻扬的尘土，载着我慢慢走远了，
身在异乡的夜晚，依然听得到号角的哀愁。
不由得做了个噩梦，愧疚自己懂得的太少了，
接连不断的暴雨何止摧残了百花呢？
无论晴天雨天，百姓的生计都很艰难，
况且看到成片的田埂，稻子却没有收成。

8.摩诃池

宫词（节选）

前蜀·花蕊夫人

早春杨柳引长条，倚岸绿墙一面高。
称与画船牵锦缆，暖风搓出彩丝绦。

嫩荷香扑钓鱼亭，水面文鱼作队行。
秋晚红妆傍水行，竞将衣袖扑蜻蜓。

注释

称与：恰好。缆（lǎn）：系船用的粗绳。丝绦：用丝编织的带子或绳子，喻春天刚绽放的杨柳枝条。文鱼：有斑彩的鱼，金鱼。红妆：妇女的妆饰多为红色，故称为"红装"。

[古诗今意] 宫苑之词

早春的杨柳依依，伸展开翠绿的枝条，
倚在宣华池岸边，像一面绿色的墙壁。
你看，装饰华美的船牵出锦绣的绳缆，

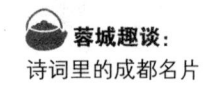

温暖的春风吹绿了枝条，吹开了花朵。

粉嫩的荷花的芬芳飘到了远远的钓鱼亭，
水中美丽的鱼儿跳跃，排出好看的队形。
秋天的傍晚穿着红色的衣裙在水边漫步，
忍不住用长长的衣袖去捕捉飞舞的蜻蜓。

避暑摩诃池上作

后蜀·孟昶

冰肌玉骨清无汗，水殿风来暗香满。
帘开明月独窥人，欹枕钗横云鬓乱。
起来琼户暗无声，时见疏星渡河汉。
屈指西风几时来？只恐流年暗中换。

注释

摩诃池：始建于隋，相传隋蜀王杨秀筑广子城，取之坑因以为池，有和尚看到说"摩诃宫毗罗"，意思是这个池大而有龙，后来就叫作摩诃池。前蜀皇帝王建纳之宫苑，改名龙跃池，王衍改摩诃池为宣华池。至民国3年（1914）全部填平。水殿：意为临水的殿堂或帝王所乘的豪华游船。欹（qī）：倾斜不正。云鬓：形容女子鬓发盛美如云。琼户：饰玉的门户，形容华美的居室。河汉：银河。屈指：弯着指头计数。

[古诗今意] 在摩诃池上避暑作诗

摩诃池水如同冰肌玉骨的女子，清凉无限，
殿堂那边吹来一阵清风，送来一阵阵幽香。
风吹开了帘子，明月偷偷看着睡梦中的女子，
她的枕头和头钗倾斜，卷曲如云的头发凌乱着。
起身来到园子，华美的居室寂静无声，
偶尔看到疏朗的星星闪过辽阔的银河。

秋风什么时候来临呢?

时光流转,不觉又是一年。

晚秋陪严郑公摩诃池泛舟

唐·杜甫

湍驶风醒酒,船回雾起堤。

高城秋自落,杂树晚相迷。

坐触鸳鸯起,巢倾翡翠低。

莫须惊白鹭,为伴宿清溪。

注释

严郑公:严武,唐朝中期名将、诗人,曾任成都尹、剑南节度使,与杜甫友善,常以诗歌唱和。泛舟:乘船在水上游玩。湍驶:指急速的流水。高城:城墙很高,比喻防守坚固。

[古诗今意] 深秋时节陪严郑公在摩诃池乘船游玩

小船在急流中行进,秋风习习唤醒了醉酒之人。

堤岸上起雾了,小船开始划向岸边,慢慢返回。

秋天来到这高高的城墙之内,

夜晚的树木影影绰绰。

身旁一对鸳鸯乍然飞起,

鸟巢倾斜如同低垂的翡翠。

莫要惊动了白鹭,

让它们作伴宿在这清澈的溪水边。

花时遍游诸家园

宋·陆游

宣华无树著啼莺,惟有摩诃春水生。

故老能言当日事,直将宫锦裹宫城。

注释

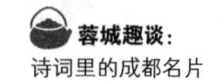

题解：诗人通过对前朝宫殿的咏叹，表达了对朝廷奢侈之风的忧虑。宣华：宣华苑，五代十国时前蜀后主王衍营造的皇家池苑，极尽工巧奢华。故老二句：三国蜀汉时期，成都是中国的织锦中心，朝廷专门设置了锦官管理，并在城西南筑锦官城，成都又被称为"锦官城""锦城"。五代十国时的后蜀后主孟昶，耗费大量人工财力，在成都城上遍种芙蓉，每到秋天，四十里如锦绣，他对左右说："真锦城也！"

[古诗今意] 花开的时节，游遍诸家园子

宣华园里没有了树木和莺啼，只有摩诃池的春水碧波荡漾。

想当年后蜀王孟昶耗费大量人力财力，

在成都的城头和街道上种满了芙蓉花。

每到秋天，成都被四十里锦绣环绕，多么奢侈浮华！

夏日过摩诃池

宋·陆游

乌帽翩翩白纻轻，摩诃池上试闲行。
淙潺野水鸣空苑，寂历斜阳下废城。
纵辔迎凉看马影，袖鞭寻句听蝉声。
白头散吏元无事，却为兴亡一怆情。

注释

乌帽：本指贵者所戴乌纱帽，后成为闲居常服。纻（zhù）：此指夏日葛衣。淙潺：形容溪水、泉水流动的声音。寂历：寂寞。辔（pèi）：驾驭牲口的嚼子和缰绳。散吏：闲散的小官。怆：悲伤。

[古诗今意] 夏日路过摩诃池

戴着乌纱帽穿着白色的夏日葛衣，

在摩诃池边悠闲地漫步。

潺潺的流水声回荡在空寂的园林里，

残阳映照着这个荒凉而寂寞的宫苑。

在晚凉的风里纵马驰骋，看看池中马的倒影，

收起马鞭搜寻着佳句，耳边响起一阵阵蝉鸣。

头发斑白的闲官原本无事，却时刻牵挂着国家的兴亡。

摩诃池

宋·陆游

摩诃古池苑，一过一销魂。

春水生新涨，烟芜没旧痕。

年光走车毂，人事转萍根。

犹有宫梁燕，衔泥入水门。

注释

题解：这首诗于乾道九年（1173）春作于成都，摩诃池宋代已荒芜。毂（gū）：车轴贯入处的横木，代指车轮。水门：即蜀王建宫中通往摩诃池的门。

[古诗今意] 荒芜的摩诃池

古老的摩诃池园林，每次经过的时候都会感慨万千。

池中新涨了春水，如烟如雾的荒草淹没了过去的痕迹。

时光的车轮转得飞快，人事变迁也令人如浮萍一般四处漂浮。

依然有旧时宫廷梁上的燕子，嘴里衔着泥巴飞向水门。

过摩诃池（二首）

宋·宋祁

十顷隋家旧凿池，池平树尽但回堤。

清尘满道君知否，半是当年浊水泥。

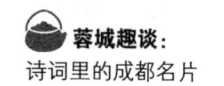

池边不见帛阑船，麦陇连云树绕天。
百岁兴衰已如此，争教东海不为田？

注释

题解：此诗以摩诃池的兴废为题，抒发世事沧桑之感。帛阑船：锦彩装饰的木兰舟。麦陇：麦田。争：怎。

[古诗今意] 路过摩诃池

隋朝时所凿的摩诃池，曾经方圆数百亩，乃泛舟游览胜地，
而今已是池平树尽，只可见当年围堤的遗迹。
您可知这道路上漂浮的清尘？
有一半是当年沉于塘堤的浊泥呢。

池边不见锦彩装饰的木兰舟，
只见远处大片的麦田和参天的树木。
百年的兴衰不过如此，怎么能让东海不成为桑田呢？
又有谁挡得住世事的变迁，历史的脚步？

摩诃池

清·毛澄

十里烟光蘸绿波，楼台倒影入摩诃。
蒲荒半掩游人艇，树密深藏宿鹭窠。
白浪一篙春载酒，红窗四面夜闻歌。
当时苑囿繁华尽，奈此凄清月色何？

注释

宿鹭：栖息的鹭。窠（kē）：鸟兽昆虫的窝。苑：古代养禽兽植林木的地方，多指帝王的花园。囿（yòu）：养动物的园子。

[古诗今意] 繁华已尽的摩诃池

遥想多少年前，这里红飞翠舞，多么热闹繁华！

一片湖光水色泛着碧波，摩诃池中倒映着楼台亭阁。

野生的蒲草半掩着游人的小船，

树林茂密处藏着白鹭的巢穴。

船上载着春酒，竹篙撑起白浪，

红窗的周围有人在夜晚唱歌。

当时繁华的花园已不复存在，变得多么萧条寥落，

凄清的月色笼罩着摩诃池四周，真让人无可奈何！

9.崇州罨画池

蜀倅杨瑜邀游罨画池

宋·赵抃

占胜芳菲地，标名罨画池。

水光菱在鉴，岸色锦舒帷。

风碎花千动，烟团柳四垂。

巧才吟不尽，精笔写徒为。

照影摇歌榭，分香上酒卮。

主人邀客赏，和气与春期。

注释

题解：罨画池始建于唐朝，初名"东亭"，是一座衙署园林。五代时采土筑城，城内形成西湖与东湖。北宋景祐年间（1034—1037）赵抃（biàn）任蜀州江原县令，曾应副职杨瑜之邀游罨（yǎn）画池。倅（cuì）：副长官。歌榭：演奏乐曲、表演歌舞的场所。榭：建筑在高台上的房屋。酒卮（zhī）：盛酒的器皿。

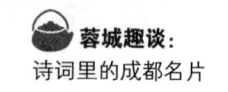

[古诗今意] 应杨瑜之邀，同游罨画池

园中的花草芬芳，美景如画，题名罨画池。

水光映着菱角的影子，岸边展开如锦的秀色。

风中的花朵千姿百态，雾中的垂柳轻盈柔顺。

吟不尽的湖光山色，写不尽的花木盛美。

湖中倒映着歌榭楼台，芬芳的美酒溢满酒杯。

主人邀请客人一起游赏，愉悦地和春天约会。

夏日湖上

宋·陆游

乌帽筇枝散客愁，不妨胥史杂沙鸥。

迎风枕簟平欺暑，近水帘栊探借秋。

茶灶远从林下见，钓筒常向月中收。

江湖四十余年梦，岂信人间有蜀州。

注释

题解：此诗为作者淳熙元年（1174）在蜀州任上作；宋时蜀州有东西二湖，此指东湖，即罨画池。乌帽：即乌纱帽，原为唐时官服，后渐成为民间闲居的常服。筇（qióng）枝：筇竹杖。胥史：胥吏，官府中的小吏。枕簟（diàn）：枕席。簟，竹席。帘栊：亦作帘笼，泛指门窗的帘子。探借：预借。茶灶：旧时煎茶用的炉灶。钓筒：插在水里捕鱼的竹器。

[古诗今意] 夏日在东湖避暑

我戴着乌纱帽，拄着竹杖来到东湖避暑，

暂时远离官场的杂事，让我和水中的沙鸥做个伴吧。

风从湖面上吹来，枕席的微凉赶走了暑气，

掀开窗帘，让我预借一下湖水秋天般的凉意。

常在小树林里摆起炉灶煎茶，

鱼竿常常在皎洁的月辉中收起。

辗转江湖四十多年，看到过许多山川名胜，想不到还有像蜀州这样幽静宜人的好地方！

池上见鱼跃有怀姑熟旧游

宋·陆游

雨过回塘涨碧漪，幽人闲照角巾欹。
银刀忽裂圆波出，宛似姑溪晚泊时。

注释

题解：公元1173年春天，陆游接任蜀州通判来到崇州。通判府西邻罨画池，走出后院东门，就能进入园林，诗人看到池中的鱼儿跳跃，联想到姑孰溪刀鱼跳跃的情景，并写下此诗。姑熟：姑孰古城，位于安徽省当涂县县城姑孰镇。回塘：环曲的水池。幽人：幽居之人，指隐士。角巾：古代隐士所戴有棱角的冠巾。欹（qī）：倾斜，歪向一边。银刀：即刀鱼，因其鱼鳞极白，故称银刀。

[古诗今意] 看到池水中鱼儿跳跃，有如在姑熟旧游

雨点滴落在环曲的水池，激起碧绿的涟漪，
幽居之人静立湖边，闲照自己倾斜的冠巾。
银色的刀鱼忽然从湖面跃起，掀起一圈圈波浪，
宛如当年晚泊姑孰溪的情景，让我恍惚回到旧地。

秋日怀东湖二首（录一）

宋·陆游

罨画池边小钓矶，垂竿几度到斜晖。
青苹叶动知鱼过，朱阁帘开看燕归。
岁晚官身空自闵，途穷世事巧相违。
边州客少巴歌陋，谁与愁城略解围。

注释

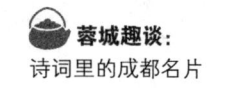

题解：此诗作于乾道九年（1173），已是陆游第一次赴蜀州之后。东湖即罨画池。钓矶（jī）：钓鱼时坐的岩石。青苹：荷叶的别称。闵（mǐn）：同"悯"，怜惜。途穷：道路逼仄、短促，这里有行事艰难、不顺心的意思。巴歌陋：古时候楚地有"下里巴人"歌，后来泛指荆楚一带民歌，这里指巴蜀民歌。陋：鄙野、粗劣。愁城：愁苦的境地。

[古诗今意] 秋日感怀·垂钓于东湖

坐在罨画池边的岩石上垂钓，直到夕阳西下都不舍得离开。
荷叶微微一动，知道有鱼儿从水底游过，
掀开红色楼阁的帘子，看到燕子飞回来了。
年纪大了做个小官常常自我怜惜，世事艰难并不顺心如意。
巴蜀之地人口稀少民歌粗野，谁会帮助我从忧愁中解脱出来呢？

池上晚雨

宋·陆游

乌纱白葛一枝筇，罨画池边溯晚风。
云叶初生高树外，雨声已到乱荷中。
凭阑顿觉氛埃远，回首方知暑毒空。
阅世万端惟小忍，何人更事似衰翁。

注释

题解：这首诗于淳熙元年（1174）六七月间，作于蜀州。蜀州即今崇庆县，县内判官府衙后有罨画池，景色优美。筇：一种竹子，可做手杖。溯：迎着。云叶：云片、云朵。乱荷：这里指风雨中凌乱的荷花、荷叶。氛埃：尘埃、雾气。暑毒：指酷热的署气。万端：头绪极多而纷乱。更事：经历世事。衰翁：诗人自指。

[古诗今意] 傍晚的荷塘下了一场雨

穿着黑纱白葛布的衣衫,手拄一根竹杖,

迎着暑热的晚风,在罨画池边悠闲漫步。

云朵在高大茂密的树林上空刚刚形成,

突然间大雨降临,豆大的雨点击打着风中凌乱的荷叶。

凭栏远眺顿时觉得尘埃飘远了,

回首方知酷热的暑气一扫而空。

经历了诸多世事后才晓得一切都要善于忍耐,

有谁像我这个老头一样经历过那么多坎坷呢?

罨画池公园·云溪晚磬

现代·藕汀

潺湲流水渡莲塘,翠盖风翻柄柄香。

清磬几声飞隔浦,柳梢斜挂月昏黄。

注释

题解:作者有八首诗描写罨画池公园的见闻,听磬音是其中一首。磬:一种中国古代的石制打击乐器,通常悬挂在架子上,演奏时用木锤敲击,可发出悦耳动听的鸣响。潺湲:水缓缓流动的样子。翠盖:指荷叶。浦:水滨。

[古诗今意] 罨画池的晚磬声响起

溪水缓缓流过盛开着荷花的池塘,

风儿吹动荷叶,散发出阵阵清香。

几声清脆的钟鸣从水滨那边传来,

昏黄的月亮斜挂在婆娑的柳梢上。

第六章 花卉树木

古代诗人似乎比当代人更了解自然，亲近自然，更懂得一朵花、一株草、一棵树的语言。

那一朵花、一株草、一棵树在诗人的笔下，都是有灵魂的生命。诗中的它们千姿百态，千娇百媚，美得让人窒息，美得让人心疼，美得让人痴迷。

宋代甚至出现了像苏轼、陆游、范成大这样的花痴，宁愿夜里不睡觉，点着蜡烛也要观赏花朵绽放的最美时刻。

想知道古诗词是如何描绘成都的花卉树木吗？想知道古代诗人笔下的芙蓉花、海棠花、梅花有多美、多迷人吗？

我们"蓉城趣谈"智能穿越剧组将满足您的求知欲。请戴上穿越道具，和我们一起穿越回古代，去看看诗人笔下那些神奇的花卉树木吧！

【诗与植物】一切景语皆情语

古代诗人喜欢吟咏自然界中所有美好的事物，除了山川溪河，还有花卉树木、鸟兽虫鱼。

诗人喜欢将描写的景物和抒发的情感融合在一起，景中有情，情中有景。王国维曾说：一切景语皆情语。意思是说，诗词中的写景，其实都是在抒情。

《诗经》中有大量的诗歌写到植物。《卷耳》写一个女子在路旁采摘卷耳菜，一边采摘一边思念自己在外服役的心上人。《蒹葭》写在深秋的黎明，河畔生长着大片芦苇，诗人站在河畔一边惆怅一边憧憬。借写草木花卉

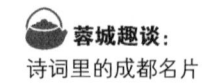

抒发人的情感,这种写作手法叫作"兴",在《诗经》中被大量应用。

屈原在《楚辞》中写了江离、芷、秋兰、申椒、菌桂等多种香草的名字,借香草隐喻君子的高洁品格,寄托诗人的崇高理想。

汉代的乐府诗中也有不少关于植物的作品。《涉江采芙蓉》写诗人涉水过江去采荷花,送给远方的爱人。《青青河畔草》写河边的草儿青绿一片,园中的柳树郁郁葱葱,体态轻盈的女子站在绣楼上,盼望远行在外的丈夫早日归来。

晋代的陶渊明是中国第一位田园诗人,他长期归隐田园,喜欢观赏菊花,食用菊花,饮菊花酒。"采菊东篱下,悠然见南山"的恬淡意境,成为陶渊明的人格化意象,象征着隐士不与世俗同流合污的精神气质。

唐诗宋词中描写植物的就更多了。杜甫在浣花溪旁修建了草堂,当他看到浣花溪的和风拥着翠竹,细雨润着红荷,即使再困窘的生活,也变得轻松了。陆游曾在四川工作多年,对成都的梅花、海棠花、牡丹花痴迷,并为之写下了许多美丽的诗句,如"当年走马锦城西,曾为梅花醉似泥";"成都海棠十万株，繁华盛丽天下无"；"岂知身老农桑野，一朵妖红梦里看"。

不同的花朵有不同的美，不同的树木有不同的气质，它们让这个世界变得更加多彩多姿。

那些美丽的诗词，是诗人对花卉树木说出的最美好的情话。

【超级访谈】和陆游聊聊成都的梅花

记者：《百花》杂志记者林峰。

特约嘉宾：宋代大诗人陆游。

时间：1203年冬。

地点：越州山阴。

记：放翁兄，我昨天刚刚拜读了您的《梅花》："当年走马锦城西，曾为梅花醉似泥。二十里中香不断，青羊宫到浣花溪。"读后真是梅香绕梁，三日不绝啊！

陆：是啊，青羊宫到浣花溪的梅花，锦江岸边的梅花啊，这么多年来都让我魂牵梦萦！我常常在梦里骑着马，走在那大片的梅林中，嗅着那醉人的梅香啊！

记：放翁兄，是因为看到家乡的梅花开了，所以想念青羊宫的梅花吗？

陆：人老了，就爱回忆年轻的时候。在四川为官时，我四十多岁，工作比较悠闲，有不少游玩的时间。当时的个性也是放荡不羁的，喝醉酒的我曾将花枝插在自己的帽子上，骑马走在成都的大街上，根本不在乎别人都在看着我！

记：哈哈，放翁兄，您太可爱啦！我听说成都的梅林很多，全国闻名。有的梅花还被叫作"官梅"，这是什么意思啊？

陆：成都的官府会亲自种植梅花，悉心养护，这些梅花就被称作"官梅"。范成大担任成都知府的时候，特意修建了官梅庄，从别处移植来十多棵大梅树。当梅花开到三分好时，范成大就会请来文人官员，设宴赏梅，一起作诗，我经常参加这种聚会呢。

记：现在的人们喜欢赏梅、食梅、画梅、写梅，梅花几乎进入我们生活

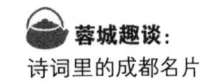

的方方面面。我听说成都"南苑"有两株梅中仙品，状如蛟龙，是您的心爱之物？

陆：你说的是那两株"梅龙"啊，那里是前蜀王留下的皇家园林，种植的梅树很多。我常常在那里饮酒作诗，流连忘返，可以忘却多少尘世间的烦恼啊。

记：放翁这个名号是您来到四川后取的。听说经常会有人看不惯您的行为，说您整天只晓得喝酒行乐，不懂规矩，不适合做官之类。怎么想起取这样一个豪放的名号呢？

陆：有人三番五次地告我"不拘礼法，恃酒颓放"，我就颓放怎么了，从此自号放翁，陆放翁是也！

记：放翁兄果然洒脱率性！听说您和范成大是好朋友，经常一起喝酒、赏花、作诗，他是您的知己吗？

陆：成大懂得我啊。成大懂得我虽然表面放荡不羁，其实内心是想有一番作为的，是想报效国家的热血男儿，是想到战场上冲锋陷阵的战士啊！

记："锦城一觉繁华梦"。放翁兄，祝您今晚做个好梦！

陆：让我今晚梦回成都，去看看南苑的梅林吧，去看看碧鸡坊的海棠花，去看看彭州红艳艳的牡丹吧！真的好想念锦城的花儿啊！

【坊间趣闻】杜子美为何不写海棠诗

唐代的时候，每当春天来临，成都的锦江边会盛开着大片的海棠花。碧鸡坊的海棠更是天下极品，每一枝都鲜红欲滴，精彩绝伦。

海棠花吸引了历代不少诗人的目光，为之写下了无数美丽的诗句。唐代诗人在诗歌中写道：成都的春天，户外开遍了深深浅浅、浓淡不一的海棠花；锦江岸边的海棠花在春光照耀下像彩霞一般绚丽；女人们喜欢将丝绸上的花纹，染成海棠花一样红艳艳的样子。

这里有个千年之谜，一直没有找到答案。那就是：唐代大诗人杜甫，在成都的草堂住了四年之久，写了二百多首诗，遍咏百花，却从来没有为海棠花写过一首诗，这究竟是为什么呢？

杜甫的这个千古谜案，引起后人的纷纷猜测。有人猜测，海棠花太美了，杜甫觉得写不出海棠花的美，不如默默地欣赏，干脆不写。

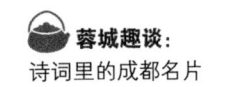

晚唐诗人郑谷认为，杜甫在草堂的生活困窘，海棠花容易引起他愁苦的情绪，没有心思为海棠花写诗；宋代的王安石认为杜甫喜欢梅花，不喜欢海棠花；杨万里说杜甫可能根本没有见过海棠花；陆游认为老杜应该写过海棠诗，可能是失传了。

这些都只是猜测，没有任何科学依据。唐代的成都到处种植着海棠，二月的街道旁、山野里一片片花海，如此美景，杜甫怎么可能视而不见呢？

宋代的《古今诗话》里有这样的记载：杜甫的母亲叫海棠，为了避母亲的讳，所以杜甫才不写海棠诗。这种因避讳不写海棠诗的说法，得到了较多人的赞同。

【最美名片】彭州牡丹的前世今生

【唐代】一千二百多年前的唐代，彭州丹景山风景区种植了很多牡丹。丹景牡丹盛开于山野崖间，花叶倒垂，极具野趣而闻名遐迩。

唐代"诗圣"杜甫曾客居成都多年，应彭州刺史、好朋友高适的邀请，游丹景山赏牡丹，面对天姿国色，诗兴大发，作《花底》诗赞美，堪称吟咏彭州牡丹的开山之作。

【五代十国】前蜀皇帝王衍经常携带太后、太妃游览丹景山，观赏彭州牡丹，并唱和诗文。

后蜀皇帝孟昶及其后妃更是酷爱牡丹，将彭州定为"陪都"；每年四月，孟昶都要驾幸牡丹上苑。

【宋代】彭州牡丹在宋代盛极一时，与洛阳牡丹齐名。南宋诗人陆游曾任蜀州通判，旅居蜀地多年，痴迷彭州牡丹。在离川之前，专程到丹景山考察，写下珍贵的《天彭牡丹谱》，以"花品序""花释名""风俗记"三章，详述了彭州牡丹的品种和赏花风俗，认为"牡丹在中州，洛阳为第一；在蜀，天彭为第一"。赋予彭州牡丹与洛阳牡丹同等的地位。

【明代】著名文学家杨慎于正德六年（1511）状元及第，因修《全蜀艺文志》在川中小驻，曾数十次游赏丹景山，写下《游丹景山三首》。曾留下"鸭绿桥头歌绿水，牡丹坪上眺丹霞"的优美诗句。

【清代】四川才子李调元冤狱平反回乡后，曾多次游览彭州丹景山，赋诗咏景，赞叹彭州是成都著名的"花州"，其牡丹繁盛的景象可以与洛阳的牡丹花竞相媲美。

【现代】著名画家、"东方之笔"张大千流落海外，依然思念故乡彭州的牡丹，牡丹花勾起诗人深深的乡愁。

【1985年】牡丹被定为彭州市市花，丹景山是全国风景名胜区中唯一把牡丹作为特色的景区。

【1999年】在昆明世博会上，天彭牡丹获国际奖项。彭州牡丹花会已成为国内最有影响的牡丹花会，丹景山今已成为我国西部最大的牡丹观赏中心。

【现在】彭州已成为中国西部最大的牡丹种植中心。新辟多个牡丹种植

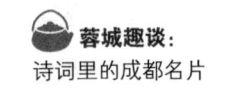

园，培育的牡丹品种有近200个。其中最名贵的品种有丹景红、玉重楼、彭州紫，可与历代牡丹名品中的"魏紫""姚黄"媲美。

【网友茶吧】成都周边那些最古老的树

时间：2021年6月6日。

地点：武侯祠茶馆。

人物：网友马可波萝包、夏日葵花子、云朵的棉花糖、穿越时空的米粒。

马：看到这些柏树，我就想起了老杜的那句"丞相祠堂何处寻，锦官城外柏森森"。不过，武侯祠的这些柏树还是唐代杜甫看到的那些柏树吗？

夏：当然不是啦。这两棵柏树既不是诸葛亮种下的，也不是杜甫诗中的武侯祠古柏。760年春天，流寓到成都的杜甫到武侯祠游览时，见到的两株古柏已经有着500多年的树龄。我们看到的这些柏树是后来种的。

云：我知道丹景山上有一棵2000多岁的古柏，是年龄最古老的树王。古树高大粗壮，三个大人合抱也够不着手。古柏的种子落下，在周围又生长出数棵小柏树。这些小柏树与老古柏交相呼应，在日照雨淋中见证着岁月的沧桑。

马：我去过龙泉山，山上有一株1500多岁的银杏，枝繁叶茂，枝条遒劲，像一条腾飞的巨龙。夏天的时候，孩子们喜欢在树下做游戏，特别凉快。

夏：青城山有一株银杏更古老，1800多岁了，高30余米，被称为"镇山之宝"，听说是东汉末年的道教创始人张道陵亲手种植的呢！我听说崇州成化山上，有个著名的寺院叫大明寺，大明寺有两棵2000多岁的楠木树，矗立在寺院的庙门两旁。宋代的陆游曾经骑着马上山，拜谒过这两棵当时500余岁的古树，还写下了"孤塔插空起，双楠当夏寒"的诗句。

云：大邑县雾山乡有个接王寺，寺里有一棵稀有的红豆杉，有1850多岁呢，是世界上濒临灭绝的天然珍稀抗癌植物，有"植物大熊猫"和"生物黄金"之称。

据说明宪宗成化年间，有个恶人在寺庙行凶，这株红豆杉树上突然出现无数条蛇，吓得恶人仓皇失措。这颗古树还被刘备、李隆基、孟昶、杨升庵赞美过。1994年还被封为"红豆大仙"、被信众尊为"树神"呢。

我见过大邑斜源镇有一棵罗汉松，也有2000多岁啦！这棵古树的树冠像一对振翅高飞的翅膀，虬根缠绕着树下的岩块，如同龙蛇抱柱。

穿：想想这些老树经受了上千年的风雨、雷电、霹雳，好让人敬佩！这些古树的坚韧精神值得我们学习啊！

1.芙蓉花

咏蜀都城上芙蓉花

后蜀·张立

四十里城花发时，锦囊高下照坤维。
虽妆蜀国三秋色，难入豳风七月诗。

注释

四十里城：后蜀在成都罗城外又增筑羊马城，以为外城，羊马城周围四十二里。锦囊（náng）：指开放的芙蓉花。坤维：西南方，这里指成都。

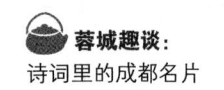

妆：装点。三秋：指秋季，芙蓉花开放的季节。豳（bīn）风七月：《豳风·七月》是《诗经》中的一首诗，诗中描写了当时农人全年的劳动生活。

[古诗今意] 咏成都城墙上的芙蓉花

后蜀主孟昶在成都周边种了几千株芙蓉花，

秋季来临，四十里外城的芙蓉花竞相开放。

艳丽的芙蓉花虽然点缀了成都秋天的景色，

可是老百姓每日劳作，哪来的闲情逸致观赏呢？

又咏蜀都城上芙蓉花

后蜀·张立

去年今日到成都，城上芙蓉锦绣舒。

今日重来旧游处，此花憔悴不如初。

注释

锦绣：精美鲜艳的丝织品，这里比喻芙蓉的华美。舒：伸展，开放。旧游：以前游览过的地方。

[古诗今意] 再咏成都城墙上的芙蓉花

去年的今日，我来成都游玩，

看到城墙上的芙蓉花如锦绣般开放。

今日的我故地重游，又一次来到成都，

发现城墙上的芙蓉花已经凋零，令人伤感。

二色芙蓉

宋·文同

蜀国芙蓉名二色，重阳前后始盈枝。

画调粉笔分妆处，绣引金针间刺时。

落晚自怜窥露沼，忍寒谁念倚霜墀。

主人日有西园客，得尔方于劝酒宜。

注释

题解：据《蜀景汇考》记载，"芙蓉花有二种：一种花树丛生，叶大，而花深红，霜降始开，因名拒霜花；一种开时颜色白，凡数变，日初出，纯白色，日中淡红，日晡深红，名换色芙蓉。"此指后一种。画调粉笔：画家调粉描抹之处。墀（chí）：台阶上面的空地，亦指台阶。劝酒：得芙蓉花助兴劝酒。

[古诗今意] 美丽的二色芙蓉花

蜀国的二色芙蓉花，初开白色后变红，
在重阳节前后，花朵开始缀满了枝头。
花朵如同被画笔调成醉人的粉色，
又如同被绣娘用金针刺出的美丽锦绣。
落日余晖中的芙蓉花，顾影自怜地望着一池秋水，
萧瑟秋风中的芙蓉花，落寞寂寥地倚着一阶白霜。
主人家的园子里，每天都有来来往往的客人，
客人们边欣赏芙蓉花边饮酒，是多么惬意啊！

和芙蓉花韵

清·高氏

深浅芳心浓淡容，宁甘萧瑟对西风？
拒霜缟袂娇还怯，映口胭脂暖欲融。
冷颊晓凝秋露白，醉颜潮晕夕阳红。
锦城万里芙蓉月，勾引乡魂入梦中。

注释

和韵：应和他人诗作，用其原韵的叫和韵。拒霜：木芙蓉的别称，其冬凋夏茂，仲秋开花，耐寒不落，故名。缟（gǎo）：白色丝织物。袂（mèi）：袖子。

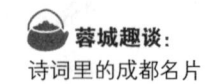

[古诗今意] 为芙蓉花和韵

芙蓉花拥有着淡妆浓抹总相宜的容颜，
怎么甘心在萧瑟的秋风中独自凋零呢？
芙蓉花以白色的娇羞抗拒风霜的洗礼，
芙蓉花以红色的妩媚沐浴温暖的阳光。
清晨寒冷的秋露中，芙蓉花的脸颊凝重而苍白，
黄昏温暖的夕阳中，芙蓉花的容颜红润而娇羞。
月朗风清的夜晚，一轮明月在锦城上空高高升起，
照着满城的芙蓉花，照着多少人魂牵梦萦的乡愁！

锦城竹枝词

清·杨燮

一扬二益古名都，禁得车尘半点无？
四十里城花作郭，芙蓉围绕几千株。

注释

一扬二益：扬指江苏扬州，益指四川成都；在唐宋时，全国最繁华的工商业城市，公认为扬州第一，成都第二，故有"一扬二益"之称。郭：外城，在城的外围加筑的一道城墙。

[古诗今意] 芙蓉花之城

唐宋时期最繁华的名都扬州第一成都第二，遥想当年，
城中车水马龙、尘飞土扬，外城种植着几千株木芙蓉。
那环绕成都的四十里花海，
将她装扮成花海中的小船！

2.梅花

和裴迪登蜀州东亭送客逢早梅相忆见寄

唐·杜甫

东阁官梅动诗兴,还如何逊在扬州。
此时对雪遥相忆,送客逢春可自由?
幸不折来伤岁暮,若为看去乱乡愁。
江边一树垂垂发,朝夕催人自白头。

注释

题解：这首诗是杜甫收到友人裴迪的送客咏梅诗之后而奉和的一首,被后人誉为"千古咏梅第一律"。裴迪：陕西关中人,唐天宝年间后,任蜀州刺史,与杜甫经常往来,关系密切。东阁：指东亭,故址在今四川省崇州东。官梅：官府所种的梅。何逊：南朝梁诗人,其诗《扬州法曹梅花盛开》对后世咏梅诗创作影响巨大。岁暮：岁末,一年将终时。若为：怎堪。垂垂：渐渐。

[古诗今意] 收到友人裴迪登蜀州东亭的送客咏梅诗,奉和一首

东亭的官梅正值开放的季节,激起作诗的雅兴,
让我不由地想起当年咏梅扬州的何逊。
面对此刻的雪景,回忆起遥远的过去,
恰逢送别客人,腊梅迎春,不由地想起从前的老朋友。
幸亏没有寄来折梅,勾起我岁末的伤感,
若赏阅折梅,怎堪那乡愁缭乱,思绪纷纷。
这里的江边,也有一株梅花,含苞待放,
朝朝夕夕,催得我白发丝丝,繁霜染鬓。

梅

宋·陆游

三十三年举眼非,锦江乐事祇成悲。

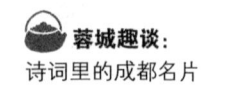

溪头忽见梅花发，恰似青羊宫里时。

注释

题解：此诗作于诗人85岁时，看到家乡山阴（今绍兴）溪头的梅花开放，心绪飞到几十年前的成都，仿佛看到了青羊宫里梅花初开的情景。祇（zhī）：仅，只。

[古诗今意] 忆青羊宫的梅花

三十三年过去，一切都不再是原来的样子了。
忆起当年在成都的岁月，心头涌过几多感伤。
忽然看到家乡溪水边的梅花开了，似曾相识，
让我禁不住想起青羊宫里梅花初放时的情景。

梅　花

宋·陆游

青羊宫前锦江路，曾为梅花醉十年。
岂知今日寻香处，却是山阴雪夜船。

注释

题解：诗人晚年时回到故乡山阴、思念成都的梅花而作。山阴：陆游是越州山阴（今浙江绍兴）人。

[古诗今意] 寻觅梅花的芬芳

锦江岸边、青羊宫盛开的梅花啊，
曾让我为之魂牵梦绕，沉醉十年。
今日我在山阴寻觅梅花的芬芳，
却划着小船游荡在一个风雪交加的夜晚。

梅花绝句（其二）

宋·陆游

当年走马锦城西，曾为梅花醉似泥。

二十里中香不断,青羊宫到浣花溪。

注释

题解:此诗于宋宁宗嘉泰二年(1202)春作于故乡山阴(今浙江绍兴),表达了诗人对梅花和成都风物的深情怀念。走马:骑着马跑。

[古诗今意] 锦城西的梅花

当年骑着马走过锦城西,一路上的梅树连绵不绝。

忘情地嗅着梅花的芬芳,如同品尝美酒一般痴迷。

芬芳四溢,绵延二十里,

从青羊宫一直到浣花溪。

梅花绝句(其三)

宋·陆游

锦城梅花海,十里香不断。

醉帽插花归,银鞍万人看。

注释

醉帽插花:乘着醉兴,将梅花插在帽子上。银鞍:银饰的马鞍,代指骏马。

[古诗今意] 梅花的海洋

看吧,成都似乎成了梅花的海洋,

花香十里,醉人的芬芳绵延不绝。

乘着酒兴将花枝插在自己的帽子上,

根本不在意那么多人在看着骑马的我。

合江探梅

宋·白麟

艇子飘摇唤不回,半溪清影漾疏梅。

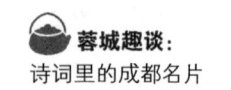

有人隔岸频招手，和月和霜剪取来。

注释

题解：此诗写月下探梅情景，空灵清新，意境深远。合江：成都南十五里的合江园。艇子：小船。

[古诗今意] 合江园探望梅花

月色下的合江渡口，唤不回船夫返航，

只见一条小船悠悠地在水中飘荡，清澈的江水荡漾着隔江梅花的疏影。

对岸有人频频向我招手，邀我去剪来几枝芬芳的梅花，

披着朦胧的月色蒙着薄薄的寒霜。

合江亭隔江望瑶林庄梅盛开过江访之马上哦此
宋·范成大

何处春能早，疏篱限激湍。

竹间烟雪迥，马上晚香寒。

唤渡聊相觅，巡檐得细看。

极知微雨意，未许日烘残。

注释

合江亭：位于四川省成都市府河与南河交汇成府南河之处，唐代贞元年间由川西节度使韦皋始建，北宋重建，并达到鼎盛，成为官民宴饮、市井游玩的热闹场所。马上哦此：在马背上即兴作诗。激湍：急流。巡檐：来往于檐前。极知：极其智慧。

[古诗今意] 在合江亭隔江遥望梅园瑶林庄梅花盛开，渡江观梅后在马背上即兴作诗

哪里的春天来得这么早，从合江亭望去，

稀疏的篱笆隔开江水的急流。

遥望远处的竹林如同烟雾般的飞雪，

坐在马背上嗅着隔江梅花的芬芳。
乘着渡船来到瑶林庄的梅园，
漫步廊前将悄然开放的梅花细细品赏。
瞧，这花瓣儿被微雨滋润，
被温和的阳光映照，开放得刚刚好。

3.海棠花

蜀中赏海棠

唐·郑谷

浓淡芳春满蜀乡，半随风雨断莺肠。
浣花溪上堪惆怅，子美无心为发扬。

注释

莺：黄莺，黄鹂。堪：能承受。惆怅：失望伤感。子美：杜甫，字子美。发扬：以诗歌赞美海棠。

[古诗今意] 成都赏海棠

初春的成都户外，开遍了深深浅浅、浓淡不一的海棠花。
风雨袭来的时候，花瓣儿随风飘落，黄莺鸣叫令人断肠。
浣花溪旁的草堂，杜子美如何能承受这痛彻心扉的伤感，
又为何不曾写出一句吟咏海棠的诗，以抒发内心的惆怅？

海 棠

唐·吴融

云绽霞铺锦水头，占春颜色最风流。
若教更近天街种，马上多逢醉五侯。

注释

云绽霞铺：形容许多海棠开放的盛况。占春：占有春色。天街：京城中

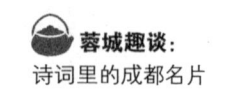

的街道。五侯：泛指权贵豪门。

[古诗今意] 锦江岸边的海棠花

锦江岸边盛开着彩霞一般绚丽的海棠花，
春日的阳光照耀下，花色更加妩媚风流。
想象一下：如果京城的街道两旁开放着海棠花，
那些骑马的诸侯一定会驻足观赏，为之沉醉吧！

海棠溪
唐·薛涛

春教风景驻仙霞，水面鱼身总带花。
人世不思灵卉异，竟将红缬染轻纱。

注释

仙霞：美丽奇异的彩霞。卉：指自然植物。红缬（xié）：纱织品漂染方法，即将纱布扎紧，使成褶皱，放入红染色中，染后打结处有不着色的白色花纹。

[古诗今意] 海棠溪的海棠花

春风浩荡，海棠花开满了溪水岸边，如同天空中落下一片片绚丽的彩霞。
水面上漂浮着片片落花，鱼儿浮出水面，身上总是沾着几朵花瓣。
世俗之人不会领悟到自然界的花卉是多么灵异，
竟将丝绸上的花纹，染成海棠花一样红艳艳的样子。

海 棠
唐·贾岛

昔闻游客话芳菲，濯锦江头几万枝。
纵使许昌持健笔，可怜终古愧幽姿。

注释

芳菲：花草的芳香。许昌：指薛能，以赋《海棠》诗著名。健笔：笔力雄健。终古：永恒。幽姿：幽雅的姿态。

[古诗今意] 锦江边的海棠

从前曾听游客说起，
几万枝海棠在锦江边竞相开放的美丽场景。
纵然你有薛能那么优美的文笔，
也无法描绘出海棠的绝世之美。

海　棠

宋·苏轼

东风袅袅泛崇光，香雾空蒙月转廊。
只恐夜深花睡去，更烧高烛照红妆。

注释

东风：春风。袅袅：微风轻轻吹拂的样子。崇光：高贵华美的光泽。红妆：用美女比作海棠。

[古诗今意] 高贵华美的海棠

春风袅袅地吹拂着，盛开的海棠花泛着高洁美丽的光芒。
淡淡的花香融合在空濛的雾里，月亮已移过院中的回廊。
只怕在这夜深时分，海棠花也会在困倦中睡去，
于是燃起红烛，高照着花儿盛开时美丽的样子。

海棠歌

宋·陆游

我初入蜀鬓未霜，南充樊亭看海棠。
当时已谓目未睹，岂知更有碧鸡坊。
碧鸡海棠天下绝，枝枝似染猩猩血。

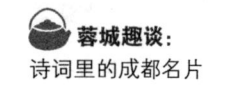

蜀姬艳妆肯让人，花前顿觉无颜色。
扁舟东下八千里，桃李真成仆奴尔。
若使海棠根可移，扬州芍药应羞死。
风雨春残杜鹃哭，夜夜寒衾梦还蜀。
何从乞得不死方，更看千年未为足。

注释

南充樊亭：陆游离夔州去汉中时路经南充，曾在该地逗留。碧鸡坊：街巷名。猩猩血：借指鲜红色。蜀姬：四川的美人。扬州芍药：扬州盛产芍药花，自古天下有名。寒衾：冰冷的被子。不死方：传说中一种能使人长生不死的药方。

[古诗今意] 思念成都的海棠

我刚到四川的时候鬓发尚未斑白，在南充的樊亭观赏海棠花。
以为是前所未有的美景，哪里知道成都碧鸡坊的海棠花更美。
碧鸡坊的海棠花乃天下极品，每一枝都鲜红欲滴，精彩绝伦。
歌妓舞女的妆容虽然艳丽，却在绝美的海棠花面前黯然失色。
如果划着船向东航行八千里，桃花李花也成了海棠的奴仆了。
如果海棠的根系可以移植，扬州的芍药花可能会羞愧难当吧。
风雨中春花凋零杜鹃哀啼，夜夜蜷在寒冷的被子里梦回四川。
如何才能长生不老啊，即使观赏千年的海棠花都不觉得厌倦！

成都行（节选）

宋·陆游

倚锦瑟，击玉壶，吴中狂士游成都。
成都海棠十万株，繁华盛丽天下无。

注释

锦瑟：装饰华美的瑟。瑟：拨弦乐器。玉壶：酒壶的美称。吴中：指吴地。狂士：作者自喻，狂放不羁的人。

[古诗今意] 繁华盛丽的成都海棠

倚靠着锦瑟，击打着玉壶，吴地的狂放之士来成都游玩啦。

看吧，成都的郊外，锦江边，碧鸡坊，溪水旁，

到处盛开着红艳艳的海棠花，有十万株之多，

芬芳四溢，如此繁华盛丽的景象真是天下少见啊！

醉落魄·海棠
宋·范成大

马蹄尘扑，春风得意笙歌逐。款门不问谁家竹。只拣红妆，高处烧银烛。

碧鸡坊里花如屋。燕王宫下花成谷。不须悔唱关山曲，只为海棠，也合来西蜀。

注释

题解：这首词是范成大任四川制置使，在成都时所作。醉落魄：词牌名。笙歌逐：处处笙歌可闻。款门：叩门，敲门。红妆：指海棠花。燕王宫：五代时后蜀孟昶郧，封燕王，成都的燕王宫内海棠最盛。

[古诗今意] 来成都观赏海棠花

骑着马，迎着春风，听着笙歌，叩门也不想问这是谁家的竹子。只怕海棠花会在深夜里睡去，愿在高处燃烧银烛陪伴它开放。

碧鸡坊的海棠盛开了满屋，富贵而艳丽。燕工宫的海棠开遍了山谷，盛美而浓郁。不必后悔唱关山曲，不必慨叹蜀道之难，哪怕只是为了观赏闻名于世的海棠，也值得穿越千山，来四川一游啊。

4.蜀葵

蜀葵花歌
唐·岑参

昨日一花开，今日一花开。

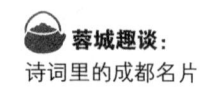

今日花正好，昨日花已老。

始知人老不如花，可惜落花君莫扫。

人生不得长少年，莫惜床头沽酒钱。

请君有钱向酒家，君不见，蜀葵花。

注释

蜀葵：二年生草本，叶大而粗糙，圆形，花美丽，成顶生穗状花序。因原产于四川，故名曰"蜀葵"。又因其可达丈许，花多为红色，故名"一丈红"。

[古诗今意] 蜀葵花之歌

昨日之花开了又谢了，今日之花还在盛开着。

今日之花娇艳欲滴，昨日之花已衰老凋零了。

人的生命也如同花开花落，人老了还不如凋零的花！

不要清扫那可怜的落花吧，人不可能永远年轻，

不要吝惜床头买酒的钱，想喝酒时就去酒家买酒吧。

你没看到那瞬间凋零的蜀葵花吗？人生是多么短暂啊！

黄蜀葵

唐·薛能

娇黄初绽欲题诗，尽日含毫有所思。

记得玉人春病后，道家装束厌禳时。

注释

含毫：含笔于口中，比喻构思为文或作画。春病：相思病。厌禳（ráng）：驱邪祛病，是一种民俗。

[古诗今意] 祛病驱邪的黄蜀葵

娇黄色的花蕊初次绽放的季节，

整日构思如何写出不俗的诗歌。

想起美人在春季得相思病之后,
黄蜀葵穿着黄袍为她祛病驱邪。这民俗里定藏着有趣的故事吧?

蜀 葵

唐·徐夤(yín)

剑门南面树,移向会仙亭。
锦水饶花艳,岷山带叶青。
文君惭婉娩,神女让娉婷。
烂熳红兼紫,飘香入绣扃。

注释

剑门:古县名,在今剑阁东北,因境内有剑门山而得名。岷山:在四川省北部,绵延川、甘两省边境。婉娩:女子温婉柔顺的样子。娉婷:轻巧美好。绣扃(jiōng):有花纹的门窗,多代指女性住房。

[古诗今意]锦江畔的蜀葵

你从剑门之南,移植到会仙之亭。
富饶的锦江畔,青绿的岷山脚下,
一串串蜀葵花,盛开得多么娇艳,
姹紫嫣红和青山绿水相映成画卷。
你的柔美委婉让卓文君略感惭愧,
你的曼妙姿态让神女都逊色三分。
你明艳美丽的色彩令人赏心悦目,
清新柔和的芬芳飘入紧锁的门窗。

使院黄葵花

前蜀·韦庄

薄妆新着淡黄衣,对捧金炉侍醮迟。
向月似矜倾国貌,倚风如唱步虚词。

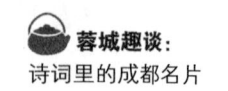

乍开檀炷疑闻语，试与云和必解吹。

为报同人来看好，不禁秋露即离披。

注释

使院：节度留后治事之官署。黄葵花：即黄蜀葵。薄妆：淡妆。金炉：喻黄葵。侍醮（jiào）：古代用酒祭神之礼，指葵花似在祭祀时侍立。矜（jīn）：夸耀。步虚词：道家词曲。檀（tán）炷：燃着的檀香。云和：管弦乐器。同人：志同道合的人。

[古诗今意] 官署里的黄葵花

如同一位画着淡妆、穿着淡黄色道袍的女道士，

在设坛祭祀的时候，圆圆的黄葵花在一旁侍立。

花朵向着月亮移动，似乎在夸耀她倾国之容貌，

花枝迎着风儿摇曳，似乎在吟唱委婉的步虚词。

檀香刚刚开始点燃，仿佛听到黄葵花在说话，

为寻找情投意合的知己，

竟吹出琴瑟相和的曲调。

不觉秋露已至，花朵纷纷离开枝头、散落凋零了。

蜀 葵

宋·韩琦

炎天花尽歇，锦绣独成林。

不入当时眼，其如向日心。

宝钗知自弃，幽蝶或来寻。

谁许清风下，芳醪对一斟。

注释

炎天：烈日、大热天。锦绣：织锦刺绣，比喻美好的事物。宝钗：用金银珠宝制作的双股簪子。醪（láo）：醇酒。斟：往杯子里倒酒。

[古诗今意] 蜀葵花独自盛开

炎热的夏天,百花已经开过了,蜀葵开始独自盛开,锦绣成林。

如同围绕着太阳旋转的向日葵,当时的人们并不欣赏它的姿态。

美丽的花儿即使悄悄地藏起来,灵敏的蝴蝶也会纷纷找上门来。

多么想在微风拂面的夏日傍晚,边欣赏蜀葵边品尝芳醇的美酒!

咏蜀葵

宋·孔平仲

绰约佳人淡薄妆,天真自恃不熏香。

低头无语娇尤甚,更著新翻浅色黄。

注释

淡薄妆:淡雅的妆饰。自恃(shì):倚仗。更著(zhuó):附着,附加。新翻:指独出心裁。

[古诗今意] 为蜀葵作诗

风姿绰约的佳人画着淡妆,自信率真散发着自然芬芳。

低头不语的时候尤为娇媚,浅黄的花色别有一番风味。

蜀 葵

宋·王镃

片片川罗湿露凉,染红才了染鹅黄。

花根疑是忠臣骨,开出倾心向太阳。

注释

川罗:指蜀葵。才了:刚刚结束。忠臣骨:忠臣的品质、气概。向太阳:蜀葵是一种向阳而生的植物。

[古诗今意] 蜀葵花开向太阳

一串串蜀葵花沾着露水的凉润,刚刚生长出红色又染上了鹅黄。

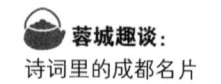

蜀葵的花根应该是忠贞不渝的,开出美丽的花真诚地向着太阳。

黄蜀葵

宋·陆游

开时闲淡敛时愁,兰菊应容预胜流。

剩欲持杯相领略,一庭风露不禁秋。

注释

敛:聚集。预:同"与"。胜流:名流。剩欲:颇想,犹欲。领略:品味、欣赏。一庭:庭院。

[古诗今意] 秋风中的黄蜀葵

黄色蜀葵花绽开时幽闲淡雅,花盘枯萎时略带一丝忧愁,

高雅的春兰秋菊应该容许黄蜀葵加入名流之花的行列吧。

多想坐在院子里,边饮酒边欣赏那些在风中绽放的蜀葵,

无奈满院的秋寒露水,老夫我怎么禁得起这瑟瑟秋风呢!

5.牡丹

花 底

唐·杜甫

紫萼扶千蕊,黄须照万花。

忽疑行暮雨,何事入朝霞。

恐是潘安县,堪留卫玠车。

深知好颜色,莫作委泥沙。

注释

花底:杜甫曾客居成都多年,倾慕彭州牡丹,作此诗赞美,堪称吟咏彭州牡丹的开山之作。萼:花萼。潘安县:古代河阳县的别称,晋潘岳(字安仁)曾为河阳令,故称潘安县。潘岳曾在河阳县境内遍栽花木,当时有"河

阳一县花"之称。堪：可。卫玠（jiè）：字叔宝，晋人，曾乘羊车入市，人见其貌美而称之为"玉人"。卫玠车：卫玠所乘的羊车，亦称"玉人车"，这里用"堪留卫玠车"表现花之美的神奇魅力。委：抛弃。

[古诗今意] 牡丹盛开似朝霞

紫色的花萼托起千万朵娇嫩的花蕊，
娇黄的花蕊映照着千万朵娇艳的花瓣。
花儿润泽，仿佛走在暮色的细雨中，
花色鲜妍，仿佛步入梦幻的朝霞中。
难道这里是境内种满花木的潘安县，
能够让乘坐玉车的卫玠停留在这里？
貌美的卫玠定会喜欢这里的牡丹花，
不忍让它们零落于泥沙土石之中吧。

生查子·牡丹

后蜀·孙光宪

清晓牡丹芳，红艳凝金蕊。乍占锦江春，永认笙歌地。
感人心，为物瑞，烂漫烟光里。戴上玉钗时，迥与凡花异。

注释

生查子：词牌名。乍：初，刚。笙歌地：繁华的地方。物瑞：吉祥之物。烟光：弥漫的春光。迥：远。

[古诗今意] 锦江边的牡丹气质非凡

清晨的锦江边盛开着牡丹花，散发着浓郁的芬芳，
鲜红艳丽的花朵儿中间，凝聚着金光灿烂的花蕊。
牡丹花初开之时，比那鲜艳的锦色还要耀眼迷人，
牡丹花占断锦江春色，成为奏乐唱歌的繁华之地。
多么让人感动啊，这祥瑞的花盛开在烂漫春光里。

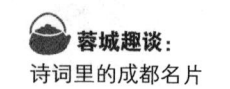

摘一朵花儿插在玉钗上，气质是多么与众不同啊！

忆天彭牡丹之盛有感
宋·陆游

常记彭州送牡丹，祥云径尺照金盘。

岂知身老农桑野，一朵妖红梦里看。

注释

题解：这首诗是作者于宋宁宗庆元三年（1197）四月，在故乡山阴（今浙江绍兴）怀念天彭牡丹所作。天彭牡丹：天彭即彭州。陆游在成都范成大幕府时，观赏彭县牡丹，著有《天彭牡丹谱》，详述天彭牡丹佳种，足以争胜洛阳。祥云：牡丹品种。径尺：直径一尺，夸张的说法。农：务农。桑野：种桑的田野，指农村。

[古诗今意] 天彭牡丹盛开在我的梦中

离开四川已经很久了，还经常想起彭州牡丹盛放时的情景，

美艳的"祥云"花盘硕大，在金色阳光的照耀下格外绚丽。

即使回到了家乡山阴，劳作于农桑山野之间，

我还会经常梦回彭州，痴看那些红艳艳的牡丹花正在盛开。

玉麟堂会诸司观牡丹酴醾
宋·范成大

洛阳姚魏碧云愁，风物江东亦上游。

忆起邀头八年梦，彭州花槛满西楼。

注释

题解：宋孝宗淳熙二年（1175），范成大入川担任四川制置使兼成都知府，对彭州牡丹喜爱有加。八年后，虽已到南京任职，但他仍念念不忘彭州牡丹，写下本诗抒怀。玉麟堂：堂名，在今天的江苏省南京市。诸司：指诸位官员。酴（tú）醾（mí）：又称"荼蘼"。荼蘼花在春季末夏季初开花，凋谢后

即表示花季结束，有完结之意。姚魏："姚黄魏紫"的简称，宋代洛阳两种名贵的牡丹品种。上游：上等。遨头：宋代成都自正月至四月浣花，太守出游，士女纷纷观看，称太守为"遨头"；此为作者自指。槛：有格子的门窗。

[古诗今意] 玉麟堂会和众官观赏盛开的牡丹花

洛园的姚黄魏紫让青云忧愁，江东的牡丹花也算得是上流。

回想在四川做官八年常出游，彭州城最大的牡丹园在西楼。

和范蜀公题蜀中花图

宋·韩绛

径尺千馀朵，矜夸古复今。

锦城春异物，粉面瑞云深。

赏爱难忘酒，珍奇不贵金。

应知色空理，梦幻即欢心。

注释

范蜀公：指范镇，蜀郡开国公。径尺：指直径一尺。馀（yú）：同"余"。矜（jīn）夸：骄傲自夸。珍奇：珍贵奇异之物。

[古诗今意] 吟咏蜀中牡丹花图，唱和范蜀公之诗

硕大的牡丹花开放千余朵，从古到今受到人们的夸耀赞美。

成都春天的景色多么奇特，红牡丹如祥云，白牡丹似粉面。

观赏牡丹总忘不了品尝美酒，购买珍品时把黄金看得很淡。

要知道万事万物都是空的，一场梦幻同样能获得人们欢心。

彭州歌

宋·汪元量

彭州又曰牡丹乡，花月人称小洛阳。

自笑我来迟八月，手攀枯干举清觞。

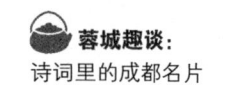

注释

题解：作者于公元1292年秋入彭州，本诗中，诗人为无缘一睹彭州牡丹芳容而遗憾。觞（shāng）：泛指酒器。

[古诗今意] 彭州牡丹之歌

彭州又被称作牡丹之乡，

牡丹盛开的季节被称为小洛阳。

可惜我来迟了，错过了牡丹花开的季节，未能一睹芳容，

只好手里握着干枯的枝条，伤感地举起这杯清酒。

纪天彭诗
清·李调元

牡丹旧数古彭稠，京洛遗风俗尚留。

孟氏繁华能几日，今人犹自说花州。

注释

稠：多而密。京洛遗风：指洛阳人爱好习俗的遗风。孟氏：指后蜀政权。犹自：仍然。花州：彭州牡丹自古以来就享有盛名，是成都著名的"花州"。

[古诗今意] 记彭州牡丹

彭州牡丹自古以来就享有盛名，

至今还保留着洛阳人种植牡丹的习俗。

后蜀政权的繁荣能持续几日呢？

今天的人们还常常说起花州，说起那里春光融融、牡丹盛开的繁华景象。

故乡牡丹
现代·张大千

不是长安不洛阳，天彭山是我家乡。

花开万萼春如海，无奈流人两鬓霜。

注释

故乡牡丹：指天彭山的牡丹。萼：花朵盛开。流人：离开家乡、流浪外地的人。

[古诗今意] 思念故乡的牡丹

记得家乡天彭山的牡丹盛放的季节，五月的春风，吹开万紫千红的花蕊，像长安、洛阳的牡丹那么天姿国色。

春深似海的日子里，牡丹花开万朵，流浪海外的人，已是两鬓斑白如霜，无法挽留的岁月，乡愁浓郁又如何？

6.荷花

为 农

唐·杜甫

锦里烟尘外，江村八九家。
圆荷浮小叶，细麦落轻花。
卜宅从兹老，为农去国赊。
远惭句漏令，不得问丹砂。

注释

锦里：指成都，成都号称"锦官城"，故曰锦里。烟尘：古人多用作战火的代名词。从兹：从此。国：指长安。赊（shē）：远。句漏令：指葛洪，东晋道教学者，著名炼丹家、医药学家。

[古诗今意] 在江村务农

锦官城置身于战乱之外，江村有八九户人家。
圆圆的小荷叶浮在水面上，细细的小麦花轻轻飘落。
择居在草堂耕田劳作，从此远离长安，直到终老。
想像葛洪那样，抛开一切世俗求仙问药，却又倍感惭愧啊！

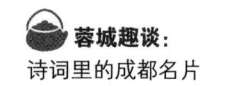

狂　夫
唐·杜甫

万里桥西一草堂，百花潭水即沧浪。

风含翠篠娟娟净，雨裛红蕖冉冉香。

厚禄故人书断绝，恒饥稚子色凄凉。

欲填沟壑唯疏放，自笑狂夫老更狂。

注释

百花潭：即浣花溪，杜甫草堂在其北。沧浪：指汉水支流沧浪江，古代以水清澈闻名。篠（xiǎo）：细小的竹子。娟娟净：秀美光洁之态。裛（yì）：同"浥"，滋润。红蕖（qú）：粉红色的荷花。冉冉香：阵阵清香。厚禄故人：指做大官的朋友。书：书信。恒饥：长时间挨饿。填沟壑：指穷困潦倒而死。疏放：疏远仕途，狂放不羁。

[古诗今意] 草堂狂夫

万里桥西面是我居住的草堂，平时没有什么人来访，

百花潭又称沧浪之水，碧波荡漾，陪伴着我的草堂。

和风轻轻拥着秀美的翠竹，细雨滋润着粉红的荷花，

微风吹来袅袅清香，这样的景致怎不让人心驰神往。

朋友做了大官就断了书信来往，

小儿子长久饿肚子肌瘦面黄。

无官无钱的我只剩了一把老骨头，

却大笑着比以前更加狂放。

武侯祠荷花
清·王闿运

蜀主祠中旧池绿，轩窗通望凉朝旭。

千枝翠盖压云漪，万朵丹花削琼玉。

注释

题解：祠中荷池为清乾隆年间主祠道士张清仪所修。蜀主祠：武侯祠与昭烈帝祠同在一处，故称"蜀主祠"。轩窗：指窗户。朝旭：初升的太阳。

[古诗今意] 武侯祠的荷花

祠中的荷花池一片碧绿，透过明亮的窗户，
可以看到朝阳冉冉升起，带着清新的凉意。
上千株碧绿的荷叶之下，隐藏着碧波涟漪，
上万朵粉红的荷花绽开，如同润泽的美玉。

成都少城公园

近代·万禾子

竹木千丛密间疏，芳池半亩种芙蕖。
芙蕖池上明妆立，美景天然画不如。

注释

少城公园：今天的人民公园。芙蕖：荷花别名。明妆：明丽的妆饰。

[古诗今意] 成都少城公园的荷花

千万丛竹子疏密有致，半亩池塘里种着芬芳的荷花。
荷花在池水中亭亭玉立，天然明丽的美景比画还要美。

7.杜鹃花

净兴寺杜鹃一枝繁艳无比

唐·韩偓（wò）

一园红艳醉坡陀，自地连梢簇蓓罗。
蜀魄未归长滴血，只应偏滴此丛多。

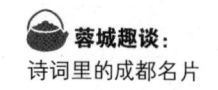

注释

杜鹃：杜鹃花，又名映山红，春季开花。坡陀（tuó）：山势起伏貌。连梢：在树枝的顶端相连。簇：聚成团状，团聚。蓓罗：绛红色的薄丝织品。蜀魄：蜀国国君望帝的魂魄，传说望帝死后化为杜鹃鸟，每日哀啼泣血，染红了杜鹃花。

[古诗今意] 净兴寺的这株杜鹃花繁艳无比

一簇簇娇艳醉人的花朵，错落有致地在园子里盛开着。
自底部连接到枝端，花朵簇拥如同一团团红色的绸纱。
蜀国望帝的魂魄一直未归，在这园子里长夜哭泣，
落下了多少滴血泪，才染红了这一片杜鹃花。
满园繁花中，为何这一丛杜鹃花红得更艳呢？
我想，可能是望帝在此流下的血泪多了几滴吧！

杜鹃花

后唐·成彦雄

杜鹃花与鸟，怨艳两何赊。
疑是口中血，滴成枝上花。
一声寒食夜，数朵野僧家。
谢豹出不出，日迟迟又斜。

注释

鸟：指杜鹃鸟，这里指望帝的故事。赊：赊欠。口中血：子规啼血。谢豹：即杜鹃鸟，《禽经》张华注：子规"啼苦则倒悬于树，自呼曰谢豹"。

[古诗今意] 杜鹃花和杜鹃鸟

娇艳的杜鹃花和幽怨的杜鹃鸟，它们之间有多少爱恨纠葛？
是杜鹃鸟口中的血滴在花枝上，于是开出了娇艳的杜鹃花吗？

杜鹃鸟的叫声在寒食夜里显得分外凄凉，山野僧人的园子里开放着几朵杜鹃花。

日暮时分，太阳慢慢地落山了，杜鹃鸟是不是又要出来鸣叫了呢？

杜鹃花

宋·杨万里

何须名苑看春风，一路山花不负侬。

日日锦江呈锦样，清溪倒照映山红。

注释

苑：花园。春风：春光，春景。侬：你。锦样：繁花似锦的景象。映山红：杜鹃花的别名。

[古诗今意] 锦江两岸的杜鹃花

何必到名贵的苑子里欣赏春天的美景呢，

山里的杜鹃花开得烂漫，足够你欣赏了。

锦江每天有人濯锦，两岸开满了鲜花，

绚丽多姿的映山红倒映在碧绿的江水中。

8.银杏

鸭脚子

宋·梅尧臣

江南有嘉树，修耸入天插。

叶如栏边迹，子剥杏中甲。

持之奉汉宫，百果不相压。

非甘复非酸，淡苦众所狎。

注释

鸭脚子：银杏的别称。嘉树：佳树，美树。修耸：高高挺立。汉宫：汉

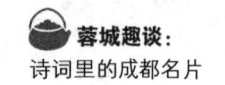

朝宫殿，亦借指其他王朝的宫殿。狎（xiá）：亲昵而不庄重。

[古诗今意]"鸭脚子"树

江南有一种美好的树，高耸挺拔直冲云天。

它的叶片精美如小扇子，果实是金黄色的。

手捧白果献给汉宫，其他的果实黯然失色。

它的味道非甜非酸，淡淡的苦涩余味无穷。

众人喜欢白果，它的品质是多么与众不同。

宣州杂诗（其一）

宋·梅尧臣

高林似吴鸭，满树蹼铺铺。

结子繁黄李，炮仁莹翠珠。

神农本草阙，夏禹贡书无。

遂压葡萄贵，秋来遍上都。

注释

蹼（pǔ）铺：鸭脚板。神农本草：又称《神农本草经》，托名"神农"所作，成书于汉代，是中医四大经典著作之一，是已知最早的中药学著作。阙（què）：空缺，缺少。上都：古代对京都的通称。

[古诗今意] 宣州观银杏树随感

高耸挺拔的银杏树黄了，满树的叶子像可爱的鸭脚。

它结出的果实是淡淡的黄色，果仁如同淡绿的珍珠。

神农本草和夏禹的贡书里，都没有记录过它的名字。

比葡萄还要珍贵呢，秋天时银杏树的叶子布满京都。

银 杏

现代·陶世杰

曾阅朱明与满清，龙争虎斗不关情。

昂宵银杏如双阙，镇尔城南老树精。

六百年来万事殊，浑忘黄发困泥涂。

饯疏如读唐人画，合赞贤哉二大夫。

注释

题解：作者原序："清驻防成都将军废署有银杏二株，相传为明代古木，盖署系明布政司旧衙，老树至今得存者，厥为银杏。表以二绝，或将益为人所爱惜云。"将军废署在今将军衙门金河大酒店处。龙争虎斗：形容双方势均力敌。昂宵：高入宵汉。阙：古代皇宫大门前两边供瞭望的楼，泛指帝王的住所。黄发：原指老人，这里指银杏树老寿高。饯（jiàn）疏：唐画有《饯二疏图》。二疏：指东汉时疏广为太傅，其侄疏受为少傅；因年老同时辞官，公卿大夫齐赴东都门外为之饯行。二大夫：借二疏喻两株银杏。

[古诗今意] 两株古老的银杏树

这两株古老的银杏树历经明代和清代，
在历史的风尘中卓然屹立，势均力敌。
高耸入云的银杏树如同威严的楼阙，
是镇守在城南的两个老树精。
六百多年来发生了多少奇异的事情，
完全忘记银杏树已经很老了，树根深扎在泥泞里。
如同阅读唐人画卷里公卿大夫为二疏饯行的感人场面，
人们共同称赞这二位贤能高洁的大夫。

9.楠木

高　楠

唐·杜甫

楠树色冥冥，江边一盖青。

近根开药圃，接叶制茅亭。

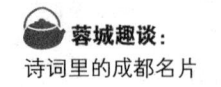

落景阴犹合，微风韵可听。

寻常绝醉困，卧此片时醒。

注释

题解：相传在杜甫所建的草堂附近有一株二百多年的高楠。楠树：常绿乔木，木质坚固，有香味。冥冥：昏暗。景：同影。

[古诗今意] 草堂旁的高楠

高大的楠树伫立江边，树干的颜色深邃暗淡。

楠树的枝叶郁郁葱葱，如同巨伞遮蔽着天空。

树旁的园子种着草药，树叶茂密处建造草亭。

夕阳和树荫光影斑驳，微风送来树叶的音韵。

平日里常常酒醉困顿，此处享受片刻的清醒。

楠树为风雨所拔叹

唐·杜甫

倚江楠树草堂前，故老相传二百年。

诛茅卜居总为此，五月仿佛闻寒蝉。

东南飘风动地至，江翻石走流云气。

干排雷雨犹力争，根断泉源岂天意。

沧波老树性所爱，浦上童童一青盖。

野客频留惧雪霜，行人不过听竽籁。

虎倒龙颠委榛棘，泪痕血点垂胸臆。

我有新诗何处吟？草堂自此无颜色。

注释

题解：诗作于上元二年（761）。浣花溪草堂前一株古老的楠树被风吹倒，连根拔出。诗人深爱此楠树，常在树下吟诗，目击楠树被狂风所拔，联想到自己的性格和命运，故以无限惋惜的心情作了此诗。诛茅：剪除茅草。

流云气：指兼有雷雨。根断泉源：指树被连根拔起，断绝了生存的源泉。沧波老树：此楠树倚清江而立，故称沧波老树。浦：水边。童童：亭亭直立的样子。竽籁：从空穴中发出的吹竽般的声音。无颜色：即大为减色。

[古诗今意] 楠树被狂风暴雨连根拔起，令人感叹

草堂前那株古老的楠树倚靠着江边，相传已有两百多年。

我之所以在此地剪除茅草建筑草堂，正是为了靠近楠树。

五月，楠树枝繁叶密多阴凉，风吹枝叶如同听寒蝉鸣叫。

忽然，狂暴的大风惊天动地，江水翻滚飞沙走石，

天空中滚过阵阵惊雷，紧接着下起了倾盆大雨，

大树被连根拔起断绝了生存的源泉，这难道是天意？

楠树倚清江而立，其亭亭直立的姿态为老夫所爱。

楠树荫浓可避霜雪，过往路人频留树下，听风吹树叶如听竽声。

狂风暴雨中，大树伟岸的身躯颓然倒下，委身于灌木荆棘之中，

树上的雨水，宛如泪痕、血点，从树上滴落下来。

日后我到哪里去吟诗呢？草堂的环境从此大为减色，多么让人叹息！

清阴馆种楠

宋·蒋堂

手种楩楠二千树，时当庆历五年春。

还期莫道空归去，留得清阴与后人。

注释

题解：作者时为成都知府，在衙内种楠。楩（pián）：南方大木名。庆历五年：即公元1045年，庆历为宋仁宗年号。莫道：不用说。

[古诗今意] 在清阴馆种楠树

庆历五年的春天，在清阴馆里亲手种树。

种植的什么树呢？两千株黄楩木和楠树。

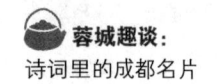

期待在我离任后，不是空手归去，
大树将留下清凉绿荫为后人祈福。

寄题郫县蘧仙观四楠
宋·范成大

沉犀浦上旧仙踪，老木长春翠扫空。
敢请丹光来万里，为扶云峤驾飞鸿。

注释

题解：诗中写到的郫县蘧（qú）仙观四株楠树，今已不存。丹光：指霞光。云峤（qiáo）：古代中国神话传说中海中的仙山。飞鸿：指仙人坐骑。

[古诗今意] 为郫县蘧仙观的四株楠树题诗

犀浦之地寻访旧日仙人们的踪迹，古老的楠木四季常青，遮天蔽日。
可否邀请万里之外的霞光来助力，仙人骑着飞鸿越过仙山来到这里。

10.柏树

古柏行
唐·杜甫

孔明庙前有老柏，柯如青铜根如石。
霜皮溜雨四十围，黛色参天二千尺。
君臣已与时际会，树木犹为人爱惜。
云来气接巫峡长，月出寒通雪山白。
忆昨路绕锦亭东，先主武侯同閟宫。
崔嵬枝干郊原古，窈窕丹青户牖空。
落落盘踞虽得地，冥冥孤高多烈风。
扶持自是神明力，正直原因造化功。
大厦如倾要梁栋，万牛回首丘山重。

不露文章世已惊，未辞翦伐谁能送？

苦心岂免容蝼蚁，香叶终经宿鸾凤。

志士幽人莫怨嗟：古来材大难为用。

注释

古柏：指夔州（今奉节）诸葛庙前的古柏。孔明庙：诸葛孔明庙有三处，一在定军山（今陕西勉县）；一在成都，为武侯祠，附刘备庙中；一在夔州，与刘备庙分立。此指夔州孔明庙。霜皮：经霜老皮，借指树干。溜雨：树干大而树皮滑，雨水沿树溜下。锦亭：指草堂，武侯祠在其东面，故称"锦亭东"。閟（bì）宫：神庙。落落：卓立不群。大厦如倾：暗写国家危急，需要人才。万牛回首：大木重如丘山，万牛都因不能拉动而回头看，暗指贤能难于任用。不露文章：古柏朴实，不炫耀自己的花纹之美。未辞翦伐谁能送：古柏虽不避砍伐，愿陈力于庙宇，但又有谁能采送；比喻栋梁之材虽想为世所用，却无人引荐。苦心：指古柏心苦。蝼（lóu）蚁：蝼蛄及蚂蚁，比喻力量微小或地位卑微的人、事、物。鸾凤：鸾鸟和凤凰，比喻贤能的才俊之士。

[古诗今意] 古柏之行

孔明庙前有一株古老的柏树，枝干色如青铜根系固若磐石。

树皮苍白润滑树干有四十围，深青色的枝叶高耸插入云际。

刘备孔明君臣相会志投意和，至今树木犹在仍被人们爱惜。

柏树高耸东接巫峡云气相连，月出寒光贯通雪山苍茫一片。

想昔日小路环绕我的草堂东，先生庙与武侯祠在一个神庙。

高大的枝干为郊原增添古致，庙宇深邃漆绘静默门窗虚空。

古柏卓尔不群虽然盘踞此地，然而位高孤傲必受烈风吹袭。

它得到扶持源于神明的伟力，它正直伟岸源于自然的造化。

大厦如若倾倒需要栋梁支撑，古柏重如丘山万牛也难拉动。

它不露华美彩理让世人惊叹，它不辞砍伐又有谁能够相送？

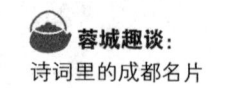

它虽有苦心也难免蝼蚁侵蚀,树叶芬芳曾招来夜宿的鸾凤。

天下的志士幽人请不要怨叹,自古以来大材一贯难得重用。

武侯庙古柏

唐·雍陶

密叶四时同一色,高枝千岁对孤峰。

此中疑有精灵在,为见盘根似卧龙。

注释

题解:这里指成都武侯祠的古柏。卧龙:指诸葛亮。

[古诗今意] 武侯庙的古柏

武侯祠的古柏枝繁叶茂四季一色,千年来以高耸的枝干对峙着孤峰。

世人猜想古柏树中是否藏有精灵,那盘曲纠结的树根好像卧龙先生。

武侯庙古柏

唐·李商隐

蜀相阶前柏,龙蛇捧閟宫。

阴成外江畔,老向惠陵东。

大树思冯异,甘棠忆召公。

叶凋湘燕雨,枝拆海鹏风。

玉垒经纶远,金刀历数终。

谁将出师表,一为问昭融。

注释

题解:据《成都记》记载,"武侯庙前有双大柏,古峭可爱,人言诸葛手植"。閟(bì)宫:神庙,指武侯祠。外江:即今南河,为岷江支流,流经成都城南。惠陵:三国蜀汉昭烈皇帝刘备的陵墓,武侯庙在惠陵的东面。冯异:后汉光武帝名将,为人谦让,当众将并坐论功时,他总是自避到大树下，人称"大树将军"。甘棠忆召公：周代召公出巡，遇见百姓因争论而诉讼，他就在甘棠树下给他们公正地裁决。召公死后，人们怀念他，对那甘棠树也特别爱护。湘燕雨：相传湖南湘州零陵山多石燕，遇雨则飞舞如燕，雨停则复为石。拆（chè）：同"坼"，裂开。海鹏风：很大的风。玉垒：玉垒山，在成都西北。经纶：筹划治理国家大事。金刀：指刘备的汉室政权。出师表：诸葛亮北伐前，曾向蜀汉后主刘禅上前后出师表。昭融：上天。

[古诗今意] 武侯庙的古柏

蜀国丞相祠堂前面的柏树状如龙蛇，
树根盘曲枝叶繁茂庇护着诸葛武侯庙。
柏树的树荫延伸到外面的江畔去了，
柏树长长的枝干蔓延至东面的惠陵。
大柏树让人想起了冯异，甘棠树让人回忆起召公。
湘燕之雨凋零了柏树叶，海鹏之风吹散了柏树枝。
诸葛武侯在玉垒山筹划国家大事的历史已经久远，
刘备打下的江山也历经劫数而走向终结。
谁还会像诸葛亮那样写出《出师表》，
鞠躬尽瘁死而后已的一生，苍天可鉴。

文殊院古柏

宋·苏辙

曾看大柏孔明祠，行尽天涯未见之。
此树便当称子行，他山只可作孙枝。
栋梁知是谁家用，舟楫唯应海水宜。
日莫飞鸦集无数，青田老鹤未曾知。

注释

大柏：即武侯祠古柏。孙枝：从树干上长出的新枝。舟楫：船和桨。

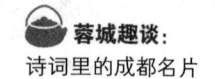

莫：暮。青田老鹤：鹤名，《艺文类聚》："青田之鹤，昼夜俱飞。"

[古诗今意] 文殊院的古柏

曾看到过武侯祠的大柏树，走遍天涯海角也没见过的。

这棵树如果可以称作子行，他山上的柏树只可作孙枝。

栋梁之材不知被谁家使用，做成船和桨可在水里航行。

日暮时分集结无数的飞鸟，是否远方飞来的青田之鹤。

第七章 民物风俗

宋代诗人田况在《成都遨乐诗》中写道："予赏观四方，无不乐嬉游。惟兹全蜀区，民物繁它州。"意思是说，四川这个地方，嬉戏游乐的花样很多，民物风俗也比其他地区更加繁多。

自古以来，成都就是繁荣富庶之地。蜀锦、蜀笺、筇竹杖、漆器、川扇、川墨等物华天宝，闻名国内外。成都的蚕市、花市、灯市、药市、七宝市等集市贸易场所，展现着天府之国的物阜民丰。

在古代诗人的笔下，成都的民物风俗有何特色？不同朝代的人们有着怎样出色的手工艺，又有着怎样的节庆风俗呢？

请戴上穿越道具，跟随我们的"蓉城趣谈"智能穿越剧组一起穿越回古代，去看看古诗词里的民物风俗吧！

【诗与民俗】古代成都的集市知多少

古代成都人喜欢逛集市，就像20世纪八九十年代的人们喜欢逛商场、现在的人们喜欢逛网店一样，兴致盎然。

古代成都的民俗很多，咱们今天就只聊聊古代的集市吧。

唐中期至宋代，成都逐渐形成季节性的集市，北宋初期已经形成十二月市。月市常常在几个地方同时举行，但大多在江岸附近。因为沿江街区贩运物资比较方便，容易聚集起人气。

自唐代开始，正月里看灯会成为重要的岁时民俗。诗人卢照邻、田况、李

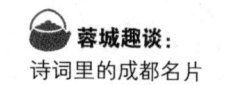

调元等都曾在诗中写到灯市的盛况。宋代成都从正月十五日起例行放灯三日，知府亲自率领众官员观灯，城市中到处张灯结彩，火树银花，整个成都的空气中都飘浮着燃油灯的香气。清代成都在元宵节前后放灯三天，城中灯火通明，树上张灯结彩，大街小巷人群拥挤，摩肩接踵，宝马嘶鸣，非常热闹。

二月里逛花市。成都的花市已经有一千多年的历史。花市也叫花会，租用青羊宫、二月庵一带农田，临时搭棚，并延展至百花潭。成都的二月春意盎然、百花盛开，相传农历二月十五日是百花的生日，人们便举行一次市集来替百花做寿，称为"花朝"。以"花朝"这天作为花市开张的日子，花市可以连续三四十天。后来，青羊宫花会逐渐演变成成都最有名的庙会。

三月里逛蚕市。蚕市主要买卖各种蚕器，后来逐渐扩大到春耕农具、奇花异卉、珍奇宝玩，时间也从三月扩展到正月和二月。前后蜀和北宋时期，成都蚕市的规模进一步扩大，举办的地点也更多，是遨游宴乐的好去处。当时歌咏成都风流繁华的诗词，许多都以蚕市为题材。词人仲殊在《望江南·成都好》中有生动的描述："成都好，蚕市趁遨游。夜放笙歌喧紫陌，春邀灯火上红楼。"

四月里逛锦市。成都养蚕织丝的历史非常悠久，每年四月被定为锦市，买卖织锦业所需的原料和生产的成品。

五月，天气渐暖，老百姓喜欢在大慈寺庙门前卖扇子，形成"扇市"。

五代两宋时，佛教、道教盛行，成都的寺庙宫观众多，许多人到寺庙宫观里进香或游玩，形成了六月的"香市"。

七月的七宝市。商品种类最为繁多，琳琅满目，不胜枚举，堪称宋代成都的"购物节"。

八月桂花香，于是有了"桂市"。卖桂花、买桂花、赏桂花、吟桂花成为一时盛观。

九月药材大丰收，于是有了药市。药市很早就有，宋代时达到鼎盛，一年举办三次，以九月重阳节玉局观药市最盛，要持续五天之久。

十月要专门举办酒市，相当于蜀酒的博览会。

宋代人爱极了梅花，十一月梅花盛开，梅香飘逸，于是有了梅市。

十二月，随着新年的到来，古人习惯于将桃符挂于大门上，意在祈福灭祸。桃符于是成为老百姓在集市上购买的抢手货，这就形成了十二月的桃符市。

这些季节性的集市，除了货物交易之外，还具有非常重要的娱乐功能，为百姓提供游乐玩耍的好去处。《岁华纪丽谱》中写道："成都游赏之盛甲于西蜀，盖地大物繁而俗好娱乐。"成都繁盛的贸易市场和独特的游乐文化，都可以从古诗词中找到踪迹。

【超级访谈】和薛涛聊聊诗笺那些事儿

记者：《芙蓉周刊》记者萧然。

特约嘉宾：唐代才女薛涛。

时间：808年。

地点：浣花溪畔薛涛居所。

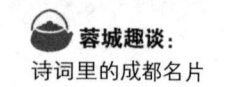

记：哇，这满园的枇杷花，沁人心脾！薛校书，您知道吗，最近您可成了新闻人物了呢！

薛：这个新闻不用你说，姐也知道。是因为我制作的小彩笺吧？

记：是啊，姐。听说您的妙手加上浣花溪的水，可以制作出一种深红色的精美小彩笺，最多只能写八句诗。您这个创意是怎么来的呢？

薛：我居住在浣花溪畔，溪水清澈润滑，我就想着：可否用浣花溪的水来造纸呢？经过多次实验，我用浣花溪的水、木芙蓉的皮和芙蓉花的汁，制作成了这种彩色的笺纸。

记：因为是您亲手制作的，人们都把这种笺纸叫作"薛涛笺"。姐，这种彩色的笺纸有多少种颜色呢？

薛：有深红、粉红、杏红、明黄、深青、浅青、深绿、浅绿、铜绿、残云十种颜色。

记：姐姐好像特别喜欢红色？红色的长裙，红色的芙蓉花，您对红色有什么特别的情感吗？

薛：是的，每一种色彩都可以承载人的情感。你看，太阳是红色的，晚霞是红色的，芙蓉花是红色的，这些都是我喜欢的意象。所以，当我穿着红色的衣裙在浣花溪畔漫步的时候，会觉得自己也变成了一朵芙蓉花，在慢慢地绽放，散发着幽幽的芬芳，内心好快乐！

记：怪不得姐姐的诗写得那么美，因为有着丰富而细腻的情感啊。这薛涛笺不是普通的信笺，是专门的诗笺呢。

薛：以前的纸张尺寸太大，不适合写诗。我让匠人将笺纸裁剪成小幅，并通过一套工艺让纸张显示出漂亮的图案，如山水虫鱼或亭台楼阁等，这样的笺纸又好看，又实用。

记：对现在的诗人来说，使用这样的笺纸写诗，是很时尚的呢。弱弱地问一句，姐姐，您都用这诗笺给谁写过诗啊？

薛：你这个小调皮，想打探我的隐私是吗？不过，姐姐就满足一下你的好奇心吧。我和诗人元稹、白居易、杜牧、刘禹锡等人都曾写诗唱和。

薛涛诗思侬春色
十样鸾笺五彩夸

记：我最喜欢的一句是"欲问相思处，花开花落时"。谢谢您，薛涛姐。等到下次枇杷花开的时候，我们再见吧！

【坊间趣闻】鼓眼睛的蚕丛和吐丝结茧的马头娘

宋代时，成都的蚕市最为兴盛，如大慈寺、南门、圣寿寺等地的蚕市，不仅买卖蚕，也买卖一些时令花木、农具、奇珍异宝，商业贸易非常发达。市场中人群熙熙攘攘，还有音乐歌舞演出，场面十分热闹！

说起养蚕，四川有着悠久的历史。大概在距今若干万年前，四川西部的岷江上游，气候温和，各种林木和野桑生长茂盛，野蚕繁殖很多。那里的人们逐渐认识到，野桑中有一种虫类结的茧，用它抽出的丝，可以做成美丽的衣服。人们把这种虫类叫作"蝎"或"蜀"，称这一带山林为"蜀山"，甚至把"蜀"作为本氏族的"图腾"。

传说距今约四千多年前，有个眼睛外突的奇人，教给百姓养蚕的技术，他就是蚕丛。蜀人开始把野蚕弄回家里饲养，驯化成为家蚕，并且把养蚕技术传到了邻近的部落。

在三星堆博物馆，给我们印象最深的，就是那个鼓着眼睛、怪诞无比的

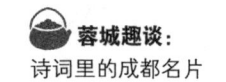

青铜面具，他的原型就是古代蜀族的老祖宗蚕丛。

此外，巴蜀地区还广泛流传着"蚕女吐丝成茧，衣被天下"的传说，讲的是马头娘为蚕桑业献身的故事。

传说在距今约四千年前的高辛氏时代，蜀地有一个勤劳善良的姑娘，人们都称她为"蚕女"。蚕女的父亲在一次战斗中被别的部族掳去了，家里只留下一匹他经常乘坐的马。

蚕女非常思念父亲，茶饭不思，最终卧床不起。母亲十分忧虑，当众发誓说："谁能救回我的丈夫，我就把姑娘嫁给他。"家中那匹马听说后，便挣断缰绳跑走了。

几天以后，马驮回了它的主人，一家人终于团圆了。从这一天起，这匹马就不断地嘶叫，用蹄刨地，不肯吃草喝水。父亲问母亲是怎么回事，母亲就把向众人立誓的话告诉了他。

蚕女父亲说："这匹马让我脱离了苦难，功劳很大，不过哪有把人嫁给马的呢？你立的誓言是不能执行的。"

马听了父亲的话，用蹄刨地更厉害了。父亲很生气，将马射死，剥下皮来晾在院子里。

一天，马皮突然飞了起来，卷起蚕女飞走了。过了十天，它又飞了回来，停在一棵桑树上。这时候蚕女已经变成了蚕儿，吃着桑叶，吐出一根根柔软的蚕丝，结出漂亮的蚕茧，让人们用来做衣服、被子。这种茧很厚大，可以卖到比一般的茧多几倍的价钱。

从此，人们广种桑树，养家蚕。人们对蚕女寄予深深的怀念，尊称她为"马头娘"。多少年来，每当到了养蚕的季节，人们都喜欢向这位传说中的女神表达自己对生活的愿望，默默祈祷蚕茧丰收，称为"祈蚕"。

【最美名片】蜀锦的前世今生

【三四千年前】古蜀地区不仅养蚕，抽丝技术也已经成熟，织出的锦帛品质很不一般。

【秦汉】蜀锦迎来了辉煌时期，检江两岸的织锦作坊很多，机杼声不绝于耳。官府在成都夷里桥南岸设置锦官城，四周有高墙，有专门的官吏管理蜀锦的生产和销售。

蜀锦开始突破以前的单调格式，把简单的几何图案变为动态的在云气间飞驰的祥瑞动物，统称为"云气动物纹"。这与道教崇尚自然、向往长生不老有关。

【三国】蜀汉时，官府非常注重蜀锦的生产，诸葛亮家里都有八百株桑树。诸葛亮南征以及六出祁山，军费的主要来源都靠蜀锦，赏赐将士也用蜀锦。

【两晋】中国长期处于战乱，蜀锦生产一度严重停滞，直到南北朝时方有所恢复。

【隋唐】国家经济繁荣，蜀锦回归繁华。盛唐时期，蜀锦愈发璀璨。蜀锦沿着丝绸之路远销世界，织锦的技艺也传播到远方。首次出现了以文字为图案的文字织锦，其中最杰出的是王羲之的《兰亭序》，曾被唐太宗当做"异物"收入宫中。

【宋元】出现了以纬起花的纬锦，其纹样图案有庆丰年锦、灯花锦、天花锦等。天花锦以圆、方、菱形等几何图形作有规律的交错重叠，并在中心处突出较大的花形，因此又有"锦上添花"之美誉。北宋1083年在成都设立织锦院，有一百二十七间机房、一百五十四台织机。

【明代】洪武初期，朱元璋下令在全国推广棉花种植，价廉物美的棉布也被百姓广泛接受。织锦的规模、品种不如以往，但因为专供皇家和达官贵人享受，所以蜀锦的品质仍属上乘。

明朝末年，因张献忠入蜀，蜀锦遭遇重创。原本被蜀王府垄断的织锦业，锦坊尽毁，花样无存。张献忠战死后，其义子孙可望率领余部转战云贵，将成都主要的织锦技工都带走了。

【19世纪中叶】太平军攻占南京后，江宁织造府迁至成都，蜀锦得到了进一步发展。

【清代】乾、嘉时期，成都的蜀锦业逐渐恢复。清末，走向民间的蜀锦再次获得繁荣。锦江两岸的织锦作坊增至两千多家，织机上万台，织工则多达四万多人，其产品占到了全省的七成以上。此时的蜀锦纹样简约，多为梅、竹、牡丹、葡萄、石榴等。

【民国】1937年，蜀锦在美国纽约万国博览会上荣获东方美人奖。

【当代】2006年，蜀锦织造技艺经国务院批准列入第一批国家级非物质文化遗产名录。

2009年，蜀锦经联合国教科文组织审议批准列入《人类非物质文化遗产代表作名录》。

【网友茶吧】重阳节，到玉局观的药市去逛逛

时间：1085年9月9日。

地点：玉局观茶馆。

人物：网友云朵上的棉花糖、马可波萝包、夏日葵花子。

云：今天的药市好热闹啊，奏乐的，耍杂技的，药材也比往年的品种更多。坐在楼上，我都能闻到草药的香味！你们闻到没有？

马：嗯，让我闻闻，好像比香茶的味道还浓啊！今天是什么大喜的日子，怎么这么多人来卖药材呢？

夏：九月是药材丰收的季节，今天刚好是重阳节，整个四川卖药材的人都带着药草和珍稀之物，在市场上云集。来交易的人当然多啦！大家在药市走来走去，就是为了闻闻空气中的药味，驱邪保健，这已成为成都百姓过重阳节的一种习俗。

马：重阳节不是应该赏菊、登高、插茱萸吗？咱们成都可真特别，所有人都来逛药市。这是什么时候形成的习俗呀？

夏：唐代的时候，北方的药材经过汉中进入四川，四川的药材运到北方，大都要经过绵阳的梓州。梓州及其周边的临县，也生产药材。所以梓州就形成了一个全国性的药市中心。后来四川各地的药市逐渐兴起，药市中心也开始转向成都。成都九月九日在玉局观举办的药市，规模很大，很热闹，比梓州的市场大多了。

云：唐代时，成都的药市一年只举行一次，你看咱们大宋，每年举行四次。二月八日和三月九日可以到观街赶药市，五月五日到大慈寺赶药市，九月九日到玉局观赶药市。重阳节这天，帅守举杯祝贺开市，还专门摆酒宴，欢迎

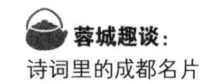

来成都参加交易的各地商人。全城的官员、商人、百姓同庆共饮，多热闹啊！

夏：咱们成都药市的药材，不光来自四川盆地内部，有的来自川西高原，还有的来自海外。药市里还流传着不少神仙和灵药的传说呢！

马：听我讲、听我讲！传说有一个驼背，在药市遇见了一个道人，道人悄悄塞给他一个纸包，纸包里包着30粒药。驼背服药后，身体竟然变直了！神奇吧？

云：我再来讲一个。某一天，成都药市来了一个蓬头垢面、衣衫破烂的道人，手里拿着一颗仙丹，大声喊道："我是吕洞宾，谁愿意拜我，我就把仙丹给他。"众人都觉得这个人疯疯癫癫的，纷纷嘲笑他，用石块打他。道人微微一笑，自己吃了仙丹，忽然身边升起了五彩云，一会儿就飞远了。人们都悔恨不已，悔恨自己失去了成仙的大好机会。

夏：古书上讲的这些奇事，听着有趣罢了，也不必当真。咱们蜀中土壤肥沃，气候温暖，雨量充足，药材种类繁多，想必有珍稀药材可治疗疑难杂症吧。走吧，我们也去药市逛逛，给家人买点日常必备的药材吧！

1.蜀锦

试新服裁制初成三首

唐·薛涛

紫阳宫里赐红绡，仙雾朦胧隔海遥。
霜兔毳寒冰茧净，嫦娥笑指织星桥。

九气分为九色霞，五灵仙驭五云车。
春风因过东君舍，偷样人间染百花。

长裾本是上清仪，曾逐群仙把玉芝。
每到宫中歌舞会，折腰齐唱步虚词。

注释

紫阳宫：道教宫观，此指神仙所居。红绡：指红色薄绸。霜兔：白兔。毳（cuì）：鸟兽的细毛。冰茧：优质蚕丝。织星桥：即鹊桥。五灵：古代传说中的五种灵异鸟兽。五云车：仙人所乘的云车。东君：传说中的太阳神。长裾：道服。上清：道教所谓三清境之一。玉芝：芝草的一种，又称白芝。折腰：弯腰行礼。步虚词：道教唱经礼赞之词。

[古诗今意] 试穿新裁制的衣裳，为之赋诗三首

穿上蜀锦做成的美丽衣裳，容我大胆来遐想。
这是紫阳宫的仙人送来的红色丝绸吗？
望来处，仙雾朦胧像隔着遥远的海洋。
洁净的蚕丝如同月宫里白兔的绒毛，
嫦娥舞着飘逸的云袖，笑着指向鹊桥。

或许是天上九气幻做九彩云霞，布满天际，
麟凤龟龙虎五神兽驾驭着五云神车，疾驰而来。

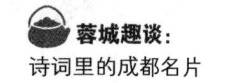

或许是春风路过太阳神的家门，偷来繁华的春色，
汇聚百花的灵秀，绘制成身上的美丽花色。

身着道服、长袖翩翩本是道家的礼仪，
幻想众仙人手里捧着仙草灵丹翩翩起舞。
每逢官廷中歌舞演出的日子，穿一袭长裙出入酬唱的场合，
和众多仙人一道，弯腰行礼唱起空灵缥缈的《步虚词》。

织锦曲
唐·王建

大女身为织锦户，名在县家供进簿。
长头起样呈作官，闻道官家中苦难。
回花侧叶与人别，唯恐秋天丝线干。
红缕葳蕤紫茸软，蝶飞参差花宛转。
一梭声尽重一梭，玉腕不停罗袖卷。
窗中夜久睡髻偏，横钗欲堕垂著肩。
合衣卧时参没后，停灯起在鸡鸣前。
一匹千金亦不卖，限日未成宫里怪。
锦江水涸贡转多，宫中尽著单丝罗。
莫言山积无尽日，百丈高楼一曲歌。

注释

题解：此诗描写了女织锦工的辛苦劳动和统治者的荒淫奢侈。大女：成年女子。织锦户：古称以织锦为业的人家。簿：指织锦工的名册，附注工技特长。长头：指工头。作官：作坊中的官吏。官家：官府。中苦难：织工所呈送的花样，很难被采用。回花侧叶：指锦上广织的花与叶的连续图案。葳（wēi）蕤（ruí）：形容枝叶繁密，草木茂盛的样子。紫茸：指细软的绒毛。参差：高低长短不一致。宛转：指花瓣曲折之形态美。梭：织具。玉腕：指织锦女的手。合衣：不脱衣裳。参：星宿名称。单丝罗：一种质地轻软的丝织物。

[古诗今意] 织锦女之歌

大女是个织锦专业户，姓名被登记在县里的织锦工花名册上。
工头把织出来的花样送给作坊官检验，听说要被官家选中还很难。
大女在锦上广织的花叶连续图案与众不同，
就怕秋天气候干燥，丝线容易脆断。
红丝线织得枝叶茂密，紫绒线轻柔细软，
织成的蝴蝶上下飞舞，织成的花朵形态婉转。
一梭又一梭，织锦的声音总是连续不断，
她双手不停地在织机上移动，卷起的衣袖露出了洁白的手腕。
夜深了，织锦女又困又乏，忍不住在窗前靠着织机打了个盹，
她歪斜着头，发髻也随之偏斜，头上的钗几乎要坠落在肩上。
织锦女在参星隐没后才能合衣睡一会儿，
睡时不熄灭灯火，因为鸡鸣前又得起来织锦。
即使有人出价千金买她一匹锦，她也不敢卖，
因为要是在限期内完不成任务，官府怪罪下来，那可担当不起。
水涸的锦江贡船很多，官中的人都穿上了很薄的上等丝罗。
不要以为织锦堆积如山，没有用完的日子，
看看那些高楼中的统治者们，听一曲歌，
就可送给歌伎百尺长的锦作为礼物，多么奢侈啊！

蜀锦曲

唐·方式济

蜀锦机长越罗短，绣出鸳鸯春水暖。
姊妹绮年俱遣嫁，空闺寂处兰膏卸。
女贞择对师孟光，依然操作纫兰攘。

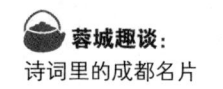

藏有天孙五色线，鲜明巧夺云锦章，愿缝尧衣与舜裳。

注释

越罗：越地所产的丝织品。绮年：华年，少年。兰膏：以兰脂炼成的香膏。女贞：坚守节操的女子。择对：选择婚姻对象。师：效法。孟光：东汉梁鸿的妻子，貌丑而黑，举案齐眉以事夫，夫妇相敬如宾。比喻贤妻。纫兰：出自《楚辞·离骚》，比喻人品高洁。天孙：即织女星。

[古诗今意] 蜀锦之歌

织蜀锦的机器长，织越罗的机器短，

蜀锦绣出的鸳鸯如同在温暖的春水里嬉戏。

织锦的姐妹们在年轻时就出嫁了，丈夫常年在外，

每晚睡前洗去香膏，寂寞的空闺无人问津。

坚守节操的女子选择丈夫时效仿孟光，

安分贤惠，居家精心劳作，人品高洁。

蜀锦里藏着巧手仙女织出的五彩丝线，

鲜丽明亮的花色胜过云朵织成的锦绣，

愿意为古代的君王尧和舜缝补衣裳。

鹧鸪天·蜀锦吴绫剪染成

宋·侯置

蜀锦吴绫剪染成，东皇花令一番新。

风帘不碍寻巢燕，雨叶偏禁斗草人。

非病酒，不关春。恨如芳草思连云。

西楼角畔双桃树，几许浓苞等露匀。

注释

鹧鸪天：词牌名。吴绫：古代吴地所产的一种有纹彩的丝织品，以轻薄著名。东皇：指司春之神。花令：植物开花的季节。风帘：指遮蔽门窗的帘

子。禁：承受得住。斗草：又称斗百草，中国民间流行的一种用草来做比赛的游戏，属于端午民俗。病酒：饮酒过量而生病。几许：多少、几多。

[古诗今意] 蜀锦和吴绫刚刚剪裁染色

蜀锦和吴绫刚刚剪裁好，染上彩色的花纹，美若云霞。

花神伴着春天的脚步来了，所有的植物都开花了。

风帘挡不住归巢的燕子，

雨叶任凭斗草人采摘。

沉迷于春色之中，喜欢饮酒沉醉，

无奈愁绪如同芳草连天，思念亦和云朵相连。

西楼的角落里，种着两株桃树，

几多花苞初长成，静静等候着雨露的滋润。

锦城竹枝词

清·杨燮

水东门里铁桥横，红布街前机子鸣。

日午天青风雨响，缫丝听似下滩声。

注释

缫（sāo）丝：将蚕茧抽出蚕丝的工艺概称缫丝。原始的缫丝方法，是将蚕茧浸在热盆汤中，用手抽丝，卷绕于丝筐上。

[古诗今意] 锦城大街的缫丝声

成都的水东门里横跨着一座铁桥，

红布街上响着织布机的轰鸣声。

正午时分天空突然变色，风雨大作，

满街的缫丝声听起来就像洪水冲刷河滩的声音。

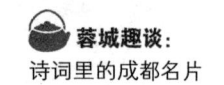

蜀 锦

现代·殷明辉

贝锦斐成丽蜀都,月华三彩别州无。

清江洗濯增芳艳,巧匠织来色更殊。

注释

贝锦:指像贝壳的花纹一样美丽的织锦。斐成:带有贝壳花纹的锦缎。蜀都:古代蜀国的都城,即今成都市。洗濯:洗涤。

[古诗今意] 与众不同的蜀锦

蜀锦的纹理如同贝壳的花纹一样美,装点着成都的美丽,
月光下呈现的纹路和色彩是别处的锦所不能媲美的。
将蜀锦放在清澈的江水中洗涤,锦色更加艳丽,
那些巧手工匠织出来的锦,色泽更加与众不同。

2.蜀笺

寄王播侍御求蜀笺

唐·鲍溶

蜀川笺纸彩云初,闻说王家最有余。

野客思将池学上,石楠红叶不堪书。

注释

王播:字明扬,今山西省太原市人,做过唐朝宰相。侍御:侍奉君王的人。野客:村野之人,借指隐逸者。池学:临池学书,出自《后汉书·张芝传》,东汉大书法家张芝擅长草书,每天都坚持在池塘边蘸着池水磨墨写字,天长日久,池塘里的水都变成黑色了。

[古诗今意] 给王播身边的人写信求蜀笺

蜀地的笺纸很美,色泽如同天空中流动的彩云,

我听说王家有很多这样的笺纸，故写信来求。

隐逸之人常在池塘边蘸着池水磨墨写字，刻苦练习书法，而不忍心在石楠红叶那么美的笺纸上书写，因为太珍贵了。

送冷金笺与兴宗

宋·司马光

蜀山瘦碧玉，蜀土膏黄金。

寒溪漱其间，演漾清且深。

工人剪稚麻，捣之白石砧。

就溪沤为纸，莹若裁璆琳。

风日常清和，小无尘滓侵。

时逐贾舟来，万里巴江浔。

王城压汴流，英俊萃如林。

雄文溢箱箧，争买倾奇琛。

注释

冷金笺：笺纸上的泥金称为"冷金"，分为有纹、无纹两种，纹有布纹、罗纹的区别。瘦：减少。膏：肥。漱（shù）：冲刷、冲蚀。演漾：流动起伏貌。砧：捣物时垫底之木石器。璆（qiú）琳：皆为美玉。沤：长时间地浸泡。尘滓：细小的尘灰渣滓。贾舟：商船。巴江：水名，源出四川省南江县北，南流入嘉陵江。浔：水边。王城：指当时北宋的都城开封。汴流：汴河。英俊：才能出众的人。萃（cuì）：聚集。雄文：杰出的文章。箱箧（qiè）：盛物的箱子。琛（chēn）：珍宝。

[古诗今意] 赠送冷金笺纸与兴宗

蜀地的山上碧玉稀少，蜀地的土壤里黄金富饶。

寒冷的溪水冲刷着山岩，清澈幽深，流动起伏。

工人将嫩麻剪断，在白色的石砧上剁碎，在溪水里浸泡。

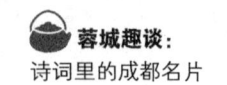

风和日丽、清明和暖的日子里经过晾晒制作而成的笺纸，
质地纯正光滑，莹润如玉，没有细小的尘灰渣滓侵入。
忙碌的商船通过水运，将蜀地的笺纸运往全国各地。
都城开封控制着汴河的水道，才能出众的人都汇聚到这里。
他们大大小小的箱子里装满了杰出的文章，
文章写在倾其珍宝争相购买来的蜀笺上。

蜀 笺

宋·文彦博

素笺明润如温玉，新样翻传号冷金。

远寄南都岂无意，缘公挥翰似山阴。

注释

冷金：《成都记》所载蜀十色笺，第九种名"冷金"。公：指受赠者，姓名不详。挥翰：挥毫。山阴：指晋代书法家王羲之，山阴为其晚年留居之地。

[古诗今意] 蜀笺的新样式

素色的信笺色泽明亮，温润如玉，

最新制作的信笺样式新颖，叫作"冷金"。

好想将蜀产的冷金笺纸寄往江南，供先生使用，

想象先生挥毫泼墨的气势，可以与王羲之媲美。

锦花笺

元·张玉娘

薛涛诗思饶春色，十样鸾笺五彩夸。

香染桃英清入观，影翩藤角眩生花。

涓涓锦水涵秋叶，冉冉剡波漾晚霞。

却笑回文苏氏子，工夫空自度韶华。

注释

锦花笺：即薛涛笺，唐代女诗人薛涛居于浣花溪畔，用溪水制作的桃红色诗笺。十样鸾笺：即十样蛮笺，为十种色彩的书信专用纸，传为薛涛所创制。桃英：桃花。入观：佛学词汇。藤角：即藤角纸，一种用藤皮造的纸，产于浙江剡溪、余杭等地。眩：眼睛花。涓涓：细水慢流的样子。涵：滋润。剡（shàn）波：指浙江嵊县剡溪之水。作者是浙江人，而薛涛居于锦江边，故以"剡波"对"锦水"，两相比较，可见蜀纸与江浙纸之别。回文：即回文诗，能够回还往复、正读倒读皆成章句的诗。苏氏子：指前秦秦州刺史窦滔的妻子苏蕙，她曾将一首长篇回文诗绣在锦缎上，寄予丈夫窦滔，作为他们爱情的信物。韶华：美好的年华。

[古诗今意] 锦花笺人人夸

薛涛的诗情才华如同丰饶的春色，
薛涛制作的十色彩笺被世人夸赞。
蜀地笺纸上的桃花清新芬芳，入心难忘，
浙江藤纸上的纹饰鸿影翩跹，令人陶醉。
涓涓的锦江水滋润着静美的秋叶，
悠悠的剡溪水映照着飘逸的晚霞。
想起秦朝女子苏蕙将写给丈夫的回文诗织在锦缎上，
竟有些想笑，如果当时有锦花笺写诗，寄托相思之情，
就不用那么辛苦地织锦了，白白消磨那么美好的年华。

周五津寄锦笺并柬杨双泉

明·杨慎

谁制鸾笺迥出群，云英腻白粲霜氛。
薛涛井上凝清露，江令筵前擘彩云。
窈窕翠藤盘侧埋，连环香玉剪回文。
老来无复生花梦，锦字泥缄付墨君。

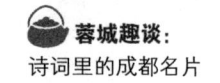

注释

柬：信件。鸾笺：四川所产的彩色笺纸。迥：远。云英：云母。粲：鲜明，美好。江令：指江淹。筵（yán）：古人席地而坐时铺的席，泛指筵席。擘（bò）：分裂。盘：回旋，屈曲。侧理：纸名，即苔纸。连环香玉：聊斋《香玉》的连环画，讲的是牡丹花精香玉和黄生的感人爱情故事。生花梦：江淹有梦笔生花的故事，比喻文思敏捷。锦字：织在锦上的字句，后泛指妻子寄给丈夫的书信。泥缄：古人书函多以泥封，借指书信。

[古诗今意]周五津寄锦笺和书信给杨双泉

是谁制作的彩色笺纸如此与众不同，纹理多么细腻色泽多么美好。

薛涛井台边凝结着晶莹的露珠，不禁想到她当年制作笺纸的情景。

如果江淹得到这精美的信笺，一定会在筵前写下妙笔生花的诗文。

苔纸上印着弯曲细长的翠藤，诗笺承载了多少感人的爱情故事！

人老了文思不再敏捷，不再做妙笔生花的美梦，

妻子写给丈夫的信不再用锦缎织成，也不再用泥封，而是在印着墨竹纹饰的笺纸上写信，以寄托相思之情。

留滞成都杂题

现代·沈尹默

谁信千年百乱离，锦城丝管古今宜。

薛涛笺纸桃花色，乞取明灯照写诗。

注释

留滞成都：作者抗日战争时期居留成都。乱离：因遭战乱而流离失所。宜：适合。乞取：求得。

[古诗今意]居留成都随笔

谁会相信上千年来，中国经历多次战乱，人民流离失所，

锦城的音乐声却每天络绎不绝，从古到今一直没有停止。

用薛涛发明的桃花色笺纸，

求得一盏明灯照着写下此诗。

3.器物

蜀都赋（节选）

汉·扬雄

雕镂釦器，百技千工。

东西鳞集，南北并凑。

注释

蜀都：古代蜀国的都城，即今四川省成都市。雕镂：雕刻，刻镂。釦（kòu）器：釦同"扣"，指彩绘的漆器上，再包镂金银图案，釦器需由素工、髹工、上工、铜扣黄涂工、画工、雕工、清工、造工等多道工序分工协作制成，人力耗费极大。鳞（lín）集：群集。并凑：聚合。

[古诗今意] 成都的漆器

雕镂釦器的生产工序繁多，生产规模庞大，

常常需要成百上千的技工。

技工们来自东南西北，聚集在这里辛勤劳作，

生产出各种各样的漆器。

又於韦处乞大邑瓷碗

唐·杜甫

大邑烧瓷轻且坚，叩如哀玉锦城传。

君家白碗胜霜雪，急送茅斋也可怜。

注释

乞大邑瓷碗：作者于成都营建草堂时，曾向韦班索取大邑瓷碗，韦班曾

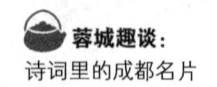

任梓州（今三台）涪江尉。叩：敲。哀玉：凄清之玉声。茅斋：指草堂。可怜：可爱。

❀ [古诗今意] 又来韦班处索取大邑瓷碗

大邑瓷碗的胎体轻薄而坚致，釉质细腻，
叩之发出玉一样的清音，在锦城传为佳话。
先生家的瓷碗白如霜雪，做餐具赏心悦目，
急急地送到草堂来，让人心生怜爱之情。

赠宗鲁筇竹杖

唐·李商隐

大夏资轻策，全溪赠所思。
静怜穿树远，滑想过苔迟。
鹤怨朝还望，僧闲暮有期。
风流真底事，常欲傍青羸。

❀ 注释

题解：此诗是作者随柳仲郢回京带给宗鲁筇竹杖时所作。筇竹：邛都邛山出此竹，可做手杖，为杖中珍品。大夏：古国名，约今阿富汗北部一带，后为大月氏所灭。《史记·大宛列传》记载：汉代张骞出使西域，在大夏时见有筇竹杖，为四川所售。轻策：轻便的竹杖。全溪：地名，当在京郊。底事：何事。清羸（leí）：清瘦之人，指宗鲁。

❀ [古诗今意] 从四川带回筇竹杖赠予宗鲁

在四川买到轻便的筇竹杖，把它当做礼物，
赠送给在全溪的好友宗鲁，以表达思念之情。
拄着这轻便的竹杖可以穿越茂密的树林远行，
经过湿滑的苔藓之地可以拄着竹杖慢慢行走。
拄着这轻便的竹杖可以晨游故山，与鹤为友，也可以在傍晚闲散的时候，与老僧相约聊天。

竹杖因得其主而风流得意，

竹杖喜欢常与清雅之人为伴。

川　扇

明·陈三岛

险绝蚕丛地，由来宫扇传。

大都白帝竹，尽用锦官笺。

出匣风初转，垂纶月半圆。

人间遗玉柄，犹是汉宫年。

注释

蚕丛：古蜀王。宫扇：即团扇，宫中多用之。白帝：指白帝城，在今奉节县。锦官笺：指蜀笺。汉宫年：汉代宫扇的样子。

[古诗今意] 精美的川扇

地势险峻的四川盛产佳竹，是制作扇骨的绝佳原料，

四川自古以来就是精美的宫廷用扇的主要供应地。

川扇是用白帝城的竹子和精美的蜀笺制作而成的。

川扇折合可装入匣中，张开时呈半月形，扇起阵阵凉风。

这扇柄像是古代仙人遗留在人间的，仍然保持着汉代宫扇的样子。

谢胡子远惠蒲大韶墨

宋·杨万里

墨家者流老蒲仙，碧桐采花和麝烟。

华阳黑水煎胶漆，太阴玄霜作肌骨。

龙尾磨饥饮鼠须，落点鬓几几不如。

夷甫清瞳光敌日，一见墨卿惊自失。

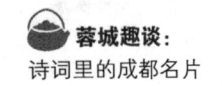

注释

蒲大韶墨：即蒲墨，或称川墨。蒲大韶为四川阆中人，曾得黄庭坚制墨法，世代以制墨为业，擅长制作油烟墨，为当时士大夫所喜用。华阳黑水：华阳为梁州之地，即古巴蜀，黑水为蜀中江流。胶漆：两种最具黏性的东西。太阴：指月亮。龙尾：即龙尾砚，砚之上品，产于今江西婺源县龙尾山。鼠须：即鼠须笔，笔力遒健。髹（xiū）几：涂上漆的木几。夷甫：西晋名士王衍之字，其睛黑而有光。

[古诗今意] 谢胡子从远方寄来蒲大韶墨

蒲大韶家世世代代以制墨为业，其制作的油烟墨为士大夫所喜爱。

蜀地的黑水熬煎出来的胶漆，如同揉和了月光和霜雪的莹洁。

用龙尾砚磨出的蒲墨，写出字来笔力遒劲，落在上漆的木几上依然出色。

西晋名士王衍的眼睛黑而有光，不惧烈日，看到蒲墨也自愧不如。

4. 灯市

十五夜观灯

唐·卢照邻

锦里开芳宴，兰缸艳早年。
缛彩遥分地，繁光远缀天。
接汉疑星落，依楼似月悬。
别有千金笑，来映九枝前。

注释

锦里：成都的代称。开芳宴：是夫妻之间一种特定的宴席，表示夫妻的和睦与恩爱，也反映了当时人们理想的家庭模式和正统的道德。兰缸：燃兰膏的灯。缛（rù）彩：绚丽的色彩。千金：用于称他人的女儿，有尊贵之意。九枝：一干九枝的烛灯，泛指一干多枝的灯。

[古诗今意] 正月十五夜观花灯

元宵节这天,成都在举办夫妻间浪漫的芳宴,兰灯比往年更艳。
绚丽的灯火将大地点缀得五彩缤纷,几乎与苍茫天穹连成一片。
远处的灯光恍若点点繁星坠落,靠近楼阁的灯光恰似明月高悬。
姑娘们欢声笑语庆祝节日,华丽的灯光映照着她们明媚的笑脸。

成都邀乐诗二十一首·上元灯夕

宋·田况

予赏观四方,无不乐嬉游。
惟兹全蜀区,民物繁它州。
春宵宝灯然,锦里香烟浮。
连城悉奔骛,千里穷边陬。
裕裴合绣袂,辘轳驰香辀。
人声震雷远,火树华星稠。
鼓吹匝地喧,月光斜汉流。
欢多无永漏,坐久凭高楼。
民心感上恩,释呗歌神猷。
齐音祝东北,帝寿长嵩丘。

注释

予:我。嬉游:嬉戏游乐。惟兹:只有这个。民物:民情、风俗。宝灯:漂亮的彩灯。香烟:古时元宵节燃灯用蜡烛、油灯,有的还在里面掺入香料。连城:指毗邻的诸城。奔骛(wù):乱跑,奔驰。边陬(zōu):边际。裕(fēn)裴(fēi):衣服长大的样子。辘:象声词,形容车轮或辘轳的转动声。辀(zhōu):车辕,泛指车。火树:火红的树,指树上挂满灯彩。匝:环绕。汉:指天上的银河。无永漏:长夜也不觉得漫长了。凭:靠。释呗:即和尚念经。神猷:指佛教的法则和功绩。东北:帝都的方向。嵩丘:即嵩山,也泛指高山。

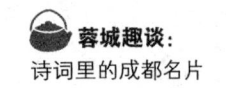

[古诗今意] 元宵节之夜的成都灯会

我察观全国各地,都喜好嬉戏游乐。

但是四川这个地方,民情风俗更加繁多。

元宵节之夜,漂亮的彩灯在大街小巷燃起,

整个成都的空气中都飘浮着燃油灯的香气。

相邻的人们奔走相告,欢乐的气氛绵延千里。

一群群的游人在大街上自由闲逛观赏,

一队队的马车飘着贵妇小姐的脂粉香。

人声鼎沸如雷动,欢声笑语传出城外,

树枝上挂满灯彩,稠密繁多如天上星。

锣鼓的喧闹响彻大地,倾泻的月光洒向田野。

沉浸在欢乐中的人们,长夜也不觉得漫长了,

靠在高楼的栏杆上,观赏着目不暇接的灯火。

老百姓感应皇上的恩典,圣徒们歌颂佛教的功绩。

向着帝都所在的方向齐声祷告,祝福皇上万寿无疆。

绛都春·元宵

宋·京镗

升平似旧。正锦里元夕,轻寒时候。十里轮蹄,万户帘帷香风透。火城灯市争辉照。谁撒下满空星斗?玉箫声里,金莲影下,月明如昼。

知否?良辰美景,丰岁乐国,从来希有。坐上两贤,白玉为山联翩秀;笙歌一片围红袖。切莫遣、铜壶催漏。杯行且与邦人,共开笑口。

注释

绛都春:词牌名,作者任成都知府时所作。轮蹄:指车马。金莲:比喻女子的步影。希:稀。两贤:指汉代的严君平和赵岐,均是隐逸于市中的贤人。红袖:古代女子襦裙长袖,指代女子。铜壶催漏:指时间渐逝;铜壶:古代计时的刻漏。邦人:国人。

[古诗今意] 国泰民安的元宵节

虽然气温稍微有一些寒冷,但成都的元宵节,

还是像从前一样热闹,一派繁华升平的景象。

大街上车马喧闹,香风吹过千家万户的布帘。

整个城市火树银花,灯火通明。

是谁向人间洒下了满天的星斗?

玉箫声响起来了,女子的身影娉娉婷婷,

明亮的月光高悬夜空,如同白昼。

知道吗?如此国泰民丰、百姓欢乐的美好景象,

是史上少有的。那边坐着两个贤人的花灯,

用白玉做成的山衬托着贤人的飘逸气质,

音乐声中有一群女子在那里观赏。

时间虽然已至深夜,但是请不要催促。

且让百姓们多欢乐一会吧!

正月十四日至成都是夜观灯

清·李调元

试灯节届渐闻声,次第鳌山压锦城。

十字楼头星共灿,万家门口月初明。

管弦奏处莺吭滑,帘箔钩时翠黛横。

老病连年游兴浅,衔杯谁与话衷情?

注释

试灯:旧俗正月十五元宵节张灯祈求丰年,前一日准备及预演元宵节目,称为"试灯"。届:到。次第:次序、依次。鳌(áo)山:元宵节时布置花灯,叠成鳌形,高峻如山。帘箔(bó):帘子,多以竹、苇编成。翠黛:黛色深青,古人用来画眉,喻美女。衔杯:喝酒。衷情:内心的情感。

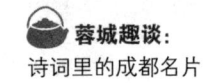

[古诗今意] 正月十四日晚上到成都观赏花灯

试灯节到了，大街上火树银花，预演各种节目祈求丰年，
五彩缤纷的花灯精巧地叠成高峻之状，华丽覆盖着锦城。
街上的灯光和天上的星光共同闪耀，连成片，
千家万户的门楼上升起明媚的月亮，可共赏。
管弦乐声悠扬，大街小巷回荡着欢快的旋律，
女人们钩起帘子向外面看，露出娇美的脸庞。
我这几年老弱多病，游玩的兴致渐渐减弱了，
想小酌几杯，可是和哪位老友说说知心话呢？

元 宵

清·李调元

元宵争看采莲船，宝盖香车拾翠钿。
风雨夜深人散尽，孤灯犹唤卖糖圆。

注释

采莲船：又称采莲灯，扎灯彩成船形，沿用纸制荷花荷叶，一少女居中，前后左右摆动表演。宝盖：用珍宝装饰的华盖。香车：用香木做的车，泛指华美的车或轿。翠钿（diàn）：用金翠珠玉制成的首饰。观灯时拥挤，妇女往往遗失首饰，被人拾得。糖圆：汤圆。

[古诗今意] 元宵节观灯

元宵节之夜，人们争着观赏采莲船，
华美的香车众多，金翠珠玉的首饰偶然被人拾得。
夜深了，风雨袭来，观灯人已散尽，
一盏孤灯下，还有人在喊着"卖汤圆"。

元 宵

清·李调元

灯遇元宵尽力张，暗尘滚滚逐人忙。

烛天火树三千界，照地银花十二行。

宝马长嘶成队醉，油车细碾遍街香。

谁知月到团圆夜，早已微销一线光。

注释

张：铺排，张扬。火树：火红的树，指树上挂满灯彩。三千界：指景象万千。销：消散。

[古诗今意] 元宵节灯会空前盛况

元宵节的灯会热闹非凡，大街小巷人群拥挤，尘土飞扬。

大街上灯火通明，树上张灯结彩，把整个夜晚照得雪亮。

一队队的宝马陶醉在这炫目的灯光里，发出长长的嘶叫，妇女们乘坐着马车出来观赏花灯，大街上飘荡着脂粉香。

这月圆之夜，天地间一片光明，分不清是月光还是灯光。

十六日夜再观灯

清·李调元

明日留君君漫猜，残灯尚可酌金罍。

龙经烧尾犹蟠舞，马为抽心却倒回。

玉漏频催门渐掩，金吾收禁户长开。

倚栏听得游人说，明岁还邀旧伴来。

注释

金罍（léi）：以黄金为饰的盛酒容器。蟠（pán）：盘曲。抽心：情发于中。玉漏：指古代计时的漏壶。金吾：禁军，卫军。收禁：收回禁夜的指令。

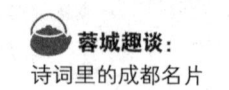

[古诗今意] 正月十六日晚继续观灯

明天留下先生继续观灯，猜想一下我们将做些什么呢？
虽然已经是"残灯"，却还可以用金饰的酒杯小酌啊。
舞龙虽然已经被烧掉了尾巴，但依然可以盘曲舞动，
马儿看到舞龙的动作有些受惊，禁不住连连后退。
夜已深了，守门人在玉漏频催之时慢慢关了城门，
城里却并不禁夜，市民可以门户大开，欢庆佳节。
倚着栏杆听到游人在说话，
明年还邀请老朋友来观赏花灯。

观灯竹枝词（录一）

清·冯誉骢（cōng）

凤辇鳌山点缀工，恍疑身在水晶宫。
佳人偏喜夜游好，照出胭脂一捻红。
六街莺燕带娇声，朵朵莲花数不清。
到底看灯还看妾？偎红倚翠欠分明。

注释

凤辇：仙人所乘的车子。鳌山：元宵节时布置花灯，叠成鳌形，高峻如山。点缀：衬托装饰。工：细致，精巧。水晶宫：传说中海龙王居住的宫殿。六街：唐代的长安城与宋代的汴京城，城中都有六条大街。后世以"六街"作为都城闹市的通称，这里指成都的市街。偎红倚翠：指亲狎女色。

[古诗今意] 成都美人赛花灯

花灯精致地装饰着仙人乘坐的车子，恍惚间觉得自己到了水晶宫殿。
美人偏偏喜欢夜里游玩赏灯，灯光照着她脸上的一抹胭脂红。
街道上回荡着美人的细语娇声，到处挂满彩灯，莲花朵朵数不清。
到底观赏花灯还是欣赏美人呢？花灯和美人交相辉映，傻傻分不清。

5.蚕市

成都遨乐诗二十一首·正月五日州南门蚕市

宋·田况

齐民聚百货，贸鬻贵及时。

乘此耕桑前，以助农绩资。

物品何其夥，碎璪皆不遗。

编籋列箱筥，饬木柄镃錤。

备用诚为急，舍器工曷施。

名花蕴夭艳，灵药昌寿祺。

根萌渐开发，蘽载相参差。

游人衒识赏，善贾求珍奇。

予真徇俗者，行观亦忘疲。

日暮宴觞罢，众皆云适宜。

注释

蚕市：宋代成都，每年春时有蚕市，买卖蚕具兼及花木、果品、药材杂物，并供人游乐。齐民：平民、百姓。贸鬻（yù）：做买卖。耕桑：种田与养蚕，泛指从事农业。资：财物，钱财。夥（huǒ）：多。璪（zǎo）：像玉的美石。籋（niè）：竹篾。筥（jǔ）：圆形的竹筐。饬（chì）：整顿，使整齐。镃（zī）錤（jī）：锄名。曷（hé）：什么。灵药：具有神奇效果的药品。昌：兴盛。寿祺（qí）：长寿又吉祥。根萌：根芽，比喻事物的萌始。蘽（léi）：藤制的筐子。衒（xuàn）：同"炫"，夸耀。善贾：善于经商。徇：顺从。宴觞（shāng）：宴饮。

[古诗今意] 正月五日的州南门蚕市

平民百姓汇聚各种商品在这里买卖，做买卖贵在供给及时。

趁着农耕和养蚕之前，积攒一些从事农业生产的资本。

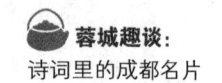

买卖的商品种类很多，即使零碎的小物件也应有尽有。

瞧，竹篾编织的圆形竹筐、木质长柄的锄头都整齐地排列着。

农具、蚕器必须准备好，不然农业生产如何开展呢？

名贵的花儿蕴藏着好运，神奇的灵药可带来长寿吉祥。

根芽刚开始萌发，藤编的筐子里装着参差不齐的名花药材。

游人夸耀自己识货的本领，达官贵人高价求得珍贵奇异之物。

我真是顺从世俗之人，行走观赏也会忘记劳顿。

太阳落山的时候宴饮结束了，众人都觉得心情愉快。

成都遨乐诗二十一首·二十三日圣寿寺前蚕市

宋·田况

龙断争趋利，仁园敞邃深。

经年储百货，有意享千金。

器用先农事，人声混乐音。

蚕丛故祠在，致祝顺民心。

注释

圣寿寺：据《蜀中广记·名胜记》记载，唐大中元年（847）成都重建圣寿寺，至明代仍与大慈寺东西并峙，是成都第二大寺，亦有蚕市。龙断：亦作垄断。邃：深远。经年：形容时间长久。千金：很多的钱财。器用：各种用具。农事：农业生产的各项活动。乐音：指娱神杂剧的演出实况。蚕丛：即四川人祭祀的蚕神，也是神话传说中的开蜀先王之一。

[古诗今意] 二十三日参观圣寿寺前的蚕市

圣寿寺前的蚕市好热闹，交易人群熙熙攘攘，

古寺的大门敞开着，看得到深邃幽远的园子。

唯利是图的商人储存了多年的货物，

都拿到这里买卖，赚取高额的利润。

从事农业生产需要的各种用具也应有尽有，

娱神杂剧在这里演出，器乐声夹杂着人们的喧闹声。
祭祀蚕神的祠堂还在，
希望保佑老百姓过上好日子。

三月九日大慈寺前蚕市

宋·田况

高阁长廊门四开，新晴市井绝纤埃。

老农肯信忧民意，又见笙歌入寺来。

注释

高阁：高高的楼阁。新晴：天气刚放晴。市井：市集或街道。忧民：关心人民疾苦。笙歌：合笙歌唱，泛指奏乐唱歌。

[古诗今意] 三月九日大慈寺前的蚕市

高高的楼阁，长长的走廊，大慈寺的门四面敞开，

天空刚刚放晴，这里的集市干干净净，纤尘不染。

农夫愿意相信佛关心人民疾苦，

一阵奏乐歌唱之声传入寺中来。

蚕 妇

宋·张俞

昨日入城市，归来泪满巾。

遍身罗绮者，不是养蚕人。

注释

城：成都。市：做买卖的地方，这里指卖出蚕丝。罗绮：罗和绮是两种丝织品，多借指丝绸衣裳。

[古诗今意] 养蚕女

昨天，养蚕女进城去卖蚕丝，回来时伤心的泪水湿透了衣巾。

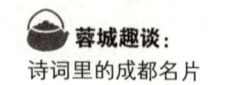

那些全身穿着美丽丝绸衣裳的人，不是像她这样辛苦劳动的养蚕人。

蚕 市

宋·汪元量

成都美女白如霜，结伴携筐去采桑。

一岁蚕苗凡七出，寸丝那得做衣裳。

注释

一岁：一年。凡：总共。七出：善养蚕之家每年能养好七熟。寸丝：一寸丝线，形容非常微小。

[古诗今意] 成都采桑女

成都的美女肤色如霜雪一样白，背着竹筐结着伴儿去采摘桑叶。

一年总共可以养好七熟的蚕茧，一点蚕丝哪里够得上做成衣裳。

成都遨乐诗二十一首·八日大慈寺前蚕市

宋·田况

蜀虽云乐土，民勤过四方。

寸壤不容隙，仅能充岁粮。

间或容惰懒，曷能备凶痒。

所以农桑具，市易时相当。

野氓集广廛，众贾趋宝坊。

惇本诚急务，戒其靡愆常。

兹会良足喜，后贤无忽忘。

注释

曷：何，什么。凶：凶年，即荒年。痒：病。野氓（méng）：指居于郊野的农民。广廛（chán）：商肆集中之处。贾：商人。宝坊：店铺。惇（dūn）：重视。靡愆（qiān）：奢侈、满溢。

254

[古诗今意] 二月八日大慈寺前的蚕市

四川虽然被称作乐土，老百姓却比其他地方的百姓更加勤劳。所有的土地都种上庄稼，辛勤耕耘，也只够得上一年的口粮。如果偶尔有一些懒惰倦怠，怎么能度过荒年或者疾病之年呢？所以农具和桑具应该提前准备好，在适宜的季节到集市购买。郊区农民常常汇聚到集市交易，商人们往往到各个店铺交易。牢记农业的根本，保护百姓的切身利益，是非常重要的事务。要防止奢侈浪费之风盛行，防止哄抬物价之风在交易中滋长。这样可以保障百姓安居乐业生活富足，后世的人们不要忘记。

望江南

宋·仲殊

成都好，蚕市趁遨游。夜放笙歌喧紫陌，春邀灯火上红楼。车马溢瀛洲。

人散后，茧馆喜绸缪。柳叶正饶烟黛细，桑条何似玉纤柔。立马看风流。

注释

望江南：词牌名。趁：往，赴。遨游：游乐。笙歌：泛指奏乐唱歌。紫陌：泛指街道。红楼：泛指华美的楼房。瀛洲：传说中的仙山，这里借指成都。茧馆：养蚕之馆。绸缪（móu）：生意不断。饶：众多。烟黛：即黛烟，青黑色的烟。桑条：桑树的枝条。玉纤：纤细如玉的手指。立马：使马停下不走。

[古诗今意] 成都大慈寺前的蚕市

春天到了，成都大慈寺前开放热闹的蚕市，供百姓交易游乐。夜幕降临，街道上依然喧闹异常，奏乐声、歌唱声此起彼伏，华美的楼房里灯火通明，宽阔的街道上挤满了喧闹的车马。

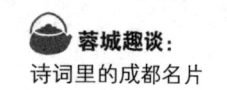

街上的人群散去之后，蚕馆依然生意不断。

瞧，蚕儿的美食多么丰富，让养蚕人心里欢喜。

细长的柳叶如黛青色的烟眉，柔软的桑条似玉纤纤的手指。

忍不住让马儿停下来，观赏这热热闹闹的民俗景象。

6.药市

成都遨乐诗二十一首·重阳日州南门药市

宋·田况

岷峨旁礴天西南，灵滋秀气中潜含。

草木壤富百药具，山民采捋知辛甘。

成都府门重阳市，远近凑集争斋担。

市人谲狯亦射利，颇觉良恶相追参。

旁观有叟意气古，肌面皯黣毛氍毵。

卖药数种人罕识，单衣结缕和阴岚。

成都处士足传记，劝戒之外多奇谈。

盛言每岁重阳市，屡有仙迹交尘凡。

俗流闻此动非觊，不识妙理徒规贪。

惟期幸遇化金术，未肯投足栖云岩。

予于神仙无所求，一离常道非所耽。

但喜见民药货售，归助农业增耡耰。

注释

岷峨：岷山和峨眉山的并称。旁礴：广大无边。捋（luō）：用手轻轻摘取。斋（jī）：同"赍"，送给。谲（jué）狯（kuài）：诡诈狡猾。射利：谋取财利。追参：追随参与。意气：意态、气概。皯（gǎn）：皮肤黧黑枯槁。黣（měi）：面色晦黑。氍（lán）毵（sān）：毛发散乱下垂的样子。结缕：俗称鼓筝草。盛言：极力申说。尘凡：俗世。觊（jì）：希望得到。妙理：玄妙的道理。化金术：传说中神仙、异人点化而成的黄金。躭

（dān）：沉溺，入迷。耡（chú）：同"锄"。芟（shān）：铲除杂草。

[古诗今意] 重阳日州南门的药市

在辽阔的大西南有岷山和峨眉山，山中滋长着灵秀之气。
山中的土壤肥沃，草木丰茂，生长着各种各样的草药，
农民到山中采摘的草药很多却很便宜，深知其中劳作的艰辛。
重阳节这天成都府门开放药市，远近的人们都担着草药来赶集。
商人们狡猾诡诈想借此谋取财利，贩卖草药追逐高价。
旁边有个意态远古的老头，面色灰黑，头发散乱下垂。
他卖的几种草药谁都不认识，结缕草相互连结蒙着雾气。
成都的处士写了不少传记，书中除了劝勉告诫还有很多奇谈怪论。
他们极力申说每年的重阳节药市，常常有神仙来到这里。
平民百姓听说后有些幻想，不懂得玄妙的道理只想多得些利益。
期待能够遇到被仙人点化成金的幸运，而不是隐遁于高山云际。
我没有什么事求助于神仙，不想脱离正常的生活轨道沉溺于其中。
但是很开心看到农民的草药能够卖出去，
帮助明年的农业生产增添一些生产资料和农具。

洞仙歌·重九药市

宋·京镗（tāng）

三年锦里，见重阳药市。车马喧阗管弦沸。笑篱边孤寂，台上疏狂，争得似，此日西南都会。

痴儿官事了，乐与民同，况值高秋好天气。不羞华发，不照衰颜，聊满插、黄花一醉。道物外、高人有时来，问混杂龙蛇，个中谁是。

注释

洞仙歌：词牌名。锦里：成都。重阳药市：唐宋时期的重阳日，成都在城南门有药市。喧阗（tián）：喧闹杂乱，多指车马喧闹声。篱边孤寂：陶

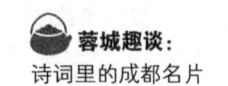

渊明《饮酒歌》之五："采菊东篱下，悠然见南山。"这里是说陶渊明的隐逸生活太孤寂。台上疏狂：形容才思敏捷，洒脱有风度。痴儿：作者自喻。黄花：又指菊花，菊花能傲霜耐寒，常用来比喻人有节操。高人：指仙人。龙蛇：指隐匿、退隐，也指非凡之人。个中：此中。

[古诗今意] 成都重阳节药市

我来成都三年，见证了重阳节药市的繁华。

药市的街道上车马喧闹、弦乐嘈杂。

笑隐居生活太孤寂，官场追名逐利太辛苦，

不如我今日在成都药市自由闲逛更逍遥。

我的公务办完了，混迹于人群中与民同乐，

何况正值秋高气爽的好天气。

满头白发、容颜已老又有什么关系呢？

姑且让我开怀畅饮，醉赏菊花，自由自在地生活。

仙人有时来，问非凡之人藏在何处，猜猜看，此中谁是？

送凝上人成都看药市

宋·王灼

蜀山富奇药，野老争藏收。

九日来成都，寒断长仪楼。

权豪竞夺去，万金未得酬。

问师杖头钱，免渠失笑不。

久通安乐法，况复形骸忧。

知师不应尔，肆意作嬉游。

传闻不死草，往往落鉏耰。

我欲前市之，请以道眼搜。

屑屑治编简，一室方自囚。

世途败人意，寄语韩伯休。

注释

野老：村野的老百姓，农夫。凝上人：作者的朋友，为僧人。长仪楼：疑是"张仪楼"之误。不：通"否"。杖头钱：指买酒钱。安乐法：指佛法况复：何况，况且。形骸：人的形体，指外貌，容貌。不死草：神话传说中可让人起死回生的草。鉏（chú）櫌（yōu）：锄田去草和碎土平地的农具。道眼：佛教语，指能洞察一切，辨别真妄的眼力。屑屑：勤劳不倦。编简：书籍，多指史册。世途：尘世的道路，人生的历程。韩伯休：韩康，东汉人士，因卖药三十多年从不接受还价而为世人所知。借指隐逸高士，亦泛指采药、卖药者。

[古诗今意] 送朋友凝上人到成都看药市

四川的山上有很多奇异的药材，村野农夫争着采摘收藏。

九月初九陪大师来到成都，张仪楼的秋风竟有些寒冷。

药市中有一些珍贵的药材，被有权势的人低价收购，

农夫的药材本应卖出好价钱，却并未得到多少报酬。

我调皮地向大师要买酒钱，他笑着说"没有"。

大师长期精通佛法，哪里会为自己奇特的外貌担忧。

知道大师不会答应，且让我自由自在地嬉戏游乐。

传说中可以让人起死回生的仙草，往往不小心被除掉。

我想在集市上买到它，请用辨别真假的道眼去搜寻。

让我勤奋细心地研究史书，在封闭的小屋里学习药草知识。

人生的道路并不尽如人意，寄语那些像韩康一样的卖药人，

卖药多年从不接受还价的气节，称赞你们是真正的隐逸高士。

九日药市作

宋·宋祁

阳九协嘉神，期入使多暇。

五药会广廛，游肩闹相驾。

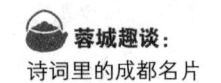

灵品罗贾区，仙芬冒闉舍。
撷露来山阿，斫烟去岩罅。
载道杂提携，盈檐更荐藉。
乘时物无贱，投乏利能射。
饔苓互作主，参荠交相假。
曹植谨赝令，韩康无二价。
西南岁多疠，卑湿连春夏。
佳剂止刀圭，千金厚相谢。
刺史主求瘼，万室系吾化。
顾赖恶石功，扪衿重惭喈。

注释

阳九：即九月九日重阳。嘉神：阳之精气。五药：即草、木、虫、石、谷五种药物。广廛（chán）：大市场。贾区：商贸区域。闉（yīn）舍：指街市。撷露：采药带着露水。阿：大丘。斫：砍。岩罅（xià）：山崖石缝之间。载道：满道。提携：带领。荐藉（jiè）：指货物堆积。饔（yōng）苓、参荠（jì）：泛指治疗各种病症之贵贱药物。曹植谨赝令：曹植曾经发布过严禁售假药的命令。赝（yàn），伪造。韩康：东汉灞陵人，在长安卖药三十余年，从不接受还价。疠（lì）：瘟疫。卑湿：地势低下潮湿。刀圭（guī）：古时量药用具，此处代指药物。刺史：古代的地方长官。瘼（mò）：疾病，此指人民疾苦。顾赖：期望和依赖。恶石功：指砭石治病，中国最古老的医疗用具。衿（jīn）：衣襟。喈（jiè）：赞叹。

[古诗今意] 九月九日成都药市

九月九日重阳日，阳之精气散布于天地间。

各种药材汇集于市场，大街上摩肩接踵，车水马龙。

上好的药材摆放在商贸区域，芬芳的仙药出现在街市。

来自于山野间的草药沾着露水，除去了岩缝间的杂质。

大街两旁和房檐下堆满了各种各样的药材，
药农希望趁着大好时机卖个好价钱，让自己的辛苦有个回报。
这些治疗各种病症的药物，也有以假乱真、以次充好的。
曹植曾经发布过严禁售卖假药的命令，
韩康曾在长安卖药三十余年，从不接受还价。
西南地区地势低下四季潮湿，多疾病瘟疫。
良药无需称重，若能治病值得重金购买。
地方官关心人民疾苦，百姓都受到官府的教化。
若依赖古老的砭石治病，摸着衣襟感到深深的惭愧。

望江南·药市

宋·仲殊

成都好，药市晏游闲。步出五门鸣剑佩，别登三岛看神仙。缥缈结灵烟。

云影里，歌吹暖霜天。何用菊花浮玉醴，愿求朱草化金丹。一粒定长年。

注释

晏：同"宴"。五门：即唐、五代时成都子城西南的得贤门，因门有五道，故称"五门"，药市即在此门附近。鸣剑：指良剑。三岛：指传说中的蓬莱、方丈、瀛洲三座海上仙山，亦泛指仙境。缥缈：形容隐隐约约，若有若无。歌吹：歌唱吹奏，歌声和乐声。霜天：指严寒的天气。何用：为什么。玉醴：美酒。朱草：指灵芝草。金丹：仙人道士以金石炼制的药，相传服之可以成仙。长年：长寿。

[古诗今意] 成都药市似仙境

成都真是个好地方啊，在药市可以悠闲地吃饭、喝茶、游玩。
身上佩着宝剑走出五道门，在药气浓郁的药市中漫步、呼吸，
无需登上传说中的仙山，在这缥缈的仙境中仿佛看到了神仙。
云迷雾罩之中，歌声和乐声温暖了寒冷的天气。

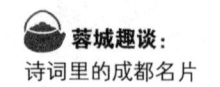

为什么将菊花泡入芳醇的美酒中，酿造长寿之酒呢？

希望像灵芝草一样能够炼成金丹，吃一粒即可以长生不老。

药 市

宋·汪元量

蜀乡人是大医王，一道长街尽药香。

天下苍生正狼狈，愿分良剂救膏肓。

注释

题解：作者原序："成都五月，家家列药于市，以为盛事。"大医王：大医王指佛、菩萨。佛、菩萨善能分别病相、晓了药性、治疗众病，故以"大医王"喻称之。苍生：指百姓，一切生灵。狼狈：形容困苦或受窘的样子。膏肓（huāng）：我国古代医学指药力难到达的地方。

[古诗今意] 成都药市美名扬

成都的药市天下闻名，药可以治疗众病，如救苦救难的菩萨。

长长的街道上摆满了各种各样的药材，散发着草药的香气。

天下的老百姓生活在疾病困苦的折磨之中，

希望这些良药可以把他们从疾病困苦中解救出来。

7.花市

花 市

唐·萧遘（gòu）

月晓已开花市合，江平偏见竹簰多。

好教载取芳菲树，剩照岷天瑟瑟波。

注释

花市：即"花会"。农历二月十五是百花的生日即"花朝节"，每年成都青羊宫在这天都会举行盛大花会，始于唐宋。竹簰（pái）：竹筏。岷天：

指成都一带。瑟瑟：碧绿的样子。

[古诗今意] 花市待开张

拂晓的月亮挂在天边，花市尚未开门，
宽阔的江面上划动着无数的竹筏。
竹筏上载满芬芳的花草树木，
沐看残月在波光粼粼的江面荡漾。

游成都花市

金·洪锡爵

棕鞋缓步出郊西，沿路铺棻百卉齐。
香度青帘沽酒市，水环碧玉浣花溪。
共寻芳草人如织，独爱幽兰手自携。
二十年来逢盛会，也随士女踏春泥。

注释

棕鞋：用棕丝编制的鞋。棻（fēn）：有香味的树木。沽酒：卖酒。携：带。士女：古代指已成年而未婚的男女，后泛指成年男女。

[古诗今意] 游览成都花市，草木芬芳扑鼻

脚穿棕丝编织的鞋子，悠闲地走到成都西郊，
一路上看到各种各样的花草树木，芬芳扑鼻。
草木的香气飘过酒家的青布帘，
飘过碧波荡漾的浣花溪。
街道上游人如织，寻觅着芬芳的花草树木，
我手中携带一枝幽兰，独爱她脱俗的气质。
二十多年了，终于遇上这样的草木盛会，
让我随着熙熙攘攘的人流，一起踏春去！

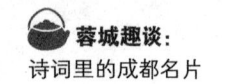

竹枝词

清·王光裕

武侯祠畔路迢迢，迂道还从万里桥。

转向青羊宫里去，明天花市是花朝。

注释

迢迢：遥远的样子。迂道：绕道。

[古诗今意] 明天是"花朝节"

到武侯祠的路啊，好遥远；从万里桥绕道呢，太漫长。

朝着青羊宫的方向行进吧，明天是百花盛开的"花朝节"，

花市定然洋溢着美好的春光。

花会场竹枝词（录二）

清·谢家驹

二月花朝雨后晴，锦官城外荡舟行。

红颜却怕红尘染，不听人声听水声。

二月城南会又开，马龙车水踏青来。

几家不解游春意，几度花场去复回。

注释

荡舟：划船。红颜：美人。红尘：俗世、繁华热闹的地方。游春：游览春景，游赏春光，春天外出踏青。

[古诗今意] 成都二月的花朝节

雨过天晴，成都二月的花朝节正在热热闹闹地举行。

有个脱俗的美人不喜欢花市的拥挤与喧哗，独自来到城外荡舟。

小船在碧波荡漾的江水中划行,她娴静地坐在船板上,
观赏岸边草长莺飞的风景,倾听潺潺的水流声。

二月天气晴和、百花盛开,城南的花会又开放了,
街道上人流如织,车水马龙,市民们纷纷出门郊游踏青。
不是所有人都懂得游春的含义,却都喜爱这热闹的春光,
不少人喜欢到花场买一些花草树木,来来回回去过好多次。

卓莹第招饮承香楼望青羊宫花会感作(录一)

清 · 刘志

青羊花市景无边,柳绿桃红更媚然。
纵览难穷千里目,来春多办买楼钱。

注释

招饮:招人宴饮。承香楼:作者自注:"承香楼在双孝祠畔,花此楼每日卖座价洋一元,买座者争先恐后。"纵览:放眼任意观看。

[古诗今意] 和友人在承香楼宴饮,眺望青羊宫花会有感而作

青羊宫的花市风景无限,桃红柳绿,春色明媚。
街道上人群拥挤,放眼周围难以看到花市的全貌。
明年春天一定在承香楼多安一些座位,多卖一些洋元,
便于市民在这里喝茶聊天,从高处观赏热闹的花市。

成都花市

清 · 顾复初

行厨游槛满溪烟,二月新衣未著棉。
细雨郊原春试马,东风城郭纸鸢天。

蓉城趣谈：诗词里的成都名片

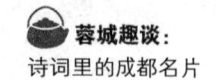

注释

行厨游榼（kē）：出游时携带的酒食及酒具。郊原：原野。城郭：城墙，这里指城邑、城市。纸鸢（yuān）：风筝。

[古诗今意] 成都的二月，春意盎然

山溪里飘起了炊烟，是谁带着炊具酒食在享受野餐？

二月天气转暖，脱下厚重的棉衣，穿上了崭新的春衣。

微风细雨中，郊外的原野上有人在练习骑马，

浩荡春风中，城市的上空飞舞着好看的风筝。

第八章 成都美名

成都自古以来就是美食之都、音乐之都、休闲之都、文化之都。成都是古蜀文明的发祥地，是闻名世界的历史文化名城。

"滚滚长江东逝水，浪花淘尽英雄。"多少历史名人、多少历史古迹，多少过往兴衰，都汇聚成宝贵的文化资源，留存于这座城市的史册中。

有着两千多年历史的成都，在不同的朝代有着不同的别名。这些关于成都的别名从何而来，又隐藏着怎样的历史秘密呢？

我们"蓉城趣谈"智能穿越剧组将为您揭开谜底。请戴上穿越道具，和我们一起穿越回古代，去听听古诗词里关于龟城、锦城、蓉城的美丽传说吧！

【诗与成都】千娇百媚，只为你盛开

今天的成都是一个高楼林立、科技发达的国际化大都市，你已经完全看不出它过去的样子。

一千年前的成都是什么样子的？在马车和船舶作为主要出行工具的年代，在工业化的厂房以及电影、电视、网络尚未出现之前，成都是什么样子的？

还是让我们到古诗词中去寻找吧。古诗词中记载着古代成都的空气之净、绿植之茂、商贸之盛、丝竹之声。诗词是流动的音乐和画面，为我们呈现出古代成都曾经有过的样子。

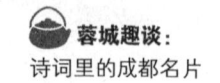

唐代的成都是什么样子呢？咱从环境这方面聊聊吧。李白年轻时初到成都，就被惊艳到了，感觉成都的景色比当时的都城长安还美，"水绿天青不起尘，风光和暖胜三秦"；锦水碧绿，天色晴明，风光和暖，气候宜人。中年的杜甫站在草堂的院子里，看到遥远的西岭雪山像一幅画，锦江码头千帆竞发，一派热闹的商贸景象，于是写下"窗含西岭千秋雪，门泊东吴万里船"的千古绝句。参拜武侯祠之后，杜甫写道"丞相祠堂何处寻，锦官城外柏森森"，可见那时的武侯祠一带柏树成林，青砖瓦房被绿植掩盖，绿地覆盖率极高。张籍路过繁华的万里桥，看到桥边有许多酒家、旅馆，人来人往，交易频繁，于是写下"万里桥边多酒家，游人爱向谁家宿"，记录了当年万里桥周边繁华热闹的商贸景象。

宋代的成都是什么样子呢？咱从爱美这方面聊聊吧。宋代人特别爱美，普遍喜欢赏花、吟诗、聚会。春天到了，陆游被碧鸡坊的海棠花惊艳到了，写下了"碧鸡海棠天下绝，枝枝似染猩猩血"；碧鸡坊的海棠花乃天下极品，每一枝都鲜红欲滴，精彩绝伦。冬日里梅花开放的时候，陆游骑着马从青羊宫到浣花溪，"二十里中香不断""曾为梅花醉似泥"。范成大在合江亭隔江遥望"瑶林庄"梅花盛开后，马上乘船到梅园细细品味，看到花瓣儿"极知微雨意，未许日烘残"；花瓣儿被微雨滋润，被温和的阳光映照，开放得刚刚好。从田况、宋祁、仲殊等人的诗词中，我们会发现宋代成都的蚕市非常兴盛，大慈寺、南门、圣寿寺等地的蚕市，不仅买卖蚕，也买卖一些时令花木、农具、奇珍异宝，市场中人群熙熙攘攘，还有音乐歌舞演出，商贸发达，极其热闹繁华！

清代的成都是什么样子呢？咱从娱乐这方面聊聊吧。瞧，农村正在上演皮影戏，李调元写道"绘革全凭两手能，一人高唱众人应"，彩绘的皮影全凭艺人的两手巧妙操纵，把戏中人的喜怒哀乐表演得活灵活现；可见那时皮影戏之流行，几乎相当于后来的电影电视呢！元宵节到了，大街小巷人群拥挤，灯火通明，"烛天火树三千界，照地银花十二行"，到处张灯结彩，把整个夜晚都照亮了。新年期间除了看皮影戏、看灯会，还可以听清音、看杂耍，从杨燮的"清唱洋琴赛出名，新年杂耍遍蓉城"可以看出，当时的娱乐生活可谓丰富多彩。

看吧，诗词里有读不完的成都风景；听吧，诗词里有讲不完的成都故事。让诗词里的成都千娇百媚地盛开吧，盛开成春日里一朵红艳艳的牡丹，盛开成夜空中一树绽放的银花，盛开成九天之上的一片彩云，穿越回历代诗人的梦里……

【超级访谈】和李白聊聊唐代成都的那些事儿

记者：《长安晚报》记者杨紫云。

特邀嘉宾：唐代诗人李白。

时间：公元757年12月8日。

地点：湖北江夏。

记：太白兄，久仰大名！昨晚读了您的大作《上皇西巡南京歌》，心潮澎湃，久久不能入睡。特别是那句"九天开出一成都，万户千门入画图"，可谓是壮阔，实在是太美了，如同仙人所作！您真的去过成都吗？

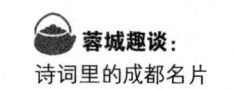

李：紫云老弟，我是"一生好入名山游"的李白，大唐排名第一的资深"驴友"，当然去过成都啦！印象最深的是二十一岁那年，我站在浪漫华丽的散花楼上，看到旭日东升，满江的春水环绕着双流城，朝霞把散花楼染得光彩夺目。站在楼头，放眼四周，简直像在九重天之上游览，一切忧愁愤懑的情绪都一扫而空了。

记：您说的是建在摩诃池上的散花楼？我去游览过，实在是壮美！太白兄，除了登上散花楼，您一定也走过司马相如走过的驷马桥，瞻仰过司马相如的琴台和扬雄故居了？

李：那是当然！我不仅瞻仰了这两位前辈，还游逛了热闹的蚕市呢！想不到成都的蚕市那么大，那么繁华，那么热闹！是我见过的最大的商品买卖市场！

记：当年流行"扬一益二"之说，人们都说，论城市的繁华，扬州第一，成都第二！

李：依我看，咱们成都江山秀丽，手工业发达，管弦歌舞之盛，这些都是超过扬州的！咱们成都的气候夏天不太热、冬天又不太冷，"水绿天青不起尘，风光和暖胜三秦"，江水碧绿，空气清新，皆是胜过都城长安的！

记：哈哈，太白兄，原来在您眼里，哪里也比不上自己的家乡美，哪里也比不上自己的家乡繁华啊！

李：是啊，漂泊半生，虽然再也没有回到过故乡，可还是想念成都的草树云山，怀念咱们大唐的开元盛世！可惜现在国家处于混乱之中，老夫我空有一腔爱国情，却不知如何挥洒。唉，"欲渡黄河冰塞川，将登太行雪满山"！

记："行路难，行路难，多歧路，今安在？长风破浪会有时，直挂云帆济沧海！"太白兄，虽然路途坎坷，但是无论如何，您超凡的想象力让我相信您就是诗仙本人，您的诗歌一定是会光芒万丈、流芳百世的！

第八章 成都美名

登锦城散花楼　唐·李白

日照锦城头，朝光散花楼。
金窗夹绣户，珠箔悬琼钩。
飞梯绿云中，极目散我忧。
暮雨向三峡，春江绕双流。
今来一登望，如上九天游。

李：哈哈，老弟，是不是因为我写过"手可摘星辰"的高楼，写过"疑是银河落九天"的瀑布，写过"黄河之水天上来"，写过"欲上青天揽明月"，众人就以为我真的是来自九天的仙人？澄清一下，我的故乡是四川江油青莲镇，我是自号青莲居士的李白，不是什么仙人啦！

【坊间趣闻】成都和一只乌龟的缘分

2300多年前，秦灭蜀后，秦国宰相张仪被秦惠王派来成都修建城池。

修筑成都城，可谓张仪一生中浓墨重彩的一笔。

《搜神记》中讲述了这么个故事：说的是秦惠王二十七年，张仪、张若修筑成都城，可是修筑的房屋不久就坍塌了，无论怎么反复修筑，都不能成功。二人非常苦恼。

忽然有一天，一只大龟从江边上岸，一路爬行，爬行至城东南便死去了。张仪去请教巫师，巫师说："就按照大龟行进的路线筑城吧。"二人照办后，城果然就筑好了，于是成都又名龟化城。

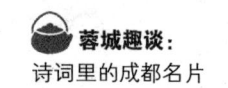

张仪、张若效仿当时的都城咸阳，在成都修筑了大城和少城。东边的大城是蜀侯、蜀相、蜀守的治所，是军事政治中心；少城在大城的西边，是商业和市民居住的区域。

神龟的传说是否属实，历来有不同的说法。有的学者认为，龟化城的由来，缘于成都筑城的地势。

《城隍庙记》中说，成都的土质不适合筑城。因为古代的成都平原，气候湿润，地势低洼，河网密布，地下多为黑泥沙石。这种松软的土质，黏性极差，不适合做夯土筑城的材料，筑城当然会屡筑屡败啦。

当时有人发现，成都郊外的黄泥黏土，黏合能力很强，是修筑城墙的好材料，于是人们便从北郊、东郊取土筑城。因为耗土较多，取土的地方逐渐形成了很大的水池，于是被命名为万岁池（今成华区北湖）。池水可养鱼种花，成为可供观赏的风景。

有了合适的泥土，还需寻找合适的地形来筑城。《成都古今集记》里说，当初张仪筑城的时候，虽然有一只神龟引路，然而主要还是顺应江山之形势。据古图等资料记载，张仪修筑的少城、大城，南北不正，非方非圆，曲缩如龟，这才是成都别名"龟化城"的由来。

不管怎么说，"龟城""龟化城"都是一种赞美，说明古人把成都视为"宝地"，寄托了古人美好的愿望。

【最美名片】成都别名之前世今生

【成都】大约距今2500年前，古蜀国开明王把都城从樊乡（今彭州、新都交界处）迁到此处，取周太王迁岐"一年成邑，二年成聚，三年成都"之意，定名为"成都"。

【大城少城】公元前316年，秦国灭蜀，并在成都设置蜀郡。秦张仪与蜀太守张若一起修筑了大城、少城。因为修筑的成都城状如乌龟，坊间流行着神龟筑城的传说，又名龟化城。

【天府之国】秦昭王时期，秦国派出精通水利的李冰到蜀郡任郡守，治理岷江水患。李冰和他的儿子率领众人修建了举世闻名的水利工程都江堰，彻底解决了岷江的水患，保证了约三百万良田待到灌溉，使成都平原成为旱涝保收的"天府之国"。

【锦官城、锦城】西汉时成都织锦业发达，朝廷在成都设置了专门管理织锦的机构"锦官"，建有锦官城。成都又被称为"锦官城"或"锦城"。当年锦官城的位置在今天百花潭公园一带。唐代杜甫的"花重锦官城""锦城丝管日纷纷"等诗句都说明锦官城、锦城等名称在唐代已经流行起来。

【益州】东汉时，全国的行政区做了改动，原来以云南为主的益州也将四川纳入其中，且把州的首府从云南迁到成都，以益州作为成都的别名。这一别名一直沿用到西晋末年。

【南京】唐代中叶，北方爆发了大规模的"安史之乱"，唐玄宗避难于成都。按照唐代的惯例，凡是皇帝短期暂住的城市都称之为"京"，所以在唐肃宗至德二年（757）成都被称为"南京"。成都在中国的西边，为什么叫南京呢，这是因为成都在京城长安的南边，所以叫南京。

李白在《上皇西巡南京歌十首》诗中写道："北地虽夸上林苑，南京还

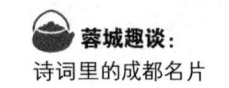

有散花楼。"这里的"南京",指的就是成都。

【蓉城】五代十国的后蜀王孟昶执政时期,在成都的城墙上遍种芙蓉,花开似锦。从那时起,成都便因花而得其美名——芙蓉城、蓉城。

【西京】明代末年,张献忠农民军在成都建立了大西政权,定都成都,于是将成都称为"西京"。由于时间很短,使用者不多,这个名称不久就被人们遗忘了。

以上皆为成都的别名。成都作为一座城,自诞生之日起就叫成都,从来没有变过。

【网友茶吧】遥想古代城墙上开满芙蓉花的时节

时间:2021年9月10日。

地点:锦江茶馆。

人物:网友马可波萝包、云朵上的棉花糖、夏日葵花子、穿越时空的米粒。

马:你们知道成都为什么叫芙蓉城、蓉城吗?我听说和一个美女有关,这个美女是皇帝的妃子,喜欢芙蓉花,皇帝就在整个成都种满了芙蓉花!

夏:给大家科普一下哈。在中国的唐代和宋代之间,有一段大分裂的历史时期,叫五代十国。顾名思义,这个五代十国,就是指在中国大地上,有多个地方割据政权,国家处于四分五裂的状态。在这一期间,蜀王孟知祥在成都建国称帝,建立后蜀。

马:哎呀,葵花子,你这是要讲历史课吗?我最怕学历史了,那个历史朝代歌,怎么都背不过来。

夏:菠萝包,你好好听讲吧!孟知祥的儿子孟昶(chǎng)继位当上皇帝后,励精图治,境内安宁和平,很少发生战争,这时的成都是五代十国时期经济文化较发达的地区。

云:葵花子教授,您喝杯茶,让我来接着讲吧。孟昶不仅是一位勤于政事的皇帝,也是一位多情公子。他最喜欢的一位妃子叫"花蕊夫人",是个才貌双全的女子。她不仅会写诗,而且长得妩媚娇艳,特别喜爱芙蓉花。

第八章 成都美名

马：对对，就是这个美女，让皇帝在成都的整个城墙上都种满了芙蓉花！

云：花蕊夫人为什么那么喜欢芙蓉花呢？因为她觉得，芙蓉花红白相间，一日三变，如同天上的彩云一般绚丽，美得独特，美得醉人。

夏：孟昶为了博得爱妃的欢心，便令人在成都的城墙上和街道两旁种植了很多芙蓉花。每年九月芙蓉花开之时，沿城四十里远近，都如铺了锦绣一般。孟昶携花蕊夫人和文武百官一同登上城楼，观赏锦绣数十里、灿若朝霞的芙蓉花，成都从此便有了"芙蓉城"的美称，简称"蓉城"。

穿：后来发生的事情你们晓得不？这是一个凄美的爱情故事！

马：你快讲讲嘛，我最喜欢听的就是爱情故事，特别是凄美的那种！

穿：后蜀灭亡之后，花蕊夫人被宋朝皇帝赵匡胤掠入后宫。赵匡胤见花蕊夫人颜值出众，便收她作了自己的妃子。花蕊夫人非常思念孟昶，在卧室里珍藏着他的画像，常常偷偷拿出来叩拜。有一次叩拜时被赵匡胤发现了，便问她："你供奉的是谁啊？"花蕊夫人镇定地说："这是张仙的像，虔诚

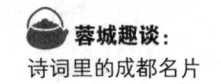

供奉可得儿子啊！"后宫妃嫔听说，纷纷效仿。不久，这画像竟然从宫中传出，连民间妇女想生儿子时，也请人画一张张仙的像供奉，香花顶礼膜拜，至今不衰。

夏：花蕊夫人对爱情的忠贞不渝感动了后人，人们尊称她为"芙蓉花神"，因此芙蓉花又被称为"爱情花"。

马：这太感人啦！我好想穿越回后蜀，去瞧瞧花蕊夫人的国色天姿！

1.南京

上皇西巡南京歌十首（录二）

唐·李白

胡尘轻拂建章台，圣主西巡蜀道来。
剑壁门高五千尺，石为楼阁九天开。

九天开出一成都，万户千门入画图。
草树云山如锦绣，秦川得及此间无。

注释

上皇：指唐玄宗李隆基。南京：唐代有个规矩，皇帝离开京城长安，到其他地方短期居留之地都称"京"。"安史之乱"时唐玄宗避难成都，因此在唐肃宗至德二年（757）成都被称为"南京"。胡尘：胡人兵马扬起的沙尘，此指安史之乱。建章台：汉代长安有建章宫，宫中有建章台，此代指唐代宫苑。剑壁：峭壁。九天：天的中央及八方。成都：天宝十五载（756），改蜀郡为成都府。秦川：即秦岭以北、渭水流域的关中平原，此指长安一带。

[古诗今意] 皇上西巡成都之歌

乱臣作乱长安，皇上向西南行进，长途奔波来到成都。
峭壁耸入云霄，巨石作为门阙，成都豁然展现在眼前。

锦城成都如九天所开，千门万户像画图一样美丽。
草树云山如绵绣般绚丽，长安的风光也比不过这里！

梅　雨

唐·杜甫

南京犀浦道，四月熟黄梅。
湛湛长江去，冥冥细雨来。
茅茨疏易湿，云雾密难开。
竟日蛟龙喜，盘涡与岸回。

注释

题解：杜甫从甘肃避乱到成都时所写。梅雨即黄梅雨，长江流域四至五月间，气温升高，降雨不止，时值梅子黄落，故称梅雨。南京：指成都。犀浦道：指唐代的犀浦县，隶属于今天的成都市郫都区。湛湛：水深而清。冥冥：模糊不清。茅茨：茅草盖的屋顶，亦指茅屋。竟日：终日，从早到晚。盘涡：急水旋涡。

[古诗今意] 成都四月的梅雨

成都有个繁荣的犀浦镇，满树的黄梅已经成熟了。
我恰巧在四月路过此地，看周边的景色分外美丽。
深而清的河水向长江流去，天空下起了蒙蒙细雨。
茅草盖的屋顶被雨水打湿，山野田间弥漫着云雾。
河水中仿佛整日有蛟龙在嬉戏，形成一个个漩涡，
抵达河岸又返回来，烟波笼罩，流淌着无限春意。

2.龟城

成都暮雨秋

唐·戎昱（yù）

九月龟城暮，愁人闭草堂。

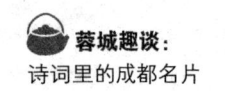

地卑多雨润，天暖少秋霜。
纵欲倾新酒，其如忆故乡。
不知更漏意，惟向客边长。

注释

龟城：成都之别称。据《元和郡县志》载，成都州城为"张仪所筑，初筑时屡颓不立，忽有大龟周行旋走，巫言依龟行处筑之，城得坚立。"其如：何如、怎奈。更漏：古代夜晚看漏刻知时间，引申为时间。客边：一作"枕边"。

[古诗今意] 秋天的傍晚，成都下雨了

成都九月的雨，在夜幕中悄然降临，
草堂的门紧闭着，心头涌起莫名的愁绪。
这座城啊，地势低洼，多雨湿润，
气候却很温暖，秋天少有霜降。
多想开怀畅饮这新酿的美酒，
无奈思念起阔别已久的故乡。
不知道现在是深夜几时了，
只觉得客居他乡，夜太漫长。

蜀都道中

唐·刘兼

剑关云栈乱峥嵘，得丧何由险与平。
千载龟城终失守，一堆鬼录漫留名。
季年必不延昏主，薄赏那堪激懦兵。
李特后来多二世，纳降归拟尽公卿。

注释

蜀都：古代蜀国的都城，即今成都市。道中：路上，中途。剑关：剑门

关，位于四川省剑阁县城南，以山势险峻著称。云栈：悬于半空中的栈道。峥嵘：形容山高峻的样子。得丧：得失，指名利的得到与失去。鬼录：迷信者所谓阴间死人的名册。季年：晚年、末年。昏主：昏庸的君主。堪：可，能。李特：字玄休，氐族人，西晋末年领导秦、雍六郡流民在益州起义的领袖。纳降：接受投降。拟：打算。公卿：三公九卿的简称，泛指高官。

[古诗今意] 去往成都的途中

看吧，剑门关峰峦似剑，栈道在半空高悬，蜀地山势何其险峻！

然而，历史功名的得失怎由得地势的险峻或平坦来决定呢？

千年龟城终被攻破，城池失守，

无数人在战争中死去，只留下阴间名册。

昏庸的君主在晚年无法守住江山，

微薄的奖赏怎能激励溃散的士兵？

西晋时李特率领流民起义，屡败晋军，却在战斗中牺牲了，其子李雄在益州建立"成"国，接受敌方的投降，并封之以高官。

是非成败已成昨日云烟，历史的兴衰多么让人感叹！

蜀中经蛮后寄陶雍

唐·马义（yì）

酋马渡泸水，北来如鸟轻。

几年期凤阙，一日破龟城。

此地有征战，谁家无死生。

人悲还旧里，鸟喜下空营。

弟侄意初定，交朋心尚惊。

自从经难后，吟苦似猿声。

注释

蜀中：古国名，为秦所灭，指今四川省中部地。陶雍：指乌禄（1123—1189），女真族完颜部人，金朝第五位皇帝。酋（qiú）：首领。期：期

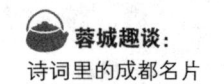

盼。凤阙：汉代宫阙名，指帝王的宫城。征战：出征打仗。旧里：故土，家园。

[古诗今意] 蜀中被外族入侵后，写封信给陶雍

外族的骑兵自北而来，渡过泸水，像飞鸟一样迅疾。

几年来期盼成为帝王的宫城，不曾想一日之间龟城被击破。

此地战争不断，谁家没有出征打仗而战亡的士兵呢？

人们因为家园被战火摧毁而悲伤，鸟雀却因为获得了空旷之地而喜悦。

子辈的生活刚稳定，战争创伤依然留在心中，交朋友时内心还有些惊恐。

自从经历了战争之后，人们痛苦的叹息也如同猿鸣一般孤寂凄清。

3. 锦官城

春夜喜雨

唐·杜甫

好雨知时节，当春乃发生。

随风潜入夜，润物细无声。

野径云俱黑，江船火独明。

晓看红湿处，花重锦官城。

注释

知：明白，知道。乃：就。发生：萌发生长。晓：天刚亮的时候。红湿处：雨水湿润的花丛。花重：花因为饱含雨水而显得沉重。锦官城：故址在今成都市南，也称锦城。三国蜀汉时管理织锦之官驻此，故名。

[古诗今意] 锦官城的春夜，下了一场好雨

好雨懂得下雨的最佳时节，

刚好在万物萌生的春夜悄然降临。

它伴着春风潜入夜里，

细细密密地落下，滋润着万物生长。
在雨夜里，野外的小路和乌云都是黑茫茫的，
唯有江船上的渔火在黑暗的江面上闪着光亮。
等到天亮后，去看看那些充盈着雨水的娇美红艳的花儿，
整个锦官城必定变成了一片沉甸甸的鲜花盛开的海洋。

浣溪沙·烛下海棠
宋·范成大

倾坐东风百媚生。万红无语笑逢迎。照妆醒睡蜡烟轻。

采蝀横斜春不夜，绛霞浓淡月微明。梦中重到锦官城。

注释

浣溪沙：词牌名。倾坐：倾倒满座。醒睡：假寐，打瞌睡。采蝀（dōng）：彩虹。绛霞：深红色的晚霞。

[古诗今意] 烛光下的海棠

你在春风中千娇百媚盛开的样子，倾倒了满座的赏花人。
千万朵花儿悄然绽放，含笑无语迎接着款款而来的初春。
半夜从浅睡中惊醒，看到淡淡的烛光映着你美丽的容颜。
抬头看看夜空，彩虹横斜，晚霞映月，都舍不得睡去呢。
睡梦中，我仿佛又一次回到了锦官城，看西苑的海棠花正在盛开。

忆江南
宋·刘辰翁

花几许，已报八分催。却问主人何处去，且容老子个中来。花外主人回。

年时客，如今安在哉。正喜锦官城烂漫，忽惊花鸟使摧颓。世事只添杯。

注释

忆江南：词牌名。几许：多少、几多。老子：老年人自称，老夫。个

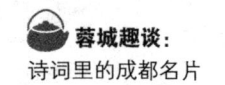

中：此中。年时：往年。摧颓：摧折，衰败。

[古诗今意] 海棠花已开了八分

试问海棠花开了吗？仆人来报："已开了八分，快来观赏吧。"

客人问道："你家的主人去哪里了？且让老夫我来观赏吧。"

主人从外面回来了，陪同客人一起聊天、喝酒、赏花。

去年来观赏海棠花的那些客人，如今都去了哪里呢？

锦官城的春天是一片烂漫的花海，多么让人开心啊！

忽然听说有人竟然在摧折花枝，惊扰了花朵和小鸟。

唉，这世上的事真让人无奈，咱们只有借酒消愁了。

4.锦城

登锦城散花楼

唐·李白

日照锦城头，朝光散花楼。
金窗夹绣户，珠箔悬银钩。
飞梯绿云中，极目散我忧。
暮雨向三峡，春江绕双流。
今来一登望，如上九天游。

注释

题解：此诗是李白青年时期游成都时的作品。通过对登楼所见景物的描绘，抒发了登楼的愉悦之情。散花楼：在成都摩诃池上，为隋末蜀王杨秀所建。金窗：华美的窗。绣户：雕饰华美的门户。珠箔（bó）：即珠帘，由珍珠缀成或饰有珍珠的帘子。银钩：玉制之钩。飞梯：即高梯。三峡：指长江三峡，今以瞿塘峡、巫峡、西陵峡为三峡，在四川奉节至湖北宜昌之间。双流：县名，属成都府，即今四川省成都市双流区。因在郫江、流江之间，故得名双流。

[古诗今意] 登上锦城的散花楼

清晨，阳光普照着锦城城头，霞光中的散花楼多么绚丽。

金窗绣户的装饰多么精美，珠帘间悬垂着精致的玉钩。

飞梯耸入绿色的祥云中，登高远望可以驱散我的忧愁。

傍晚时分，遥看细雨潇潇飘向三峡，江水漫漫环绕着双流城。

今日登高观赏美景多么令人陶醉，如同在九天之上尽情遨游。

绵谷回寄蔡氏昆仲

唐·罗隐

一年两度锦城游，前值东风后值秋。

芳草有情皆碍马，好云无处不遮楼。

山将别恨和心断，水带离声入梦流。

今日因君试回首，淡烟乔木隔绵州。

注释

绵谷：地名，今四川广元县。蔡氏昆仲：罗隐游锦江时认识的两兄弟。昆仲，兄弟。值：遇。东风：代指春季。芳草：香草。碍马：碍住马蹄。别恨：离别之愁。离声：分离的响声。淡烟：浅浅的烟雾。绵州：州名，治所在今四川省绵阳市。

[古诗今意] 在广元写诗给老朋友蔡氏兄弟

我一年之中曾经有两次到成都游玩，

第一次是在草木繁盛的春天，第二次是在秋意渐凉的秋天。

春天芳草漫山，处处妨碍马儿行走，仿佛挽留外来的客人。

秋天前路茫茫，登楼远眺，却被秋云遮住了望眼。

与老朋友分别如同神斧断山，离愁别恨多么痛楚。

别后绵绵不绝的思念如同山间流水，日夜流淌从不停息。

今日为了老朋友回望绵州，但见淡淡的轻烟如相思的云雾，

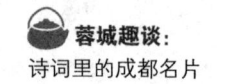

株株乔木似根深的友谊，引起我内心的无限怅惘。

锦城曲
唐·温庭筠

蜀山攒黛留晴雪，篡笋蕨芽萦九折。
江风吹巧剪霞绡，花上千枝杜鹃血。
杜鹃飞入岩下丛，夜叫思归山月中。
巴水漾情情不尽，文君织得春机红。
怨魄未归芳草死，江头学种相思子。
树成寄与望乡人，白帝荒城五千里。

注释

锦城：锦官城的简称，后人用作成都的别称。蜀山：指岷山。攒（cuán）黛：像画眉用的黛墨攒聚而成。留晴雪：指终年不化的积雪。篡（liáo）：一种竹子。萦九折：指山路盘旋曲折。霞绡：彩色的丝织品，这里指云霞。杜鹃血：传说古蜀国国王杜宇死后，其魂化作杜鹃鸟，春来则哀鸣啼血，染红杜鹃花。夜叫思归：杜鹃的鸣声好像"不如归去"，所以代指思归。文君：卓文君，这里指代成都的织女。机：织机。相思子：指红豆。白帝荒城：白帝城在今四川省奉节县东白帝山，东汉初公孙述据此筑城，自称为"白帝"，故以为名。五千里：形容蜀地广远。

[古诗今意] 锦城的织锦女

黛青色的山峰像竹笋、蕨芽那样攒聚在一起，
山峰险峻挺拔，山路盘旋曲折，九曲萦回，
山顶上存着常年不化的积雪，闪耀着寒光。
江风吹动精美的锦，如同天上剪下的彩霞在水中流动，
锦面上的花纹，仿佛漫山遍野盛开的杜鹃花，
却是由织锦女工们的血泪织成的。

杜鹃鸟飞入岩下的丛林，每夜在林中啼血般鸣叫，
那一声声"不如归去"的哀鸣，触动着
背井离乡的织女们多愁善感的神经。
她们望着山中的明月久久不能入睡，
思念着回不去的家乡，万般愁苦涌上心头。
在江水中濯锦时，思乡之情如流水，绵延不尽。
织锦女坐在机子前，拼尽全力，将青春和心血都织进了锦里，
作为老板厂房中的一架机器，直到生命的最后一息。
先前来的工人死了，死后化成的相思树也已经长大结子了。
相思树告诫后来人：到了这荒凉边远的地方，
世世代代的丝织女工都无法逃脱悲惨的命运。
原来那些华美的锦，竟是织锦女工们用一生的血泪织成的！

锦城写望

唐·高骈

蜀江波影碧悠悠，四望烟花匝郡楼。

不会人家多少锦，春来尽挂树梢头。

注释

写望：纵目远望。蜀江：指锦江，为岷江支流流江（外江）流经成都城南一段。传说蜀人织锦濯于其中则锦色鲜艳，濯于他水，则锦色暗淡，故名锦江。烟花：泛指绮丽的春景。匝：环绕。郡楼：指成都的城楼。不会：不知道。

[古诗今意] 锦城纵目远望

春天来了，锦江水碧波荡漾，悠悠长流，
眺望四周，绮丽的春色环绕着锦城的城楼。
不知道人家在锦江濯洗了多少匹锦，

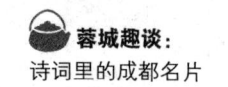

只见春天的树梢上挂满了鲜艳的锦色。

钱氏池上芙蓉

明·文徵明

九月江南花事休，芙蓉宛转在中州。
美人笑隔盈盈水，落日还生渺渺愁。
露洗玉盘金殿冷，风吹罗带锦城秋。
相看未用伤迟暮，别有池塘一种幽。

注释

钱氏池：钱家的池塘，钱氏是文徵明拜访的一位友人。芙蓉：水芙蓉，即莲花。宛转：曲折。盈盈：清澈。渺渺：远。

[古诗今意] 钱家池塘里盛开着秋天的莲花

九月的江南，所有的花都凋谢了，
唯有迟开的莲花还在水中绽放。
远远望去，莲花迎风起舞，楚楚动人，如同笑盈盈的美人，
日落时分，朦胧的暮色中，莲花似乎笼罩着一丝忧愁。
玉盘似的莲叶上凝聚着颗颗露珠，流淌着清冷的月光。
晚风吹来，成片的莲花如同彩色罗带随风摆动，给锦城增添了别样秋色。
莫要因为暮色降临而伤感，
暮色中幽静的池塘，不也是一道别致的风景吗？

5.锦里

南 邻

唐·杜甫

锦里先生乌角巾，园收芋栗未全贫。
惯看宾客儿童喜，得食阶除鸟雀驯。

秋水才深四五尺，野航恰受两三人。

白沙翠竹江村暮，相对柴门月色新。

注释

锦里先生：指杜甫在成都寓所南邻的朱山人，隐士。锦里：本指成都城南锦江流经地区锦官城附近一带，后用作成都的代称。乌角巾：古代隐士常戴的一种有棱角的黑色头巾。芋栗：芋艿、栗子。阶除：堂屋前面的台阶。恰受：刚好容纳。柴门：简陋的门。

[古诗今意] 我的邻居朱山人

我在成都草堂的邻居是一位隐士，他喜欢头戴黑色的方巾，

他家的园子里，每年都可以收获芋头和板栗，不能算是穷人。

他家常有宾客来，孩子们都习惯了，总是笑脸相迎，

鸟雀常在台阶上自由自在地觅食，客人来了也不飞走。

到了天色已晚、山色渐暗的时候，客人们纷纷起身告别。

秋天锦江里的水深不过四五尺，野渡的小船只能容下两三个人。

老先生把我们送出柴门，目送小船渐行渐远，

白沙滩和翠绿的竹林渐渐笼罩在夜色中，

静谧的村庄里，一轮明月在柴门上空冉冉升起。

游海云寺唱和诗

宋·吴中复

锦里风光胜别州，海云寺枕碧江头。

连郊瑞麦青黄秀，绕路鸣泉深浅流。

彩石池边成故事，茂林坡上忆前游。

绿樽好伴衰翁醉，十日残春不少留。

注释

题解：海云寺，在成都东郊海云山（今狮子山）上。此诗描绘海云寺周

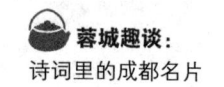

围一派生机勃勃的景象。枕：压。秀：农作物吐穗开花。彩石池边成故事：指当时摸石求子的民俗。绿樽：酒杯。

[古诗今意] 游赏海云寺，作唱和诗一首

成都的风光比别处秀美，

海云寺建在碧绿的江水之上。

连绵的郊野青黄一片，小麦开始吐穗扬花，

山间小路曲曲弯弯，泉水叮咚流过山涧。

人们喜欢在彩石池边摸石求子，许下美好的心愿，

山坡上树林茂密，常想起从前在这里春游的情景。

观赏着如此美景，老夫我举着酒杯竟有些醉了，

春天还有多少美好的日子等待我们去尽情享受呢？

柳梢青·锦里繁华

宋·陆游

锦里繁华。环宫故邸，叠萼奇花。俊客妖姬，争飞金勒，齐驻香车。

何须幕障帏遮。宝杯浸、红云瑞霞。银烛光中，清歌声里，休恨天涯。

注释

柳梢青：词牌名。环宫：指燕王的宫苑。邸（dǐ）：权贵的住所。俊客：才智杰出的人。妖姬：美女。金勒：金饰的带嚼口的马络头。驻：停留。障：阻隔、遮挡。帏：帐子、幔幕。

[古诗今意] 成都一片繁华景象

成都一片繁华景象。华丽的燕王宫苑周围，海棠花开得正盛。

时常看到英俊的男子骑着骏马、美丽的女子坐着华美香车在这里停留。

何必用帐子遮住视线呢？不如掀开车盖，坦诚相对

精美的酒杯里斟满了美酒，天上的彩霞映着晕红的脸颊。

银色的烛光中，清脆的歌声里，应感叹此处繁华，莫后悔身在天涯。

一寸金
宋·柳永

井络天开,剑岭云横控西夏。地胜异、锦里风流,蚕市繁华,簇簇歌台舞榭。雅俗多游赏,轻裘俊、靓妆艳冶。当春昼,摸石江边,浣花溪畔景如画。

梦应三刀,桥名万里,中和政多暇。仗汉节、揽辔澄清,高掩武侯勋业,文翁风化。台鼎须贤久,方镇静、又思命驾。空遗爱,两蜀三川,异日成嘉话。

注释

题解:柳永在中进士之前,曾云游至成都。薛瑞生考证此词为庆历四年(1044)柳永在成都为投献益州太守蒋堂所作。一寸金:词牌名。井络:井宿所相应的区域,我国古代天文学家认为蜀地为井宿的分野。剑岭:指四川省剑阁县西北面的大小剑山,其岭横列七十二峰,绵延百里,地势险要。控:控制。西夏:宋时党项族所建的政权,常兴兵侵扰北宋边境。胜异:胜景异迹。轻裘:代指穿轻暖皮衣的绅士。靓妆:美丽的装饰,代指妇女。艳冶:艳丽。梦应三刀,桥名万里:用王浚迁为益州刺史和诸葛亮送费祎出使吴国的典故,暗指某官员升调为成都地方长官。汉节:朝廷颁发给使节的凭证,此处指奉命来成都为官。揽辔(pèi)澄清:形容有整治天下的雄心。高掩:盖过。武侯:指诸葛亮。台鼎:指朝廷三公。镇静:将地方治成太平。命驾:意为将要登朝任宰辅之职。遗爱:留下恩惠、德政。

[古诗今意] 成都风景如画,政通人和

蜀地地势险要,为控制西夏的一道天然屏障。

成都地形优越,风物奇异美妙,蚕市热闹繁华,

到处都有歌台舞榭,歌声、乐声和喧闹声不绝于耳。

城内游览观赏的人很多,或雅或俗,

大街上来来往往的一些富家子弟,衣着华丽;

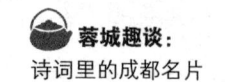

那些打扮得漂漂亮亮的女子们，更显得娇媚艳丽。

成都三月，海云山有摸石求子的风俗，浣花溪畔的景色美如画。

某官员升迁为成都地方长官，中正和平，政事闲暇。

他在政治上的举措，甚至超过了诸葛亮的治蜀功勋；

他在教育上的作为，甚至盖过了文翁在蜀地教化的功绩。

朝廷需要有才干的人，用不了多久，他就会升到朝廷三公的高位吧。

他在成都的治理业绩，将在蜀地百姓中被传为佳话。

锦江绝句

清·尉方山

锦里名花开炯炯，花光掩映秋光冷。

渔舟一叶荡烟来，划破锦江三尺锦。

注释

炯炯：明亮。花光：花的色彩。掩映：彼此遮掩，互相衬托。渔舟一叶：一艘小渔船。

[古诗今意] 风光明丽的锦江

成都的名花开得绚丽明亮，花色掩映着冷冷的秋光。

一艘小渔船乘着波浪而来，划开锦色明丽的锦江。

6.成都

成都府

唐·杜甫

翳翳桑榆日，照我征衣裳。

我行山川异，忽在天一方。

但逢新人民，未卜见故乡。

大江东流去，游子去日长。

曾城填华屋，季冬树木苍。

喧然名都会，吹箫间笙簧。

信美无与适，侧身望川梁。

乌雀夜各归，中原杳茫茫。

初月出不高，众星尚争光。

自古有羁旅，我何苦哀伤。

注释

翳翳（yì）：隐约不明的样子。桑榆日：日落时阳光照在桑榆间，借指傍晚。但：只。未卜：未知，难料。大江：指岷江。曾（céng）城：即重城，成都有大城、少城，故云。填：布满。华屋：华美的屋宇。季冬：冬季的最后一个月，农历十二月。苍：深青色，深绿色。名都会：著名的城市，指成都。间：夹杂。无与适：无处可称心。川梁：桥梁。"鸟雀"二句：以鸟雀犹知归巢，因兴中原辽远之归思。初月：新月。羁旅：指客居异乡的人。

[古诗今意] 初到成都府

夕阳西下，暮色苍茫，落日的余晖映照着远行者的衣裳。

越过无数的山川河流，忽然发现自己来到一个叫做成都的地方。

在这里，不断地遇见陌生的人们，但不知何时才能再回故乡。

江水浩浩荡荡向东流去，客居异乡的日子多么漫长。

城市中布满华美的屋宇，寒冬腊月的树木依然郁郁苍苍。

繁华热闹的大都市里，各种吹拉弹唱，呈现一派歌舞升平的景象。

无法适应这华美的都市生活，转身望向远山，心中几多迷惘。

鸟雀们在夜幕时分各自归巢，遥远的中原依旧音讯渺茫。

初升的月亮斜挂天边，天空中繁星闪烁与月色争光。

自古以来无数游子客居他乡，我又何苦独自忧伤？

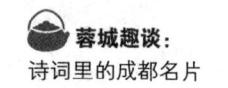

下里词送杨使君入蜀（录六）

近代·赵熙

行尽青山见锦城，菊花天气雨初晴。
马头树色殊秦栈，大野青浮一掌平。

张仪城楼文翁室，逸少驰心广异闻。
不到成都争识得，当垆人有卓文君。

少城花木称公园，冬日红梅夏日莲。
莫向武担寻石镜，摩诃池水亦桑田。

青羊一带野人家，稚女茅檐学煮茶。
笼竹绿于诸葛庙，海棠红艳放翁花。

锦城东下路萧然，九眼桥南绿接天。
西岸渐多黄竹子，女儿耕得华阳田。

九天开出一成都，华屋笙箫溢四隅。
半壁由来天府重，独怜刘禅是人奴。

注释

下里词：由民间歌谣形成的竹枝词。杨使君：为作者诗友杨昀谷，清宣统二年（1910）授四川补用知府，赴任前作者在京作此组诗六十首送行。秦栈：古代自秦入蜀所经的山道。张仪城楼：秦汉成都少城西南宣明门城楼，相传为张仪所修。文翁室：即汉景帝时郡守文翁所建石室，今石室中学即其原址。逸少：西晋书法家王羲之的字，为广异闻，曾写信问成都情况，今存其墨迹拓本。武担：山名，在成都城北。石镜：武担山前圆石，相传为蜀王妃墓石，今已不存。摩诃池：隋蜀王杨秀时建，明初逐渐淤废。诸葛庙：即今武侯祠。放翁花：指海棠。放翁为陆游的号，因其咏成都海棠诗不下三十首，故名。九眼桥：在成都东城外府河上，桥有九孔拱券，始建于明代，今已改建。华阳：今九眼桥一带，原属华阳县。天府：比喻某地区物产丰饶。

[古诗今意] 民间歌谣：送杨使君入蜀

走过一座座青山终于见到了锦城，
初秋的天气菊花盛开，雨后初晴。
骑着马自秦入蜀，迎接你的
是原野上一片片绿色的山林。

你会看到张仪城楼和闻名遐迩的文翁石室，
王羲之曾经为收集异闻，写信打探过成都。
未到成都的人也都听说过，
卓文君和司马相如当垆卖酒的故事。

少城公园里的花草树木多么奇丽，
冬日红梅花儿开，夏日荷花盛开。
城北武担山的石镜早已不复存在，
摩诃池的碧水也已经变成了桑田。

青羊宫一带靠近郊野，
茅檐下有小女孩在学煮茶。
武侯祠的绿竹一簇簇，
陆放翁最喜欢的海棠花红艳艳。

东城外的路上人迹稀少，

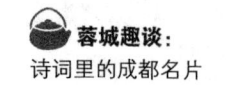

九眼桥下碧水连天。
西岸有越来越多的黄竹子,
女子耕种在田间。

成都如同九天所开,如图画一样美丽。
屋宇华丽,音乐声在城市上空盘旋。
这里自古以来物产丰饶,蜀国曾经在此占据半壁江山,
只可怜刘禅是懦弱不成器的家伙,失去了这一片大好河山。

虞美人

宋·王质

翠阴融尽毵毵雪。惨淡花明灭。嫩沙拂拂涨痕添。想见故溪、绿到草堂前。
夕阳红透樱桃粒。掩映深沈碧。成都事事似江南。只是香衾、两处受春寒。

注释

虞美人:词牌名。毵(sān)毵:毛发或枝条细长的样子,这里形容雪花。惨淡:光线暗淡。嫩沙:指水边净沙。拂拂:风轻吹的样子。涨痕:涨水的痕迹。深沈:也作"深沉",深邃隐密。香衾:被子的美称。

[古诗今意] 成都之春似江南

绿色的树荫融化了细细的雪花。
暗淡的光影中,花儿忽明忽暗。
风儿轻轻吹动水边的净沙,江水轻轻地漫上来。
想再次见到碧水长流的浣花溪,绿草蔓延到草堂前。
温暖的夕阳映照着一树熟透的樱桃。
红色的果实掩映在一片茂密的深绿中。
成都的气候风物如同江南。
夜里,即使盖着华美的被子,
依然感觉到早晚的丝丝春寒。

成都书事（二首）

宋·陆游

大城少城柳已青，东台西台雪正晴。
莺花又作新年梦，丝竹常闻静夜声。
废苑烟芜迎马动，清江春涨拍堤平。
尊中酒满身强健，未恨飘零过此生。

剑南山水尽清晖，濯锦江边天下稀。
烟柳不遮楼角断，风花时傍马头飞。
芼羹笋似稽山美，斫脍鱼如笠泽肥。
客报城西有园卖，老夫白首欲忘归。

注释

题解：乾道六年（1170）陆游入蜀任夔州通判，淳熙元年（1174）为成都府范成大参议，直至淳熙五年（1178）离蜀东归。此题二首作于成都任所。大城少城：据曹学佺《蜀中名胜记》记载，大城即南门城，少城即西南的锦江楼。东台西台：成都城内西北有武担山，上有东西二台。丝竹：弦乐器和管乐器，泛指音乐声。苑：古代养禽兽植林木的地方，多指帝王的花园。烟芜：如烟的春草。剑南：道名，以在剑阁之南得名。清晖：清丽的日光。芼（mào）羹：用菜杂肉做羹。稽山：会稽山，在浙江绍兴东南，借指作者家乡绍兴。斫（zhuó）脍（kuài）：把鱼肉切成细片。笠泽：太湖，泛指江浙水乡。

[古诗今意] 成都纪事

成都雪后初晴，杨柳吐翠，已是春意绵绵的时节。
莺啼花开，新年又快到了，静夜里常常听到悠扬的管弦声。
废弃的花园里，春草如烟，迎着马儿起舞，
清江涨起了春潮，江水拍打着宽阔的堤岸。

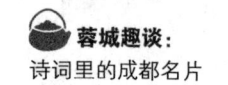

酒杯里盛满美酒，身体强健，从不后悔漂泊过此生。

剑阁之南的山水，沐浴着清丽的日光，
锦江两岸风景秀丽，是天下少有的好地方。
如烟的杨柳，遮不住飞檐楼阁；骏马飞驰，掠过风中的花朵。
喜欢用菜杂肉做羹汤，春笋的味道鲜美，如同家乡的味道，
喜欢将鱼肉切成细片熬炖，如同太湖的鱼儿那么肥嫩。
有人报信说，城西在卖园子，白发苍苍的我很想去看看呢。

蜀都春晚感怀

宋·刘兼

蜀都春色渐离披，梦断云空事莫追。
宫阙一城荒作草，王孙犹自醉如泥。
谁家玉笛吹残照，柳市金丝拂旧堤。
可惜锦江无锦濯，海棠花下杜鹃啼。

注释

蜀都：即成都。离披：零落分散的样子。宫阙：指古时帝王所居住的宫殿。王孙：贵族子弟。犹自：尚自、仍旧。玉笛：笛子的美称。残照：落日的光辉。

[古诗今意] 感怀暮春时节的成都

暮春时节，百花开过，成都繁盛的春色渐渐凋落了。
如同一场春梦，云聚云散，逝去的时光再也追不回了。
帝王居住的宫殿化作一城荒草，
王孙公子依旧沉醉如泥。
落日的余晖中传来悦耳的笛声，
金色的垂柳轻拂着往日的河堤。

可惜无人在锦江漂洗华美的织锦，
海棠花下杜鹃鸟在伤心地鸣啼。

代祀西岳至成都

元·虞集

我到成都才十日，驷马桥下春水生。
渡江相送荷子意，还家不留非我情。
鸬鹚轻筏下溪足，鹦鹉小窗呼客名。
赖得郫筒酒易醉，夜深冲雨汉州城。

注释

题解：这首诗是作者代皇帝祭祀华山后到成都十日后又匆匆离开至汉州（今四川广汉）时所作。在元世祖至元二年（1265）规定了每年祭祀华山的制度，皇帝不能亲自祭祀时，则派人代祀。驷马桥：原名升仙桥，位于成都北门外。江：指流经成都城北的清远江。荷：感谢。还家：作者祖籍四川仁寿，故言还家。鸬鹚：俗称鱼鹰、水老鸦，渔人常驯养以捕鱼。溪足：溪边。赖得：幸亏，好在。郫筒酒：酒名，产于郫县，是用竹子作的酿酒器具酿成。相传晋代名士山涛在郫县作官时，把上等糯米蒸熟后加曲药装入竹筒密封发酵一月成酒。冲雨：冒雨。汉州：今四川广汉。

[古诗今意] 代皇帝祭祀华山后来到成都

我来到成都刚刚十天，看到驷马桥下春水荡漾，碧绿一片。
感谢好朋友的渡江相送之意，回到家的我挽留朋友住下来。
鱼鹰在轻快的小船旁潜水捕鱼，鹦鹉在小窗前呼唤客人的名字。
好在郫筒酒容易醉人，深夜里我们又冒着雨向汉州城出发了。

题王庶成都山水画

元·虞集

蜀人偏爱蜀江山，图画苍茫咫尺间。

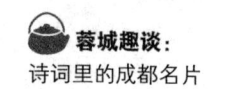

驷马桥边车盖合，百花潭上钓舟闲。

亦知杜甫贫能赋，应叹扬雄老不还。

花重锦官谁得见？杜鹃啼处雨斑斑。

注释

题解：作者为一位叫王庶的画家所画的山水画而作的题诗，可惜此画今已不存。苍茫：空旷辽远。咫尺：喻距离很近，此指王庶所绘之画尺幅较小。扬雄：字子云，成都人，西汉著名辞赋家，思想家。杜鹃：鸟名，相传为古蜀国望帝杜宇之魂所化。

[古诗今意] 为王庶的《成都山水画》题诗

蜀人特别喜爱蜀地的江河山川，

此画幅虽小，却描摹出成都的苍茫辽远。

司马相如在驷马桥边立下衣锦还乡的誓言，

老夫乘坐着小舟在百花潭上垂钓多么悠闲。

杜甫在成都的生活清贫却创作颇丰，

应该感叹扬雄老了却没有再回乡看看。

谁曾看到过雨后繁花的锦官城？

杜鹃鸟夜夜啼叫之处雨水斑斑。

成都竹枝词（录三）

清·吴好山

喧阗舆马接连逢，蜀国灵长地气钟。

四十里城名赐锦，当年曾说种芙蓉。

名都真个极繁华，不仅炊烟廿万家。

四百余条街整饬，吹弹夜夜乱如麻。

三年五载总依依，来者频多去者稀。

不是成都风景好,异乡焉得竟忘归。

注释

喧阗(tián):热闹庞杂的声响。舆(yú)马:车马。灵长:旧指国家福运广远绵长。地气:指山川灵秀之气。钟:汇集,集中。整饬:整齐,有条理。

[古诗今意] 繁华之都

成都的街道上人流如织,车马喧嚣,热闹非凡,
蜀地的福运绵长,山川灵秀之气在这里聚集。
想当年,四十里的城墙上和街道旁种满了芙蓉花,
成都九月的大地一片锦绣,那是多么壮观的景象!

名都成都可真是繁华啊,
升起炊烟的住户何止二十万家?
四百多条街道整齐洁净,
每天夜里都有人吹拉弹唱,纷乱如麻。

外地移民三年五载都舍不得离开,
来定居的人多,离开的人却很少。
如果不是因为成都的风光优美,
异乡人怎会长住这里,而忘记回到自己的家乡?

成 都

清·吴伟业

鱼凫开国险,花月锦城香。
巨石当门观,奇书刻渺茫。
江流人事胜,台榭霸图荒。
万里沧浪客,题诗问草堂。

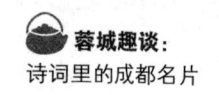

注释

鱼凫：传说中的古蜀国君王。巨石：明末清初成都城内尚存古代遗留的数枚巨石，如石笋、石柱、支矶石等。此言石笋相对如门阙。门观：门阙，置于道路两旁作为城市、宫殿、坛庙等入口的标志。奇书：传说蚕丛氏开国时立有镇水之碑，上刻奇字，只有晋代蜀中隐士范长生能识。台榭：中国古代将地面上的夯土高墩称为台，台上的木构房屋称为榭，两者合称为台榭。霸图：称霸的雄图。沧浪客：浪迹江湖的人。

[古诗今意] 成都啊，成都

远古时，鱼凫王开创古蜀国多么不易，
看今朝，锦城的风花雪月多么美好。
城市的入口处，以巨石作门阙，
奇异的文字记载着远古时代的神奇渺茫。
川流不息的江河见证了人事的兴亡，
寥落荒芜的台榭见证了时代的变迁。
我这个行程万里、浪迹江湖的旅人，
题诗抒怀，拜访慕名已久的草堂。

参考文献

[1]周啸天.历代名人咏四川[M].成都：四川人民出版社，2019.

[2]成都市文联，成都市诗词学会.历代诗人咏成都[M].成都：四川文艺出版社，1999.

[3]陆游.剑南诗稿校注[M].钱仲联，注.上海：上海古籍出版社，2005.

[4]陆游.陆游全集校注[M].钱忠联，马亚中，校注.杭州：浙江古籍出版社，2016.

[5]马清福.新注古典诗文十大传统选本.唐宋诗醇[M].沈阳：春风文艺出版社，2003.

[6]乾隆御选.唐宋诗醇[M].冉苒，校点.北京：中国三峡出版社，1997.

[7]黄道义.历代咏崇州诗选[M].施权新，选注.四川省崇州市政协，1999.

[8]吴明贤，程国平.锦水放歌.成都颂[M].中央文献出版社，2015.

[9]朱祖延，引用语大辞典[M].武汉：武汉出版社，2010.

[10]贺新辉.唐诗名篇赏析[M].北京：中国妇女出版社，2007.

[11]卢盛江，卢燕新.中国古典诗词曲选粹[M].合肥：黄山书社，2018.

[12]琬如.飞花令里读诗词[M].南京：南京出版社，2018.

[13]陶文鹏，吴坤定.宋词三百首[M].北京：十月文艺出版社，2016

[14]叶渠梁.杜甫诗集典故探义[M].武汉：华中科技大学出版社，2018.

[15]林文询.诗意成都[M].北京：中国旅游出版社，2016.

[16]谷莺.锦城诗粹[M].成都：四川人民出版社，1987.

[17]李孝中，侯柯芳.司马相如作品注译[M].成都：四川人民出版社，2007.

[18]李冶，薛涛，鱼玄机.李冶薛涛鱼玄机诗集[M].吴柯、吴维杰，注.北京：中国书店出版社，2017.

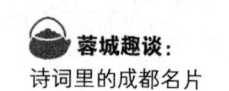

[19]李永翘.张大千诗词集[M].广州：花城出版社，1998.

[20]何一民.成都通史[M].成都：四川人民出版社，2011.

[21]邹德金.名家注评全唐诗[M].天津：天津古籍出版社，2010.

[22]曹学佺.蜀中名胜记[M].重庆：重庆出版社，2000.

[23]陈衍.宋诗精华录[M].高克勤，校.上海：上海古籍出版社，2019.

[24]雷寅威，雷日钏.中国历代百花诗选[M].南宁：广西人民出版社，2008.

[25]喻朝刚，周航.分类两宋绝妙好词[M].北京：生活.读书.新知三联书店，2019.

[26]石润宏，陈星.唐宋植物文学与文化研究[M].北京：北京燕山出版社，2019.

[27]武庆新.芙蓉空老蜀江花——品读薛涛诗歌背后的人生故事[M].北京：北京工业大学出版社，2016.

[28]薛涛.薛涛诗笺[M].张篷舟，笺.北京：人民文学出版社，2012.

[29]朱德才.增订注释全宋词[M].北京：文化艺术出版社，1997.